DU MÊME AUTEUR

L'Infini

Collection dirigée
par Philippe Sollers

JEAN-JACQUES SCHUHL

INGRID CAVEN

roman

nrf

GALLIMARD

PROLOGUE

Nuit de Noël 1943, du côté de la mer du Nord. La main de la petite fille caresse distraitement le pompon de fourrure blanche à la boutonnière de son manteau en lapin de Sibérie. Capuche rabattue sur le visage, l'air très sérieux pour ses quatre ans et demi, elle est seule, enfoncée dans la banquette, couvertures en peaux de loup sur les genoux. Le traîneau, capote baissée, tiré par deux chevaux, file à grande vitesse sur la neige. Le cocher tient son fouet haut levé à bout de bras dans les ténèbres. Crissements soyeux sous les étraves, poudroiement en gerbes sur les côtés, il continue sa course silencieuse, vole dans la plaine déserte, juste quelques arbustes, puis longe la mer d'encre : ajoncs mouillés d'écume, réseau de digues où le vent se brise en rafales, sombres balises sphériques ondulant sur la ligne de flottaison, hennissements des chevaux où se fondent puis que prolongent grondements sourds et réguliers des bombes. *Achtung!* Poste de garde *Halt!* Le cocher présente un *Ausweis*, document, au soldat qui salue, main à la visière : « Laissez passer... laissez passer... », la sentinelle repousse du pied les frises de barbelés, ouvre la barrière, le traîneau continue sa course jusqu'à la garnison : baraquements qu'éclairent de rares lanternes, la réverbération de la neige et, de temps en temps, brièvement, des lueurs dans le ciel, flashes sur les visages. Tout au loin, longs arcs lumineux traçants, fusées multicolores en corolles, retombées lentes en « sapins de Noël ». Le cocher saute à terre, ouvre la portière basse du traîneau, aide la petite fille à poser le pied sur le sol, la sentinelle s'est avancée, lui ouvre la porte du baraquement, elle grimpe deux marches en bois et, à l'intérieur, il la débarrasse de son manteau de fourrure : elle porte une robe en velours bordeaux à manches courtes bouffantes, collerette ras-du-cou brodée d'un double rang de petites fleurs blanches, deux jeunes marins l'escortent jusqu'à une mince estrade avec deux sapins sur les côtés, une grande bannière sombre au fond, puis ils la soulèvent et la déposent là : elle se met à chanter *Stille Nacht, Heilige Nacht*, Douce nuit Sainte nuit, d'une voix merveilleuse, une voix de rêve.

1
Nuit sacrée

La feuille blanche, grande ouverte, est posée sur des linges. Ordonnés tout autour : crayons alignés, pinceaux en éventail, flacons en arc de cercle, gobelets et pots de crèmes en bakélite, fragments de poudres compactes. Elle a les yeux baissés sur la double page manuscrite : lignes, chiffres, clés, tracés en courbes, à l'horizontale, en diagonales, mystérieux hiéroglyphes suspendus à des fils.

— C'est les os l'important, puis la peau, comme une toile tendue, et avec toi, quelques touches, trois fois rien et tu es métamorphosée.

La voix est douce, latino, fines modulations, latinoaméricaine.

Le fond de teint, pour commencer : très clair, porcelaine, poudre libre translucide. Maintenant les yeux, fermés : paupières supérieures : fond brun estompé vers l'extérieur, puis violet, bleu clair, bleu foncé. La feuille de musique vient là derrière dans la tête, les notes, les mots, les cinq lignes : violon — cello — Ingrid — piano, chacun sa ligne, deux pour le piano : main droite, main gauche, elle : instrument parmi les autres.

— Tout est déjà là : le masque. Il suffit de l'amener en surface, le dévoiler.

« Maquillage, pense-t-elle, en allemand c'est *Maske*... »

Il ouvre une petite boîte d'où il sort une mince pierre noire ramenée du bout du monde.

— Alors, le ministre a demandé à Jeanne : « Mais qui est ce Ronaldo dont tout le monde me rebat les oreilles, me chante les louanges...? »

Il crache un peu de salive sur la pierre noire : ça colle mieux...

— « Il embellit les femmes, monsieur le ministre! »

... et, avec une petite brosse, enduit les cils de rimmel.

— « Alors, qu'on lui donne tout de suite son permis de séjour... »

Beaucoup de rimmel... beaucoup. Elle sourit un peu sous le commencement de masque. Ça sonnait : « Qu'on lui octroie céans..., a proclamé sa Majesté! »

Il est un magicien, son crayon baguette de sorcier, c'est un conte de fées : elle songe aux femmes à qui il fait des masques, les dames du royaume, ses reines, ses vedettes : Jeanne! Catherine! Isabelle! Le royaume de France, Paris, sa capitale, dont elle rêvait enfant...

La partition est là : sol mi *sehr langsam* très lentement *crescendo* ré *fermate* sol majeur...

« Qu'est-ce que c'était déjà, songe-t-elle, cette histoire d'os l'autre jour, dans le journal? Ah! oui, un jeune Anglais, musicien, arrêté pour avoir volé des tibias dans un cimetière, il en avait fait des flûtes tibétaines, au président il avait dit : "Le contact avec les morts, Votre Honneur, me faisait jouer une plus belle musique." "Trois

14

mois de prison ferme"!» Un peu de poudre avait glissé sur la feuille blanche de la partition, au milieu des notes de musique sol mi ré. «C'est quoi ça?» «*Rose Poussière.* Une nuance oubliée, en vogue dans les nuits des années soixante-dix, après ça s'est perdu, moi je m'en sers encore.» Caresse du doigt sur l'arcade, un souffle, frôlement du bâtonnet sur la paupière, balayage furtif du pinceau sur la pommette.

Panne d'électricité. Noir. Silence.

— Je connais si bien ton visage depuis toutes ces années, je n'ai plus besoin de lumière!

Adolescent vieux sorcier! Trop maigre le doigt, mange plus assez, trop creusé l'œil, doit souvent s'allonger. «C'est ce champignon oriental.» «Ça y est, lui aussi il me fait le coup du champignon chinois.» Et tous deux au même instant, sans le savoir, ont le même pâle petit sourire éphémère dans l'obscurité. Il opère avec lenteur, elle s'éloigne dans un demi-sommeil sous le masque, vers les musiques, la séance se poursuit dans le silence. Elle a toujours la partition derrière les yeux : violon sol mi do très très lent *piano* mi do *crescendo fermate.* «... Dans quinze minutes», c'est le ton neutre du haut-parleur, mais eux, ils sont dans un autre temps, celui du rituel. La bouche : lèvre supérieure «coupée» avant le coin extérieur : bouche diminuée. Derrière ce voile léger, un maquillage de cinéma, elle s'éloigne encore, un peu vivante, un peu de l'autre côté, invisible. Lèvre inférieure : il dessine les contours au crayon bordeaux puis passe le rouge Kirchner sur la lèvre, partie centrale colorée plus clair. Elle n'est plus tout à fait là, assoupie, dans la musique, derrière le voile cosmétique, sous le *film.* «Dans sept minutes...»

Pour finir, sur l'arête du nez, imperceptible trait blanc argenté : ça capte mieux la lumière, profile le nez, l'amincit. Voilà, c'est fini. C'est là. La séance s'achève, il s'allonge sur le sofa, elle soulève les paupières, regarde dans le miroir, baisse les yeux encore sur la page millimétrée : mots alignés, notes suspendues à des fils. Maintenant c'était l'heure, elle le savait. « C'est l'heure, venez... » La porte s'était entrouverte, elle se leva et de la main attrapa en vitesse le bas de la robe. « Suivez-moi... »

Elle s'est mise en marche : des plafonds hors de vue ne venait qu'une faible lumière : « Ici, fit l'autre dans un petit rire, en la précédant d'un pas décidé, nous appelons ça la zone... » Finement masquée, elle avance, hauts talons, front baissé, un peu penchée sur le côté, tient le bas de la robe, remonte la traîne, prend un peu plus d'étoffe, hésite où poser le pied, fils, câbles, poutrelles, elle les enjambe, les évite. « ...moitié du chemin », a-t-elle entendu. Ça lui semblait toujours une éternité, le chemin entre le *Maske* et l'entrée sous les projecteurs. Quatre marches en fer donnent sur un mur de béton, une porte verrouillée. « Stop ! » Retour sur leurs pas, « Un vrai dédale ! » Ascenseur. Maintenant un corridor : parois métalliques numérotées des deux côtés, plafonniers rectangles encastrés, lumière létale de cristal liquide, autre ascenseur, de nouveau la pénombre. « Attention ! des planches disjointes, vous pouvez vous prendre le talon... Dépêchez-vous, l'heure approche... », une main la frôle comme on frôle un totem, elle l'évite : totem tabou, et l'autre, à nouveau dans un rire : « Hâtez-vous lentement ! » Ça existait, ça, la vitesse lente ? Et un peu plus loin, il y a eu ce bruit sec de ferraille à ses pieds, elle s'est baissée, c'était un morceau de chaîne, il avait dû servir d'attache à un spot, distraitement, de façon machinale, elle continuait à marcher, elle l'a enroulé deux fois au poignet. « Vous voilà arrivée, je vous abandonne », et son guide inconnu disparut. Il lui semblait vaguement être au-dessus de la loge de maquillage, ou peut-être au-dessous ? Serait-elle juste descendue un peu sous le sol ? « Pas de caméras ! Pas de flashes ! » Le rideau s'ouvre, « *No cameras ! No flashes !* » Elle porte la main devant ses yeux pour se protéger de la lumière aveuglante des projecteurs et fait un pas vers la scène.

C'était plein Nord, tout là-haut, l'hiver, dans la longue et mince avancée de terre prise entre la Baltique et la mer du Nord : une petite garnison d'artillerie de marine avec sa batterie, Eckern Förde, ça s'appelait, une ligne de défense antiaérienne contre les bombardiers venus d'Angleterre sur Kiel, Berlin, Brême et Hambourg. Un peu plus à l'intérieur, quatre, cinq kilomètres, se trouve le domaine de Bornhoeft. Bornhoeft ! Ça semblait droit sorti des Niebelungen. De grands hobereaux, aristocratie du Schleswig-Holstein, terrienne, milliers d'hectares, centaines de vaches, cochons, des oies, partout des oies et des cigognes sur les toits. Nombreux corps de bâtiments, manoirs, pigeonniers, allées de tilleuls, frênes, bouleaux, deux étangs pleins de roseaux, mais très près, très vite,

17

c'était la lande, plaine infinie, à perte de vue. « Mon père, qui commande la base de marine, fournit Bornhoeft en main-d'œuvre : prisonniers russes, polonais. En échange, on m'héberge. Il y a des lévriers roux plus rapides que le vent, des dizaines de chevaux, les plus beaux d'Europe : des Holsteiner, ils tirent, l'hiver, mon traîneau. Les prisonniers m'ont confectionné un carrousel en bois sculpté : des singes bleus, des chevaux rouges, des oiseaux jaunes, qui tournent. Thé, l'après-midi, dans de grandes vérandas, beaucoup de jeunes cousins jouent aux échecs dans les jardins d'hiver, ils parlent un allemand du Nord un peu hautain, distingué sans être raide, parfois entrecoupé de morceaux de français, débris perdus de l'époque de Potsdam, le château Sans-Souci, Frédéric le Grand, l'ami de Voltaire, Fritz der Grosse, ils possèdent sa statuette équestre où il est coiffé de son fameux grand tricorne assortie aux vaisselles et à des groupes de danseuses en porcelaine de Saxe. Madame l'astique elle-même, en personne, pendant que Bornhoeft, après les eaux-de-vie et le cigare, somnole, le visage sous un journal dont les manchettes annoncent les nouvelles du front de l'Ouest, un immense parapluie noir ouvert, posé à côté, pour tamiser la lumière, ça lui faisait moins de mouches. Trente, quarante employés, linge de table fin, dentelles : Mme Bornhoeft arrivait à table, c'est elle qui donnait le signal : tout le monde assis... Œufs frais, poulets, cailles, jambons, perdreaux, le problème, c'était les desserts : à la grande table, où s'asseyaient aussi les intendants, les gouvernantes, le truc était de se placer, si possible, pas trop loin sur la droite de Mme Bornhoeft, elle était en effet première servie première levée de table, l'étiquette voulant qu'on se levât avec elle, les derniers, ceux qui étaient au bout de la ronde des pâtisseries, avaient à peine entamé leurs gratins de fruits rouges à la vanille qu'ils devaient tristement abandonner la moitié du gâteau pour se lever et s'en aller à l'unisson de Madame, repue, ça mangeait donc à vitesse croissante et à partir de sa droite, dans le sens contraire des aiguilles d'une montre. Puis alcools de fruits et cigares. Parfois, mon père, en visite soi-disant d'inspection de la garnison proche et que l'explosion d'un canon sans recul avait rendu à moitié sourd dès l'ouverture des hostilités, illico presto, mais qui avait gardé l'oreille absolue, se mettait le soir au piano : Liszt, la *Rhapsodie hongroise*... Au loin, le ciel s'embrasait vers Kiel : fusées traçantes... lueurs d'incendie... »

La petite fille regardait ça avec un émerveillement mêlé d'angoisse. Cet hiver-là, le traîneau l'emmène très vite dans la neige, elle est en manteau de fourrure à capuche blanche, le soir au loin vers Kiel, la féerie, pour elle, continue : lumières allumées dans le ciel, fusées traçantes, et puis les arceaux, les corolles des « sapins de Noël » : ils retombaient très lentement, ils désignaient des cibles pour les avions anglais, il y en avait des rouges, des verts, des jaunes, une couleur pour chaque zone : industrielle, commerciale, militaire, ils étaient les avant-signes des bombardements, la destruction, la mort. On disait : « Après les "sapins de Noël" viennent les bombes. » Oui, c'était ça, c'est souvent comme ça avec la féerie : l'horreur n'est jamais loin, et si ça s'arrêtait à Kiel, on disait : « Ça ne viendra pas jusqu'à nous », et ça ne vient pas jusque chez Bornhoeft, jusqu'à ses vérandas où les jeunes cousins en jodhpurs de whipcord ou corduroy jouent aux échecs, où, le soir, Bornhoeft fume le cigare pendant que mon père au piano joue Franz Liszt, Franz Lehár.

Wien, Wien, nur du allein
Sollst stets die stadt meinere Traüme sein

Vienne, Vienne, toi, oui, toi seule
Toujours tu resteras la ville de mes rêves.

C'était une valse lente comme celle qu'elle chante là maintenant sur la scène, près du piano, main ouverte devant elle à hauteur du visage, est-ce la lumière qui l'aveugle ou pour repousser des souvenirs?! *Valse de rimes,* ça s'appelle, c'est les rimes qui valsent, les mots, des mots qui s'associent le temps d'un accord, ils n'ont pas de phrase à quoi se raccrocher, ils sont seuls, bouts rimés, avec d'autres comme eux : *Amour Tous les jours, Vidéo Garbo, Lanterne Caserne,* une valse cassée, un peu sèche, sans illusion, incomplète, sans trop d'espoir, gaie quand même, une qui a oublié fastes et falbalas et ors de Vienne... *Par hasard Mozart, Rêve Rouge à lèvres* : pas trop d'utopie, une valse d'aujourd'hui, quoi!

Il reste les mots qui se cherchent, se rapprochent, valsent, ça va, ça vient, *Liebe kommt, Liebe geht* et ça s'en va, juste des mots, une ritournelle, un carrousel de notes aussi, brisé... *Mort Kennedy Airport, Cœur Ordinateur, Homme recherché, Chat perché...* Des mots seuls, pauvres rimes sans raison, suspendues un instant, instants suspendus, sur un rythme de valse : 1 2 3-1 2 3... ils ne sont plus subordonnés à un verbe ni sous la garde d'un adverbe ni qualifiés de ci ou ça par un adjectif... enfin libres, ne servant presque plus à rien... enfin! Peut-être toutes ces années, ces guerres, les avaient un peu cassées les phrases, et que les mots eux aussi étaient des morceaux de ruines suspendus en l'air : Valse de rimes, valse de ruines.

Elle restait là d'abord près du piano, *Fluegel,* aile en allemand : le demi-queue à l'air d'une aile noire ! comme on joue au salon, on chante pour quelques-uns, juste une petite lumière sur elle, un spot, Charles venait d'arriver, un peu en retard, s'était assis, septième rang sur le côté, au bord, sur l'aile.

Dans la coulisse, elle avait ramassé le bout de chaîne tombé des cintres de tout là-haut et enroulé autour du poignet machinalement trois fois... de ces chaînes qui fermaient les wagons de marchandises, par exemple celui qu'elle a pris pour revenir quand ça a été fini, il pendait, comme là, ce soir, à son poignet, de la portière du wagon à bestiaux, un peu plus lourde peut-être, et encore, pas sûr, avec un gros cadenas ouvert. Et pour quoi faire ? Qu'est-ce qu'avait enfermé ce wagon ? On ne transportait plus de bêtes, alors ? À quoi avait-il servi ? *Le p'tit train s'en va dans la campagne, le p'tit train s'en va en sifflotant...*

« Je ne me le demandai pas alors, bien sûr, quelle sorte de voyage il avait bien pu faire avant, notre wagon, et qui l'avait peut-être occupé à l'aller... non, bien plus tard, tout ça, bien plus tard... Pour l'instant, on priait : c'était une course contre la montre, ou plutôt contre les Russes, est-ce qu'ils allaient nous rattraper, on était seules, ma mère, la grand-mère, la toute petite sœur... la famille de l'officier de la Kriegsmarine, lui, Arthur, était "retenu" quelque temps par les Anglais... C'était devenu le nôtre, de wagon, après plusieurs semaines, juste lui rien que pour nous, et une locomotive qui brusquement disparaissait, affectée ailleurs... à un autre wagon peut-être, qui sait? On restait la nuit en rase campagne, les ténèbres, et les Russes, où étaient-ils? Il fallait en trouver une autre de loco... on ne savait pas bien pourquoi on s'arrêtait, pour combien de temps, deux, trois nuits des fois, aucune lumière, même pas dans les gares, noir!... ni qui le remettait en marche, ou alors : faux aiguillage, gare de triage, nouvelle locomotive, qui sortait d'où? Ça repartait sans prévenir. »

Le morceau de chaîne trouvé par terre en coulisse, ramassé, oui, elle l'a distraitement enroulé trois fois autour du poignet, comme on fait en parlant à une soirée, la tête ailleurs, de gros maillons, métal mat, et voilà : « C'est le rock...! » s'imaginait-elle. Ça avait déjà servi, comme le wagon : la récupération, le recyclage, c'est l'apanage des guerres, leur poésie en somme, cette façon qu'ont les choses de servir deux fois et à des buts distincts : les balles du front, en 14, deviennent pendentifs, ornements de bracelets, à l'arrière, aux soirées mondaines du faubourg Saint-Germain, les pneus pris aux G.I's retaillés par les Viêt-congs en sandales de caoutchouc... Et là? Une chaîne? Le wagon du retour vers le salut... Et à l'aller? Mystère... La grand-mère priait sans arrêt, nuit et jour, à mi-voix, litanique, sépulcrale, roulait, déroulait le rosaire, *Rosenkrantz*, la longue chaînette de perles : « Seigneur apprends-moi à traverser mes angoisses confiante en toi », « Seigneur, fais de moi ton visage, tes mains, ta parole, pour tous les hommes de ce monde », une jolie voix fine, musicale, « on se serrait autour du poêle, fallait le tenir, à chaque coup il allait nous tomber dessus, sur le bébé... »

Oui, c'est leur apanage aux guerres d'amener sur le devant de la scène ce qui se tenait caché en coulisse, qu'on ne voit pas d'ordinaire, le mettre sous les projecteurs, comme elle fait, elle, là, ce soir : amener, mais en beauté, dans la lumière, des accents répudiés, le geste d'une inconnue entrevue une demi-heure avant dans la rue, une passante anonyme, ça lui revenait comme ça, elle était cette passante un instant, et ce morceau de chaîne en métal ramassé et trois fois vite enroulé au poignet... comme l'autre dans le train à la portière et sa grand-mère la prière, le *Rosenkrantz*, les perles... « sans arrêt comme ça pendant un mois, un mois et demi pour revenir de là-haut, *Le p'tit train s'en va dans la campagne, le pt'tit train s'en va en sifflotant,* et moi dedans, mais moi, c'était le retour que je faisais, je revenais à la maison ».

Cette petite ville résidentielle est un îlot lumineux bien ciselé dans ce paysage de rocailles et de forêts et de petites collines. Elle donne une image si agréable parce que les maisons, toutes peintes en gris-blanc et de hauteurs diverses, font une impression variée. Goethe décrit ainsi Sarrebruck, nous sommes en 1770. Mais maintenant, tout ça était cassé. Et autour, ça reconstruisait déjà, les hommes, on ne les voyait plus, les femmes, fichus noués, lourdes pelles, maillons d'une chaîne sur les gravats, dans les ruines, sans questions : destruction-reconstruction, ça va, ça vient, on ne se demande pas pourquoi. « Sur l'autre côté, sur l'arrière, j'avais ma chambre, de ma fenêtre, je vois des spectres roulant à travers l'épaisse fumée de charbon, ça donne sur les hauts fourneaux, les mines, flammes et lueurs de feu la nuit, venues des houillères voisines, un bruit de fer : les wagonnets grincent, branlent, brinque-balent, balancent sur les rails, ces lueurs tout de suite avaient remplacé celles des nuits de bombes sur Kiel, les "sapins de Noël". » Une noire féerie chassait l'autre. On remet debout ce qui a été cassé, *no problem,* aucun pro-blème, ça ne changeait guère, ça continuait, deuxième temps d'un même mouvement, l'essentiel restait en place, ça s'enchaînait : « Mais pourquoi, se demandait Karl Valentin, cabarettiste macabre et neurasthénique, visage de masque distant, drôlerie lugubre, cynisme, pourquoi les Anglais viennent-ils bombarder ici ? » Il était longi-ligne, tout en os, « Et pourquoi va-t-on bombarder l'Angleterre ? » Toujours sa mécanique sarcastique était d'une absurde logique : « Les Anglais n'ont qu'à lâcher leurs bombes à eux sur Londres et les Allemands les leurs sur Hambourg, ça économisera du carburant. »

Le Grand Cinéma avait rouvert et chaque soir, *Blanche-Neige* se projetait sur fond de ruines, floconneux fantômes colorés. Ce n'était plus tout à fait le conte de Grimm que tous les enfants allemands ont lu : « "Tu tueras cette enfant, dit la Reine au chasseur, et me rapporteras son foie et ses poumons comme preuve..." Le cuisinier dut les faire cuire au sel et la méchante femme mangea et crut avoir mangé les poumons et le foie de Blanche-Neige... Les Sept Nains dirent : "Nous ne pouvons pas mettre cela dans la terre noire", et ils firent un cercueil de verre trans-parent, afin qu'on pût la voir de tous les côtés, puis ils l'y couchèrent et écrivirent dessus son nom en lettres d'or et qu'elle était fille de roi. Puis ils portèrent le cercueil sur la montagne et l'un d'entre eux resta toujours auprès pour la garder. Et les animaux vinrent aussi pleurer Blanche-Neige, d'abord une chouette, puis un corbeau, enfin une petite colombe. Et Blanche-Neige demeura longtemps, longtemps dans le cercueil, et elle ne se décomposait pas, elle avait l'air de dormir, car elle restait toujours blanche comme neige, rouge comme sang et noire de cheveux comme bois d'ébène... Et bientôt, elle souleva le couvercle de son cercueil et se dressa, ressuscitée... "Je t'aime plus que tout au monde, lui avait dit le prince ; viens avec moi au château de mon père, tu seras ma femme". » Et dans le dessin animé de Walt Disney, les nains chantaient : *Siffler en travaillant, danser en travaillant, ahi aho ! nous allons au boulot.*

Le piano trouvé ! Il était là, comme flambant neuf, parmi les ruines, les demeures endormies, enchantées, ensorcelées, on ne sait, aux murs lépreux ornés d'entrelacs de ronces et de rosiers sauvages, un monde de sortilèges, menaçant et féerique, de « Il était une fois... » : « Il était une fois une jolie petite fille à la voix merveilleuse mais affligée d'une peau qui la faisait horriblement souffrir, dont le grand-père, qui l'adorait, avait trouvé un magnifique piano dans les ruines... » Il l'a fait ramener et on l'a monté là-haut au premier, on a même trouvé un accordeur, « Je viendrai demain à 8 heures du matin... » « Mais... » « Si, si, à 8 heures... quand le jour se lève, alors l'oreille est vierge, pas encore polluée par les bruits, les conversations, la cacophonie, elle est ultrasensible aux notes, c'est à l'aube qu'il faut écouter la musique ! » Il a tendu, détendu, retendu les filins métalliques, trois par note, avec la précieuse petite clé argentée, en tapotant, tête penchée, les touches du clavier. « Et c'est sur ce piano trouvé que j'ai commencé à jouer... »

Elle l'a bien fait rire, la fillette : chaussures à talons hauts et jeu de hanches empruntés les unes à sa mère, l'autre à Rita la bonne, elle le vampe, enjôleuse, jambes croisées, trois dents qui manquent mais tentatrice, elle chante, voix forçant vers les graves, des mots entendus par hasard sur les ondes, *In der Nacht ist der Mensch gar nicht gern allein*, dans la nuit, l'homme n'aime pas être seul, *denn die Liebe, Sie wissen was, was ich meine*, car l'amour... vous savez ce que je veux dire... Bras levé, main à plat sur le mur, dans l'angle, c'est une photo 4,5 × 6,5, oui, une vamp, tout est là, le dispositif déjà en place, la séduction, ses stratagèmes, rien de plus proche d'une femme fatale qu'une petite enfant, c'est après que ça se perd, les femmes fatales sont des petites filles attardées, il suffira plus tard de raccorder, par-delà les années : c'est là, dans le corps, inscrit, *von Kopf bis Fuß*, de la tête aux pieds...

La fillette musicienne, il n'en a pas profité longtemps, le grand-père. La mort rôde. *Freund Hein schleicht um's Haus*, un vieux dicton allemand, il est dans toutes les têtes : l'ami Hein rôde autour de la maison, et c'est un familier, un camarade même, une vieille connaissance. Pour le conjurer un peu sans doute, on lui a donné un nom, un diminutif même, à ce vieux copain : Hein, diminutif de Heinrich. Oui, la Mort en Allemagne est un homme, le copain Hein. Pour un peu, on l'inviterait à entrer, à prendre un verre. Il a beau rôder en silence, le chien l'a reniflé, lui, le vieux copain Hein, il ne veut plus descendre, reste allongé à gémir sans manger au pied du lit, à côté du piano. Alors on a compris et on a envoyé la petite : « Ingrid, monte voir grand-père... il aime tellement quand tu chantes... » Il agonisait dans un décor de carton : « Ma petite-fille, tu as une voix d'or... » On avait tiré le lit contre le mur dont on avait bouché l'immense trou fait par les bombes avec ce qu'on pouvait : caisses, emballages, cartons ondulés ou renforcés, papier kraft, papier mâché, vieux journaux, il y avait encore des titres, manchettes, photos, légendes sur la guerre... Elle a chanté face au lit, lui a joué des musiques sur le piano trouvé : *Es geht alles vorüber, es geht alles vorbei,* tout passe, tout s'en va. Il avait aimé Karl Liebknecht et Rosa, et, ça n'empêche pas, les belles voitures, même un chauffeur, cigare !... La France, Joséphine Baker, *J'ai deux amours,* lui aussi : son pays et Paris... Un coup de poing sur la gueule du contremaître insultant, paf! et salut la compagnie! Se débrouille pour ouvrir un magasin de cigares... et toujours : musique, la fête, petit orchestre pour noces et banquets... Cigares! L'ancien ouvrier réfractaire roulait en Hispano-Suiza et même avec chauffeur. Cigares! mais toujours spartakiste. Ça en avait fait une sorte de figure dans les alentours. Manquait la scène de port... Patience! Ça allait venir...

1923, krach! Les billets plein les brouettes! Un million de marks pour un pain! Presque ruiné... La bonne vieille idée : *Amerika Amerika!* la fuite à Hambourg de nuit sans rien dire, en douce, clandé, l'Hispano, la grande malle en cuir. « Allô, je suis à Hambourg... Pars demain en Amé-

rique... Je fais fortune et je vous fais venir... » Le lendemain : « Allô ! J'ai plus un pfennig... on m'a tout volé. »
C'était dans un bordel, les putes du port, les marins,
Sankt-Pauli, Ripperbahn, bas-fonds de Hambourg... Sitôt
parti, sitôt revenu, en pleurs, avait fallu qu'Arthur, son
fils, treize ans, aille le chercher. Depuis, Anna, sa femme,
avait en grippe la sonnerie des téléphones...

Depuis toujours, partout dans la grande maison en L
qu'il avait fait construire dans les années vingt Brunnens-
trasse, rue de la Fontaine, numéro 2, c'était musique à
tous les étages ! Une demeure enchantée. L'orchestre ? La
famille, les amis, lui jouait de quatre instruments. Trois
pianos, deux contrebasses, un accordéon, il n'y avait qu'à
se servir, des flûtes, tout plein d'harmonicas, un vio-
loncelle, il y en avait partout, c'était la Maison de la
Musique, et puis une bombe pendant la guerre, et tout ça
réduit en poussières...

« Brumeuse, cotonneuse, visage gonflé, yeux clos, plaies
aux articulations, jambes, bras surtout, dix, douze, quinze
plaies, un été ma grand-mère Anna les avait comptées, du
sang, mains et bras enveloppés de gazes bandages linges
pour ne pas me gratter, me blesser, me mutiler. » Poupée
bouddha ! Son visage : un masque, sa peau : une carapace.
Plus de sommeil. Peau qui isole sans protéger, solitude,
coupée du monde humain et pourtant vulnérable, en morceaux, craquelée, ça part, ça revient, on s'y habitue à la fin,
étrangère à tout, loin, figée, bouddha inexpressif et souriant... on finit par aimer un peu cet état, une douce
asphyxie. Le corps amorphe, ralenti, une masse, se referme

sur lui-même. Demi-paralysée. Tremblements intérieurs. Peut à peine marcher. Fond de la langue paralysée. Énorme fatigue intérieure, fatiguée de cette vie-là. Elle avait échappé de justesse à la mort en naissant mais très vite elle est tombée malade pour très très longtemps. Fallait qu'elle se crée, se fabrique, s'invente un nouveau corps, bien articulé celui-là... Allergie!!...??... Un châtiment, une incompréhensible punition levée un jour pour s'abattre sans raison à nouveau le jour d'après. Une jolie petite fille, gaie, plaisante à tous, qui soudain apparaît dans le salon, et c'est un petit monstre, elle peut à peine marcher, à peine voir, la peau en sang, un petit monstre à la voix d'or, don du Ciel : les parents détournent la tête, versent des larmes silencieuses, quittent la pièce.

« Mais j'entends les musiques au loin, de là derrière ce masque, cette carapace : mon père au piano, musiques dans les voix, l'ordre chiffré, la discipline des nombres, carcan, mais une drogue aussi : un apaisement à la maladie de mon corps chaotique, au voile obscur, à mon visage altéré. » Un autre monde d'ordre et beauté... calme... volupté, point tant les sonorités que la partition, les nombres dont on pourrait croire qu'ils seront là de toute éternité, un tissu musical, un autre tissu que celui de ma peau : monde de chiffres, calme, calme, tout doux, les nombres! Volupté! Maladie mélodie... Et, tracées sur le papier, des figures symboliques, signes mystérieux, hiéroglyphes éternels, chiffres cabalistiques, équations laconiques qui ont existé avant l'univers et se maintiendront après, le monde reprenait forme.

Premier professeur, vieille dame, exercices musicaux cent fois recommencés, le passage du pouce : « Do ré mi... le majeur, le doigt du milieu, celui-là... restez en appui dessus... maintenant passage du pouce, le pouce, le gros doigt là, vient par-derrière... le majeur pivote ; le pouce vient juste à côté de lui, un peu plus loin, là... comme ça... sur le fa et sol, l'index pivote par-devant et fait le sol, et allez, la si do... » « *Oh! Jesus ne! Oh Jesus ne!* » Un juron en *saarlandisch*, patois de la Sarre, se jette par terre et mord le tapis. « *Oh Jesus ne! Ich kann nicht! Ich kann nicht!* Je n'en peux plus ! » « On se relève, on ne jure pas ! On recommence : do ré mi, passage du pouce... tordez un peu le bras, et fa sol la si do... » « *Ich kann nicht...!* » La petite fille et le grand piano : elle veut le dominer mais il résiste, il est un animal-machine, un cheval, elle se met en rage, à nouveau mord le tapis : « *Oh! Jesus, ne!* »

Petits concerts les dimanches à la maison, elle a six ans, tout le monde joue, chante, Brahms à quatre mains avec Arthur, son père, l'ancien séminariste. Les soirs au balcon, elle lève la tête vers la voûte céleste, et longtemps il lui dit les dessins et les conjonctions des étoiles, leur ordre, étude des astres : Chariot, Pléiades, Orion, Grande Ourse, Petite Ourse, des fois, plus rare, la Voie lactée, plan scintillant d'une merveilleuse machine de rêve. À l'orgue, on la demande parfois le soir aux vêpres pour remplacer l'organiste malade à l'église du Cœur-de-Jésus, un vitrail représente une station de chemin de croix, un rayon de lumière traverse la nef en diagonale comme un laser, ses jambes sont trop courtes pour atteindre les plus éloignées des trente-deux pédales correspondant à la gamme chromatique des aigus et des graves du clavier, alors, pendant la messe, elle glisse très vite en chantonnant d'une extrémité à l'autre du banc lisse et usé, de sa voix d'enfant elle essaie courageusement d'entraîner l'assistance un peu rétive dans un *Te Deum* plus rapide, *Grosser Gott wir loben Dich, Herr wir preisen Deine Stärke, Te Deum Laudamus Te glorificamus Te.* Le phénix renaît de ses cendres, maladie mélodie, et même le lendemain, encore plus joyeuse, à aller jouer dehors avec les autres, à faire des gammes au piano, pour retomber vite aussitôt dans un gouffre, mélodie maladie.

Marie! Marie! Ich kann nicht mehr! Ich kann nicht mehr! « J'ai sept ans et demi. Devant le miroir de ma coiffeuse, avec de chaque côté un bouquet de lilas blancs — des lilas de mai — que j'ai volés dans les jardins en friche des maisons à moitié en ruine, j'ai posé une petite madone en bois peint, le visage rose pâle cerné d'un voile bleu pâle. » C'est la Fête de Marie. Elle ne dort plus depuis longtemps. Elle souffre de terribles allergies cutanées, des plaies sur tout le corps, surtout aux articulations des coudes et des genoux, rouges, certaines ouvertes, des croûtes, toujours, en toute saison, manches longues, visage gonflé, yeux trois quarts clos, fendus, bridés. « Pas bouger, pas bouger la peau, ou bouger très lentement », une petite momie à la voix d'or, une poupée mal articulée. Enveloppée dans des linges et des bandes, à genoux, les mains jointes dans la prière, elle est face à cet autel qu'elle a confectionné, aménagé, face à ce miroir où le reflet de ce visage est masqué en partie par celui de la vierge. Elle lui adresse l'*Ave Maria* de façon très intime, d'une petite voix, en prière, une litanie psalmodiée, doigt glissé dans le chapelet dont les perles ruissellent sur sa main, sur ses bras meurtris. La coiffeuse est placée contre le mur entre deux fenêtres qui donnent droit sur la rue.

Ora pro nobis pecatoribus.

Sa faible prière s'adresse à ce bout de bois sculpté : elle lui demande de la délivrer de ses souffrances, de lui offrir une autre peau, de lui rendre le sommeil. Cet autel de mai se détache sur un arrière-plan de hauts fourneaux d'usines, minces cheminées d'où sortent fumées noires et lueurs d'acétylène, ciel opaque jaunâtre en plein jour, l'artifice d'un studio de cinéma, lueurs rouges, pourpres, incandescentes qui embrasent nuit et jour le ciel, et l'eau du fleuve aussi, de leurs reflets. Et juste en bas dans la rue, deux fois par jour, l'armée des mineurs, casque à la main, lampe au front, silencieux, graves et fiers, visages noircis, maculés de suie. Ils semblaient aller lentement à la guerre, dans un bruit de pas fatigués, certains s'apprêtaient à mourir des poumons, et on aurait pu penser que c'était pour eux aussi qu'elle chantait sa prière. La petite vierge rose et bleue, entourée de lilas de mai, comme en surimpression sur cette metropolis.

C'est déjà la nuit souvent quand la petite musicienne traverse en tramway, elle a six, sept ans, toute la ville à moitié en ruine, le fleuve Saar, immeubles aux façades aveugles, fenêtres et portes obturées par des planches, le pont au-dessus des voies ferrées où passent les trains qui relient le Rhin à la France, Forbach juste à côté, puis un quart d'heure de marche : elle longe les murs du vieux château dont l'arrière donne en à-pic sur l'abîme, elle monte le large escalier d'un immeuble ancien et sonne chez Walter Gieseking, cartable avec les partitions dans une main, boîte de cigares dans l'autre : vingt-cinq cigares contre leçon de piano. L'école Gieseking : toute nouvelle, moderne, basée sur la relaxation, la souplesse, la mémorisation de la partition favorisant l'automatisme. Partition dans la tête, une sonatine dans son entier : signes, chiffres, clés, sur les lignes, cinq par cinq, comme des fils. Dans l'immense salon bourgeois, sous le grand tableau à l'huile de l'école hollandaise, dans son vieux cadre doré ouvragé, un trois-mâts sur les flots démontés, écumeux, gris et noirs, un ciel d'encre, plutôt inquiétant là, dans la pénombre, entre les deux Steinway, monde obscur qu'accentue encore le blanc de la double feuille de partition sous la petite ampoule, des fois le maître passe, grand, souriant, costume élégant, supervisant un moment la leçon de piano que donnent ses *Meisterschuler*, concertistes eux-mêmes, ils sont sur les ondes le dimanche, Radio-Sarrebruck : « Plus souple le bras... le poignet vide... Surtout ne forcez pas. » Doigts, phalanges tombant en chute libre, contrôlée, souplesse articulée d'automate, de culbuto assis, la méthode, qui décorsetait le jeu, avait, comme toutes les nouveautés, eu son prophète méconnu, sa pionnière, une pianiste : Clara Schumann... mais à l'époque! et une femme! en plus, dans l'ombre d'un mari si célèbre...! Un beau visage aux traits réguliers, ovale parfait, lèvres sensuelles, grands yeux noirs, une fine chaînette en sautoir sur des épaules dénudées, un filin, un lacet, comme une corde de piano tressée, un autre en haut du front enserrant des cheveux noir de jais plaqués en bandeaux sur les côtés, puis un peu libérés en boucles sur le cou : sortie d'une romantique rêverie d'Edgar Poe, c'est le visage qu'on peut voir sur le billet de 100 DM et deux fois même : en médaillon, et dissimulé en filigrane dans la trame du papier pour démasquer les faussaires, et il circule, s'échange, passe de main en main, ce visage, chaque jour cent fois. « Détendez vos muscles... Relâchez! Relax... Aucun effort musculaire. » Le professeur soulève le bras tendu de la petite musicienne jusqu'à hauteur d'épaule puis retire le soutien de la main et le bras retombe comme mort, une marionnette creuse qui fait vibrer les cordes.

Le visage distors de Dora Maar lui apparut, un soir de novembre, sur une page de magazine qu'elle feuilletait lentement de ses doigts enveloppés de gazes et de bandages. Blocs enchevêtrés, puzzle mal encastré, morceaux de tête déplacés, décalés, mal imbriqués, ça n'avait pas forme humaine. « Je connais! c'est ça! c'est ça! c'est ce que je ressens exactement! Je suis faite, dedans, comme ça exactement! » Ce fut une révélation. Coiffée d'un shako, le modèle est assis sur un fauteuil à dossier, en bois sculpté, les mains, animales, entre mains et pattes, griffes sur des extrémités d'accoudoirs en arabesques : chaos en majesté... Cette page était son miroir, qui lui présentait l'image de son état intérieur : c'était là... c'était ça! Elle sentait au-dedans sa tête exactement comme c'était là, au-dehors, pas une impression vague, mais une sensation bien physique, un enchevêtrement de pièces mal rapportées dans sa boîte crânienne, une drôle de machinerie aux pièces encastrées faux, c'était ça à l'intérieur, sa tête. Animal-machine ! Elle l'observa longuement, longuement, au travers de ses yeux mi-clos, fendus, aux paupières gonflées.

Assise dans son lit, manches de chemise boutonnées serré jusqu'au bas du poignet, pour ne pas s'automutiler, elle scrutait attentivement cette autre femme et, seule, coupée du monde, de très très loin, d'ailleurs, d'un faible point obscur quelque part de derrière son masque, elle conçut pour le peintre une reconnaissance : il avait donné une forme à ce qu'elle croyait être une honteuse, une innommable anomalie, il plaçait en pleine lumière, avec éclat, insolence, souveraineté, aux yeux de tous, de tout l'univers, les monstres de sa nuit à elle. Et alors, de ce jour, elle se sentit représentée.

Toujours manches de chemise boutonnées jusqu'aux poignets, côté soigné, distingué que donne l'étude de la musique classique, le carcan des exercices, le difficile déchiffrage de la partition, la soumission aux nombres, elle voulait quand même à tout prix être comme les autres enfants, et ainsi encore apprêtée, elle allait, entre deux leçons de piano, jouer dans les ruines sans façades, un lavabo émaillé pendant encore dans le vide sur le mur du fond, empreinte délavée d'un oriflamme à croix gammée, poutrelles de fonte en équilibre instable, collures, ferrailles, certaines soudées, déchets métalliques, on avance là-dessus tout là-haut dans cette carcasse de fer et de pierre, excitation de la peur, danger... et puis c'est la course parmi les ronces et lacis de rosiers sauvages, menaces enchantées d'un monde inconnu... Et, de retour, amenant avec elle la vilaine odeur de la fleur de salpêtre, qui s'épanouit dans les poubelles, les décombres, mêlée à celle de la rose, elle montait au troisième pour de clandestines visites complices, de curieuses séances : *panatella* au bout des doigts, lourd parfum de lavande, Anna, sa grand-mère, coiffure *Herrenschnitt*, à la garçonne, était spirite, une survivance : c'était en vogue dans les années vingt, elle dialoguait avec les morts. Pour se justifier, elle citait saint Augustin : « Les morts sont des invisibles, ils ne sont pas des absents. » La petite musicienne aimait ça, ces manigances et cérémonies secrètes à l'insu de ses parents ; à la rigueur mathématique, la soumission aux nombres, succédait le simulacre d'un dialogue avec l'invisible dans les volutes de sumatra.

Tous les participants autour de la table, les mains tendues, sont en contact entre eux avec leur auriculaire, le doigt de l'oreille ! Vos mains sont juste au-dessus d'une petite soucoupe sur laquelle, partant de son centre, est tracée une flèche. La soucoupe est placée sur un carré de carton où vous aurez inscrit les lettres de l'alphabet. Sous vos magnétismes s'anime la soucoupe et la flèche pointe lettre après lettre, formant ainsi des mots : ils sont la réponse des morts. « Shikemitsou, je suis là ! » fut la réponse du grand-père invoqué un beau soir : la petite fille, à sa naissance et ensuite avec ses allergies qui lui faisaient un visage gonflé, parcheminé, aux yeux fendus, avait reçu de lui ce surnom, elle ressemblait au ministre japonais des Affaires étrangères ! « Shikemitsou, je suis là ! » M. Cornelius, ami d'Anna et grand ordonnateur de ces drôles de séances, avait tranché : « Un médium-né, cette enfant ! »

Elle était entrée sur scène légèrement et avec une aisance parfaite, et tout s'ordonna autour d'elle, l'espace semblait à son service.

« ... le déroulement d'une projection, songea Charles, comme si c'étaient les lumières, la musique et des mots qui n'étaient pas les siens qui la faisaient exister à chaque instant et qu'elle n'ait pas de vie en dehors d'eux, ni avant ni après, absolument comme un film. » Animée, inventée à chaque instant sous les projecteurs comme l'est une marionnette, sauf qu'elle était vivante et très vivante et qu'elle passait d'ailleurs d'un état à l'autre vite en mélangeant la femme et le pantin, et le pantin c'était elle aussi. Une marionnette, un prélat : voici une chose qui n'est pas à moi et pourtant je vous la donne, je l'ai recueillie, je vous l'offre : une musique, quelques mots et même au fond ces gestes, je les dépose dans l'air... C'était ça une interprète, juste un instrument... « Interprêtre » ? Merveilleuse faculté de pouvoir donner ce qu'on ne possède pas.

Oui, elle semblait naître, son visage, sa voix, de la lumière, du son, au bout des rayons, des fils partant du microphone revenant aux amplis. « Une marionnette... », songea Charles qui avait aussi en tête les lignes de la partition, cinq par cinq, ces fils... Une éphémère que rayons de lumière et vibrations musicales animent dans cette zone interdite : une scène... Pas tout à fait une personne bien qu'elle ait plus de vie que personne. Cette grâce ne lui étant point naturelle, car elle s'était refabriquée, n'en avait que plus d'évidence... Elle avait réinventé son corps pour cause de maladie, invalidité, un triste état, il était meurtri, une carapace, un masque qui l'isolait et la rendait vulnérable à la fois, les choses lui étaient étrangères, trop loin et trop près, menaçantes, elle n'y était pas chez elle. Reliée à ces fils invisibles, elle ne forçait pas, un mystérieux centre de gravité donnait leur impulsion à chacun de ses membres, ses muscles, tendons... Oui, M. Cornelius avait raison : un médium-né! Mais attention! Le médium communiquait aussi avec des choses matérielles, dans un rapport quasi animal : l'air, le sol, les murs et la lumière qu'elle savait « prendre » comme d'instinct, tout l'espace de la scène, et au-delà, elle était avec eux, de leur côté.

Charles la regardait et il se disait : « C'est avec elle, avec ça, cet animal que je vis! » Cet après-midi encore, il lisait le journal et elle, en tee-shirt et jeans, elle essayait quelques notes, *Pierrot lunaire*. Et elle avait soudain monté de deux octaves en un instant. Fulgurant! Ça lui avait rappelé une brusque accélération d'un moteur de Formule 1 dans la ligne droite du port, à des essais d'un Grand Prix de Monaco, auxquels il avait assisté. Il n'avait pas vu grand-chose mais ce bruit, quand on passe quatre vitesses en quelques secondes, est plutôt non humain. Comme ça, sur le sofa, en tee-shirt, c'était plus impressionnant, inattendu que sur une scène. Sauvage. Ils étaient ensuite revenus à une conversation tranquille comme si de rien n'était. Elle redevint très calme, elle était redescendue, assise sur le sofa grenat — une couleur vive que Charles n'aimait guère, lui il préférait les non-couleurs : gris, blanc, noir... D'ailleurs, pourquoi le blanc non-couleur? C'est comme le silence en musique, c'est un temps musical aussi. Voilà! Il vivait avec une chanteuse! Un jour, une nuit qu'il marchait dans la rue à Berlin, il était tombé nez à nez avec son visage immense, 2 mètres sur 2, une affiche sur le Kurfürstendamm, et il s'était dit : « C'est curieux, c'est elle et une autre. » L'écart était d'ailleurs très grand entre l'une et l'autre, sur scène et « à la ville », chez elle. C'était difficile de faire le lien, le rapport... Assise sur le canapé, elle avait juste bien redressé le buste, à peine aspiré l'air, juste la bouche un peu contractée, lèvres un tout petit peu rentrées, petit pincement des narines, comme le pilote, aux traits déformés sous la visière, les yeux ? rien, juste peut-être une concentration dans le regard, et, hop ! c'était parti, une fusée qui s'arrache, pas une question de volume sonore, propulsion-accélération-décollage sans forcer : *In einem phantastischen Lichtstrahl,* dans un fantastique rayon de lumière. C'est tout. Et puis, stop ! Ils s'étaient mis à parler tranquilles d'autre chose, elle avait croqué un chocolat. Et à propos de Formule 1, il y avait cette fille qui avait dit : « Ingrid est la Porsche des chanteuses ! » Et toujours à propos, « Je me sens, songeait Charles, souvent, comme la fiancée du pilote de course. Je l'accompagne à travers le monde dans ses concerts, les hôtels, je réponds dix fois au téléphone, j'assiste aux essais, aux derniers réglages, j'ai peur avant le début, et aussi pendant le concert, des fois même je souhaite que ce soit fini ! »

Elle venait là maintenant du fond de la scène... « Et qu'est-ce que c'est encore que ce morceau de chaîne, ce métal mat enroulé au poignet ? Je ne le lui ai jamais vu... » Pauvre accessoire évocateur de casse, de zone, wagons à bestiaux, wagonnets, bruits de la ferraille, ça faisait dissonance avec le satin noir de la longue robe ciselée... Elle était à contre-jour, *Gegenlicht,* son ombre se profilait sur le côté, sur le sol et le mur de gauche, beaucoup plus grande qu'elle, légèrement déformée et faisant un mouvement un peu distinct, imposante comme si elle eût sa vie propre et que ce fût cette ombre fugitive, tremblée, qui, pour quelques secondes, la projetât elle, mais très vite, en douceur, pfft, rien, ce tracé s'effaça, l'ombre disparut... Elle faisait deux, trois pas entre marche et course, fin sourire, un pas glissé d'adolescente, presque une enfant. Elle court... elle court, Shikemitsou... elle courait...

C'était dans la Forêt-Noire, elle a quoi? Douze, treize ans. C'est que, deux fois par mois, un prêtre vient à Koenigsfeld pour la petite diaspora catholique, une trentaine d'âmes, et il l'appelait pour jouer de l'harmonium à la chapelle. À peine le service terminé, elle traverse rapidement le village et, tout en courant, elle sort vite de sa poche de manteau la coiffe de tulle dont elle lace le mince ruban de satin rose sous le menton, passant ainsi subrepticement d'un culte à l'autre en un clin d'œil, un tour de main de passe-passe, par le jeu de ce petit accessoire, juste un morceau de tulle, un petit ruban. «J'arrive juste à temps pour intégrer le chœur de l'église luthérienne de la confrérie Zinzensdorf. Je chante, j'accompagne le docteur Schweitzer, veste noire, fin nœud lavallière, qui joue Bach à l'orgue, c'était un spécialiste, un orgue magnifique, un des plus beaux d'Allemagne...» Un vrai plaisir, une joie, toutes ces voix! et la sienne dans l'ensemble! C'était les cantates, ces offrandes joyeuses, *Jesu meine Freude, meines Herzens Weide, Jesu meine Zier*. Là-haut sur les sommets, les derniers contreforts laissent entrevoir des traces de l'ère glaciaire. Le docteur, théologien mélomane, il avait écrit une vie de Jésus, venait chaque année de Lambaréné où il soignait les lépreux, il avait une maison à Koenigsfeld. Dans la forêt, elle l'avait aperçu, courbé, il tirait une brouette, arrivée à sa hauteur, elle avait vu qu'elle était pleine de lettres, paquets, une fois par semaine il allait les chercher à la poste et, en échangeant quelques mots avec lui, elle jetait des coups d'œil dessus : ces lettres portaient des timbres du monde entier, même de Chine. « Alors, comme ça, il y avait des peaux encore pires que la sienne dans le monde entier, même en Chine ? » s'interrogeait-elle.

Dans ce pensionnat de la Forêt-Noire, à la façon des chanteuses sacrées de l'Inde ne payant pas d'impôts et classées monuments historiques ou trésors d'État, elle était dispensée de corvées domestiques : faire son lit, repasser sa chemise de nuit, préparer un repas, en échange de son chant. Le soir, elle et les autres filles massées en groupe serré écoutaient la radio : *Ohne Krimi geht die Mimi nie ins Bett*, sans son polar Mimi ne va pas au plumard... *Das machen nur die Beine von Dolores*, c'est à cause des jambes de Dolores qu'ils peuvent pas dormir les senores, *Daß die Senores nicht schlafen gehen...* But ! But de Fritz Walter ! Cri du speaker resté légendaire encore plus que le but : « *Mein Go-o-ott ! W-a-a-a-alter !* » On était champions du monde !... Réacceptés, honorables, plus des parias, et toute l'Allemagne chantait *Die Capri Fischer* : les vacances en Italie, ah ! l'Italie ! *Wenn bei Capri die rote Sonne versinkt und am Himmel Die bleiche Sichel des Mondes blinkt*, soleil rouge qui disparaît dans la mer, croissant de lune qui brille dans le firmament. Petites lumières au loin sur la mer... c'est les pêcheurs... Kitsch d'opérette... la guerre oubliée, tout oublié, oublier tout! *Bella bella Maria bleib mir treu Bella bella Marie vergiß mich nie!* Reste fidèle, ne m'oublie jamais! Oui, on pouvait commencer enfin à oublier... les ruines, les gravats, les ténèbres, les brumes de l'enfance et celles de l'horreur avec. Fini le noir et blanc... Premiers technicolors, premières robes de jeune fille, en décolleté « balconnet » à la Gina Lollobrigida, elle est devant la glace : « Mais avec cette peau ?! Des garçons ?... », un peu triste ça avec la maladie, mais oublié le lendemain, mélodie... premier parfum, un souvenir de Paris d'un parent : *Air du temps* de Nina Ricci... non, *Mitsouko* de Guerlain, *Air du temps* c'est bien plus tard... il faut sauter cinq ans...

... C'est à Munich, elle se prépare sans enthousiasme pour se rendre à une audition, hésite devant sa garde-robe clairsemée... « Oh! et puis je m'en fous... » Décontractée, désinvolte... dès qu'elle est bien, que son allergie s'en va, elle oublie, gaie, insouciante, plaisante à tous, jusqu'à la rechute d'après : maladie-mélodie-maladie... Dans le tramway, elle feuillette un magazine qu'on vient de lancer, *Der Stern* : la mode, Paris, un tout nouveau venu, sa première collection, il tient le rideau écarté de la main, un long jeune homme adolescent, l'œil myope inquiet, rivé, relié, on dirait par un fil, à son mannequin vedette, Victoire, qui défile, il porte un nom qui la fait un peu rêver : Yves Mathieu Saint Laurent. Elle referme *Der Stern*, l'Étoile, elle est arrivée.

« *Mein liebes Kleines,* ma petite chérie... » La voix était rauque... « On va rectifier ça un tout petit peu, ce nez de canard »... une voix de basse qui détachait les syllabes... La jeune fille leva les yeux et la regarda en souriant : coiffure à la garçon, *Bubikopf,* lèvres peintes en rouge profond, la fameuse Trude Colman tenait le fume-cigarette entre majeur et index, paume en l'air... « Un peu plus droit ce nez... à peine, et voilà, une star est née... » Avant-bras tendu en avant... géométrique découpe dans le costume noir au pli impeccable, face mec de Marlene : *todtchic,* chic à mort... La vraie Berlinoise cosmopolite, grande élégance, belle allure vraiment, hautaine mais esprit léger, du goût pour les bons vins... les jolies femmes : un archétype qui aurait pris possession de quelqu'un. Un petit écho persistant de la fin des années vingt, République de Weimar, Georg Grosz, Wedekind qui récite des poèmes, Brecht, manteau de cuir de belle coupe et havanes, un aristocratisme vaguement voyou, Albertine Zehme chante, dans un cabaret, pour la première fois, *Pierrot lunaire,* d'Arnold Schoenberg, ah! non, pour Albertine il faut encore remonter le temps de huit ans : Berlin 1912, mais la trace est encore là et pour longtemps, musiques canailles, corps fiers, pleins d'amour-propre, audacieux corps d'acrobates : « *Akroba-a-at! Schö-ö-ön!* » répète alors le clown Grock, oui, c'est beau un acrobate, la haute voltige aérienne, cette fierté irraisonnée, suspendue à des filins sous l'immense toit ouvrant du Wintergarten avec, en supplément de programme, les Weintrop Syncopators : ils jouent à eux six de vingt-cinq instruments, pantomimes, mélange de jazz américain et esprit viennois!

43

1926. Berlin compte quatre-vingt-dix journaux : quatre-vingt-dix miroirs que se tend à elle-même la ville, et elle se trouve belle! Bien sûr que ça peut pas durer, cette bravade! Des corps qui ont de l'esprit, l'esprit du temps, *Zeitgeist,* l'air du temps... *Berliner Luft Luft Luft...* air air air de Berlin. C'est la rengaine d'alors. C'est cet air qu'elle amenait maintenant à Munich autour d'elle comme d'autres un parfum, l'Archétype, un détour forcé par Hollywood, quelques rides en plus, mais l'illusion d'un temps retrouvé, sans rien de nostalgique et sans naphtaline, éternel retour. Insolente et froide élégance moqueuse, il en est resté comme ça quelques-uns malgré tout, des rescapés... ou des prophètes peut-être, sait-on jamais?

« "Vous voulez que je vous chante quoi?" Et sans lui laisser le temps de répondre : "*Lascia mi piangere,* une aria de Verdi, ou alors..." et j'enchaînai sans prévenir en m'amusant *Comtesse Czarda* de Franz Lehár et j'enchaînai sans rien dire *Leis flehen meine Lieder,* c'était Schubert.

« J'avais pas préparé, je chantai ce qui me passait par la tête, ce qu'on chantait par plaisir, avec l'ancien séminariste, Arthur, mon père, comme je faisais dans la maison-de-la-musique. » Elle faisait ça comme un jeu, dépourvu de but, d'ambition, un luxe, *Hausmusik. Lascia mi piangere...* laisse-moi me plaindre... l'aria de Verdi, « J'enchaînai sans crier gare, ça m'amusait, *Machen wir's den Schwalben nach,* faisons comme les hirondelles. » Et l'Archétype souriait. « Moi aussi. J'avais rien préparé, c'était ce qui me passait par la tête », et soudain sérieuse : « Gilbert Bécaud, *Am Tag als der Regen kam,* le jour où la pluie viendra, et *Leis flehen meine Lieder,* très doucement mes chants supplient. »

C'était sans effort, avec plaisir, feint ou non, relax, pas d'ambition, et Pygmalion s'amusait! Pot-pourri, tout sur le même plan, elle ne fait pas la différence. Les dimanches, Brahms à quatre mains avec son père, Bach à l'église du Cœur-de-Jésus, les chansonnettes à la radio : opéras vieux, latin d'église, refrains niais, rythmes naïfs, tout est musique.

« C'est ta diversité, *meine Liebe*, qui m'a emballée, fit l'Archétype, ta diversité et ta décontraction... Te lancer... Te prendre sous ma tutelle... une carrière!... » « Une carrière? » Mais c'est le côté amateur justement qui l'avait séduite. « J'avais chanté pour Dieu ou le soir et les dimanches à la maison... pour Dieu ou pour rire! Mais une carrière?! Une star? » Monstre et sacrée avec sa terrible maladie, ses blessures d'intouchable et sa voix de rêve, elle l'avait déjà été!...

Elle regarda encore cette représentante de ce qui avait été l'époque peut-être la plus libre de l'Allemagne, engloutie en 1933 du jour au lendemain, les armées de l'ennui étaient déjà à l'œuvre : le fume-cigarette était court et en bakélite, le détail d'aujourd'hui collé sur l'ensemble... Le tableau égratigné... Mieux comme ça, au fond, moins dupe, sans illusions.

La Pygmalion berlinoise n'est plus là, mais l'Archétype, l'esprit, c'est possible, se balade à présent quelque part dans le monde, sous d'autres traits recomposé, ou attend son heure pour venir s'incarner, en morceaux s'il le faut, en divers lieux et latitudes, divers temps et diverses personnes, diverses cités. « ... ta diversité, *mein liebes Kleines!* »

C'était un jour mélodie. Mais le lendemain, un week-end avec une amie dans les montagnes de Bavière, un chalet auberge, une chambre salle de bains.

— Erika! Erika! Je peux plus marcher!...

— Attends, je vais t'aider, je passe la première, on ne peut pas passer à deux de front, la porte est étroite... Attention là, il y a deux petites marches... entre les toilettes et le vestibule...

— Erika! Je n'y vois plus...!

« Elle me tenait par le bras, ça a duré une éternité de descendre du petit hôtel à la voiture, j'avais le visage tout déformé, gonflé, mes yeux : deux fentes. Elle devait me guider... Aveugle! Je n'avais plus le choix : je suis allée sonner au cabinet du docteur K. Les deux battants de la haute porte étroite se sont ouverts lentement tout seuls, sans doute par un système de commande à distance. Immobile, bien en retrait, au milieu du vestibule, cadré par l'embrasure, la lumière froide et inéluctable, des appliques de côté le découpait en clair-obscur, arêtes franches, angles durs, pans coupés net. "Je vous attendais, depuis très longtemps. Je savais que vous viendriez!" C'est ce que semblait dire, mais sans malice, son regard. Il m'a fait signe d'entrer, j'ai avancé difficilement derrière lui, dans le long corridor, mon corps m'obéissait très mal : la première séance avait commencé! Sa voix avait un petit défaut, je l'ai reconnue tout de suite : elle était sur les ondes à minuit, chaque jeudi sur le troisième réseau, les fréquences courtes, celles qui vont le plus loin. Des bruits couraient : élégamment vêtu à l'italienne, il s'entourait de jolies filles avec lesquelles il parcourait en Porsche rouge la nuit le quartier à la mode de Schwabing. Il aurait eu une liaison avec la fameuse danseuse Carra Carroza. Une superbe, un peu aristocratique mais sans frime, juste pour le pur et simple plaisir... de plaire et si ça se trouvait de déplaire! On racontait des choses : il hypnotisait ses patients, leur donnait des drogues interdites. "Docteur K., dites-vous? Ah oui, il travaille 'dans la tête', je crois", fit ma logeuse. Il fréquentait les édiles, les notables de la ville, mais il était suspect : lorsqu'on travaille "dans la tête", on ne roule pas en Porsche rouge avec des mocassins Gucci sur mesure aux pieds. Faut pas tout mélanger, la tête et les pieds. Bon, alors, j'ai essayé, il a essayé, on a essayé, on a essayé non pas de retrouver le fil mais de le perdre, laisser filer, d'un côté l'autre, et de tous les côtés du temps, dériver avec les mots, à l'intérieur des mots, entre les mots surtout, les silences, les battements, le souffle, les rapprochements de ce qui ne se rapproche pas, croit-on. Les inclusions de ce qui est étranger à nous, pense-t-on. "Quel rapport ça a? Qu'est-ce que ça vient faire là?!..." »

Le docteur K. avait l'oreille, il saisissait le son des phrases autant que leur sens, son père était un spécialiste de Mozart d'ailleurs, sans doute que ça se joue surtout à l'oreille ce genre de cure et qu'être musical arrange bien les choses.

Un masque nègre était accroché au mur, il avait dû servir pour un rituel d'une société secrète... on prenait le visage d'un autre : une divinité, un animal. « J'ai rêvé, c'était dans le désert... Un sphinx immense au loin, en métal... c'était ma mère, un regard d'aveugle, elle ne me voyait pas, elle regardait au loin dans le désert, c'était un sphinx grand comme une pyramide, en métal. Je criais

"Maman! Maman!" Aucune réponse d'elle, ma voix rentrait dans ce métal creux et ressortait, transformée, en échos réverbérés, plus lente... "Mama-a-a-an! Mama-a-a-an!" Je hurlais et ce qui revenait c'était ma propre voix, ralentie, dans le désert sans fin. C'était horrible, horrible... une terrible angoisse : "Mama-a-a-an! Mama-a-a-an! Mama-a-a-an"! » Le masque en forme de cœur, nez triangulaire, yeux en croissants de lune, amenait la présence de l'invisible et du mystère.

— Un souvenir d'enfance m'est revenu, j'ai quatre, cinq ans peut-être, je suis dans un traîneau tiré par des chevaux, c'est l'hiver, la neige, le cocher crie très fort dans la lande, il porte une espèce de chapka avec protège-oreilles, puis c'est le bord de mer, on entend des bruits de fusées, de bombes, des canons sortent de bâches-camouflages en forme de dos de tortues, après je suis dans une espèce de hangar, j'ai un bonnet en fourrure avec le pompon qui pend, deux matelots me prennent par le bras en silence, me soulèvent, me déposent sur une estrade, et là je chante, très fort, le chant de Noël *Douce Nuit*, sept ou huit marins, je crois, m'accompagnent à l'accordéon.

— Quoi d'autre?

— Rien je ne vois rien, ah si, une petite poupée en bakélite, sur une table... et... un insigne, je crois avec deux ailes, *zwei Fluegel*...

— Personne pour vous écouter?

— Non. Je ne sais pas, j'ai oublié...

Le masque, craquelé, blanchi au kaolin, semblait veiller sur la séance.

— J'ai fait un autre rêve. Je suis un chien, un chien de luxe, un petit caniche noir, chien de cirque peut-être, sur une patinoire dans l'Englischer Garten, j'évolue en jolies arabesques, je trouve cet animal, qui est moi, ridicule, inutile, un objet de luxe... et je me dis : « Voilà, je suis inutile... comme ça... et c'est terrible ! »

— Inutile ? Luxe ? Oui et alors... ? C'est pas bien... ?

Stop the world I want to go out ! Claquettes et rythmes à cinq temps de l'époque, elle chantait aussi treize chansonnettes, changeait treize fois de costume, de rôle, un tour de force avec peu, si peu de place en coulisse, en très peu de temps, sortait à gauche en stewardess, rerentrait vingt secondes après par la droite en barmaid, elle se transformait en plein de filles, une vraie Fregoli, ça faisait bien rire la salle. Elle était la meneuse des girls, y en avait quatre dans ce *musical* anglais : *Stop the world...* ça s'appelait comme ça. Comédie légère et trépidante. Énorme succès, deux ans ça a duré...

Mais qui c'était ce garçon en blouson de cuir seul, silencieux dans un coin, refermé sur lui-même, recroquevillé, tête dans les épaules, de dos, face au mur, près du comptoir à la buvette du pauvre petit théâtre de fortune qui faisait aussi souvent cinéma ? Il semblait capter de tout son corps ce qui était autour de lui, même derrière lui, perméable à tout. Animal ! Et de façon démonstrative : on le sentait, l'entendait écouter, on aurait dit qu'il observait avec les oreilles, écoutait avec les épaules... oui, de tout son corps, de la tête aux pieds. « J'étais intriguée, même de dos il avait l'air de m'épier, mutique, ne perdait pas un seul de mes gestes. »

— C'est un type il dit qu'il veut faire des films...

Et un beau jour, un après-midi, elle vivait alors avec un homme d'affaires depuis quelques mois, elle avait laissé tomber la scène, une belle villa moderne dans les faubourgs chics de Munich, meubles en palissandre... elle était en train, seule, de jouer du piano, on avait sonné : le jeune garçon silencieux au blouson était là, timide, les paupières légèrement bridées, une charmante et fine cicatrice à la lèvre supérieure gauche, accompagné de deux filles.

— Bonjour...

Une petite voix douce, c'est plutôt une des filles qui avait parlé, lui sur le seuil il regardait par terre ou par en dessous et puis aussi vers l'intérieur de la villa : les murs couverts de palissandre, la grande feuille blanche de la partition sur le piano surtout semblait l'intriguer, le fasciner, comme si c'était une drôle de chose, tout un monde inconnu de lui.

— On... il aimerait...

— Oui je... j'aimerais... j'ai écrit une pièce... *Katzelmacher* ça s'appelle... Vous êtes dedans... vous êtes une chanteuse dans une petite ville et la chanteuse d'ailleurs s'appelle Ingrid...

Non, elle ne voulait pas :

— Merci... non vraiment... je ne crois pas... enfin... je réfléchirai... merci c'est gentil... à un de ces jours peut-être...

... Et deux ans plus tard... « Il était assis à la table du petit déjeuner, après notre première nuit ensemble dans un lit, il m'attendait avec, chose exceptionnelle pour lui dans la journée, une chemise blanche empesée, bien repassée. Je descendais les escaliers, j'entrais dans la pièce, je n'étais pas encore assise : "Maintenant il faut absolument qu'on se marie !" Il disait ça sans lever les yeux. »

De là où il est, au septième rang sur le côté, Charles peut observer à la fois le tracé général de ses évolutions et le détail de ses gestes. Il avait vu combien de fois ce spectacle ? Cinquante ? Cent ? Même si elle ne faisait rien, qu'elle ne bougeait qu'un ou deux doigts, elle happait le regard. Elle était là et ailleurs. Comment faisait-elle ? Ce qui est sûr, c'est qu'il faut pour ça une bonne dose d'isolement sur scène... et finalement, son ancienne infirmité, quand elle était seule derrière sa peau blessée, sentant le monde si loin, lui avait donné à tout jamais cette distance, cette « solitude » qui, aujourd'hui... mais une distance qui n'excluait pas le plaisir. « J'étais de l'autre côté de la vie et tout, dans celle-ci, me semblait un jeu. » Cette infirmité était donc aussi une chance. À présent, elle chantait le *Nana's Song* : *où sont les larmes d'hier soir, où est la neige de l'an passé*, et elle contrastait le lyrisme contenu de la chanson avec un jeu plutôt froid : elle allait sur la droite à pas comptés, un arpenteur, avec un mouvement de la main démonstratif comme une hôtesse de la Lufthansa : elle désigne ce qu'elle fait, le souligne, dessine un espace, le sien, dans l'Espace, c'était la leçon de Brecht qui

51

lui-même la tenait des Orientaux, les Chinois, les Japonais, et il y avait une autre leçon qu'elle avait reçue de là-bas : apprendre à respirer. « J'ai connu la nièce de Herrigel, on était dans le chœur de la Christkönigskirche, l'église du Christ-Roi, on avait quatorze, quinze ans, elle m'a fait lire le livre de son oncle, *Le Tir à l'arc.* »

« "Marche!... Avance! Avance!... N'aie pas peur... Tu peux y arriver!" crie le Baron debout de derrière sa petite Cameflex. Je marche doucement sur la mince couche de glace du lac gelé de l'Englischer Garten, venu des Alpes le foehn avait en quelques heures fait monter de quinze degrés la température, l'air était chaud et doux, je suis face au soleil couchant, pourpre, aveuglant, je m'éloigne, de dos, lentement, doucement dans une fine robe de mousseline lilas. C'est exactement le même endroit où j'avais fait ce rêve : j'étais un caniche pomponné patinant sur la glace, un joli chien inutile, mais maintenant c'est juste moi, le masque du chien est tombé, mais s'est ajoutée la Tour Chinoise, son toit en pagode, là-bas en arrière-plan. "Avance encore... encore...!"

« Je suis revenue sur le lieu de mon rêve sept, huit ans après, je dois avoir vingt-huit ans, mais maintenant ça m'est égal d'être inutile, ou plutôt je fais de moins en moins la différence, mon rêve est devenu un film : *Johanna auf dem Eis,* Johanna sur la glace, ça s'appelle. Le Baron vous transmet sa confiance, son goût d'une beauté cachée là où jamais on ne penserait la trouver : à la lisière du ridicule, du mauvais goût. Dans ma robe mousseline lilas, face au soleil, mes gestes sont un peu gauchis par la crainte de la glissade, que même la glace ne se brise et que je m'enfonce dans le lac : la grandeur sublime qui se prend les pieds dans le tapis! le grotesque et le sublime, un bel canto cassé, le défi, la voix, le mouvement vers la démesure, presque trop loin, là où ça va casser... mais non! Le génie du Baron est de savoir passer très vite et mine de rien de l'un à l'autre, avec des bouts de ficelle donner une impression de luxe s'achevant dans un maniérisme qui à son tour tourne court : six, sept films de quatre sous amorçant plusieurs styles sans insister, classique, kitsch, lyrique, populaire, segments sonores bout à bout, échantillons où persiste la trace de la collure. "Avance! Avance! Chante plus haut! plus haut! plus haut!" "Mais je ne peux pas, c'est trop haut pour moi, je ne suis pas chanteuse d'opéra." "Tu le peux... tu le peux!" Je fais un geste. "Oui, exactement, c'est ça, c'est très bien, c'est ça!" crie de loin le Baron, comme s'il avait eu ce geste, cette intonation en tête et que je l'aie fait sans qu'il le dise, mystérieux lien télépathique entre le cinéaste et son actrice. »

Elle avait tant aimé, elle aimait tant, elle aime encore tant le bruit de la caméra, le doux petit bruit, l'intervalle entre le « Moteur! » et le « Coupez! », un temps, un espace différent, sacré, ça lui rappelait la rumeur dans les églises, et elle reliée par des fils invisibles à une machinerie complexe aux rouages humains : ingénieur du son casqué, chef opérateur, cameraman, réalisateur, script-girl, le glissement de la grande machine noire sur les rails de travelling autour d'elle comme les wagonnets de la Sarre, et s'il fallait recommencer la prise plusieurs fois, pour elle c'était aussi bien, elle avait aimé les exercices : Études de Clementi, Inventions de Bach, d'abord chez Gieseking... le monde mis en formes, ce qui la calmait de ses terreurs primitives, son visage, son corps chaotique, déformé pendant la guerre et après.

Carla Ila Magda Ingrid : quatre filles venues d'horizons divers tenter leur chance à Munich... De l'énergie à revendre, de la gaieté, de l'ironie et un trait de *Sehnsucht,* mélancolie bien allemande, spleen tourné vers l'avenir, et voilà... Mais toutes elles ont joué, enfants, dans les ruines de leur pays. Elles rêvent, elles veulent faire du nouveau, oui d'accord, mais ces ruines encore un peu fumantes, poussières d'os abandonnées derrière par leurs parents, elles n'allaient pas les laisser comme ça à l'oubli ou propres et retapées, elles allaient les prendre, se les coltiner un peu, s'en faire des parures, s'il le faut, les exhiber un peu au milieu du reste, ces restes, se garder d'être trop vite trop « propres », avoir un peu l'esprit du *Schmutz.*

« Ça nous hantait. On habitait juste à côté et ça faisait peur, on remettait ça sans arrêt. En ce temps-là, chaque matin on prenait le petit déjeuner dans le jardinet de la maison. Carla Magda, Ila et moi, en bigoudis, mal coiffées, on échangeait des phrases banales puis on allumait nos marihuana filter cigarettes et on voyait la vie en rose. Et ce dimanche-là, Magda a dit : "Cette fois, on va y aller... on va aller voir." Elle avait toujours aimé le challenge, se confronter, même et surtout si ça se terminait en grotesque, surtout pas comme ça avait commencé, c'était une adepte de la ligne brisée, elle portait ça en elle, c'était physique, l'art de la cassure. La cassure, ça n'a pas traîné.

54

Il faisait beau, en ce début d'après-midi, et Ila, peut-être pour se donner du courage, devait déjà avoir un peu bu parce que, on venait à peine de démarrer, nos deux voitures sagement à la file, l'une derrière l'autre, et elle roulait seule devant, et on a vu la grande vieille Volvo peu à peu s'écarter très lentement de la route, comme si elle s'endormait, voulait pas y aller. Elle n'en finissait plus de se déporter, c'était comique, dans le soleil, et elle est tombée posément dans le fossé, on aurait dit une trajectoire bien calculée par la voiture elle-même, et en bout de course, elle est rentrée calmement dans l'arbre, elle l'a un peu cogné comme une boule une quille. On venait à peine de démarrer! On l'a dégagée de là et on est reparties. Il y avait la pancarte avec la flèche DACHAU 5 KM. On est arrivées et chacune de son côté, on a fait la visite. Carla est entrée la première : c'était une blonde petite, sexy, pleine de piquant et de vitalité, acidulée, faubourienne, elle aimait chanter très fort, un peu faux mais très bien, pleine de courage, sérieuse et amusante. Elle s'était fabriquée comme ça. Il fallait bien se fabriquer soi-même : il faut dire qu'avec ce qu'on nous avait laissé! Elle s'est avancée lentement parmi les lourds blocs en fonte des fours et elle a lu haut et fort tous les noms sur les plaques et aussi un poème qu'avait écrit quelqu'un sur le mur, comme des graffitis dans une grotte perdue. Moi je n'ai pas pu rester. Quand je suis ressortie, j'ai aperçu Magda, elle vomissait debout, juste la tête penchée, sans s'appuyer à rien, très noble, très digne, dans une de ses grandes robes en soie de chez Daisy, ils lui faisaient des prix. On n'a rien dit, on a roulé un peu, on s'est arrêtées pour acheter des bouteilles de vin à l'épicerie du village, on a encore roulé, on a arrêté la voiture et on est descendues, il y avait une belle forêt, c'était une des dernières journées ensoleillées d'automne, et on a marché lentement sans dire un mot, juste le son des feuilles mortes qui craquaient sous nos pas, et on est arrivées à une petite clairière, les arbres avaient été sciés et abattus et ça laissait filtrer la lumière, des rayons de poussière. On s'est assises sur les troncs et on est encore restées longtemps sans parler, on se passait les bouteilles et on buvait au goulot. Ila, allongée sur les feuilles, ramassait des bouts d'écorce, des échardes de bois et les lançait dans l'air. Magda était à côté de moi et elle m'a poussée des épaules et du cul en riant nerveusement et je suis tombée par terre et je me suis relevée et je me suis assise à la même place et elle m'a de nouveau poussée par terre en riant et je lui ai dit : "Arrête, Magda, ça suffit!" C'est tout, aussi bête que ça.

« De ce dimanche à la campagne à Munich, je me rappelle la voiture déportée très doucement, comme si la trajectoire était méticuleusement calculée, une ligne qui s'incurve, que la voiture ait eu son idée, et, plus tard, de Magdalena qui me faisait tomber en riant, deux épisodes burlesques encadrant le reste. Entre ces épisodes demeurait quelque chose comme une tache blanche sur une carte géographique, une contrée inexplorée sans nom, innommable même, ou une zone obscure dans le cerveau, inavouable. Tout était là-bas, exposé en pleine lumière, trop de lumière aveugle sans doute, ça restait une zone d'ombre. L'épisode central, l'important, le but, s'était estompé, caché, il restait les bords, les bas-côtés, juste avant et juste après, les petits à-côtés, en somme, comme si on ne pouvait que tourner autour de cette invraisemblable vérité. J'avais, bien avant, très jeune fille, adolescente, entendu raconter que des violonistes accueillaient les passagers des trains sur un air de tango, pour les tromper, ou alors c'était la voix de Rosita Serrano, le "rossignol chilien", qui leur chantait *La Paloma*, et maintenant c'était toujours dans ma tête, même si ça cadrait mal avec le reste de ma vie : les cigarettes de hash, les premiers rôles au théâtre, au cinéma, les amitiés turbulentes et gaies. Oui, on les avait emportés au son des violons pour qu'on n'entende pas les cris, c'est ça la joliesse kitsch. Beaucoup de musiques dans la vie sont là pour nous tromper.

« Le p'tit train passait et repassait dans ma mémoire : *Le p'tit train s'en va dans la campagne... le p'tit train s'en va en sifflotant...* Quand les Rita Mitsouko ont chanté ça dans les radios, à la TV, je revoyais le wagon à bestiaux où je faisais avec ma mère, ma grand-mère et ma sœur le trajet à l'envers qu'avaient sans doute, c'est possible, accompli dans l'autre sens ceux qu'accueillait à la descente du train *La Paloma*. On avait récupéré le même wagon à demi abandonné à la fin de la guerre. C'est vrai, on avait plein de place, il n'y avait personne pour faire le retour, j'avais de la place pour moi... peut-être quelqu'un m'avait laissé la sienne, une autre petite fille? Dans le wagon à bestiaux fermé, cadenassé par la chaîne, on y avait récité des versets de la Torah à l'aller, et dans l'autre sens, Katharina ma grand-mère, des psaumes du Nouveau Testament. Les bombes à Kiel avaient été pour moi un mélange d'excitation et d'angoisse, les ruines après guerre, quelque chose de formidable pour un enfant, jusqu'à ce que j'apprenne, pour les camps...

« Quand Magda me poussait en riant et que je tombais par terre et... Magda, c'était Marie Madeleine : Magdalena Monctezuma, l'actrice du Baron, le Baron l'avait appelée comme ça, c'était l'époque où on changeait de nom, comme à la Factory... Elle était les deux : Marie Madeleine et Monctezuma : la générosité et le dévouement de la sainte pute, la fierté, le profil orgueilleux, héraldique, les grands traits évocateurs d'une Aztèque, plutôt sauvage. D'origine pauvre, ancienne serveuse de restaurant, toujours élégante, le sens de la dérision sans se moquer jamais. C'est pour ça que c'était curieux de la voir là se comporter tout à coup comme une enfant. Pourquoi dire autre chose ? C'est juste comme ça que ça s'est passé, c'est tout ce dont je me souviens, ça ne sert à rien de raconter des histoires... Des fois, c'est des années plus tard que ça fait son effet, sous une forme inattendue, sans rapport direct avec.

« Il n'y avait pas que le p'tit train, il y avait un rêve que j'avais fait et qui me revenait régulièrement en tête : je suis dans notre salle de bains à Sarrebruck, qui est plutôt grande et en longueur. Les W.-C. qui, dans la réalité, sont dans un renfoncement, sont, dans mon rêve, remplacés par un four et l'entrée du renfoncement est fermée. Je suis avec ma grand-mère et ma mère, nues toutes les trois. Et c'est chaque fois la même scène, lente et rapide : ma grand-mère est en train de pénétrer dans le four, les toilettes, le four-toilettes, et ma mère et moi attendons, toutes nues, assises sur le grand coffre en bois peint qui sert de panier à linge, à l'autre bout de la pièce. Ce rêve, je ne le raconte jamais, il est trop transparent : il établit subrepticement un lien entre nous trois et des êtres qui avaient été mis à nu bien ailleurs. J'ai presque honte de mon rêve : notre salle de bains avait une baignoire à pieds en porcelaine et une très jolie mosaïque de petits carrelages, noir et blanc pour le sol, les murs vert d'eau. Mais chaque fois, quand je retourne à Sarrebruck dans notre maison rue de la Fontaine et que je vais dans la salle de bains, je revois ce rêve. »

Seule la main, avec sa chaîne, appuyée haut contre le mur, est dans un tout petit cercle de lumière, loin là-bas tout au fond, là où on ne va pas en principe, derrière ce mur-là il y a la rue. Elle est de dos. Musique ! C'est un air sur deux rythmes : en 2/4 le couplet, pour le refrain une valse. Elle viendra à l'avant-scène en trois temps. Là, elle ondule, un peu vulgaire, puis se retourne vers la rampe.

Das Handtuch ist so dreckig und die Asche verstreut,
Aus dem Radio die Stimme von Brenda Lee

La serviette est si dégueulasse et les cendres éparpillées,
Dans la radio la voix de Brenda Lee

Elle roule un peu les *r*, le reste est dans le masque. Elle fait glisser dans sa langue une autre langue, celle de son propre corps. Elle commence une phrase avec un accent *althochdeutsch*, haut allemand, la termine dans une sonorité yiddish, et passe, en un instant, de l'Université à la cuisine. Elle conjugue les genres, elle aime les mélanges, ce changement de ton à l'intérieur d'une chanson. Elle avance vers la rampe, cinq doigts écartés sur la hanche : le geste des premières chanteuses de saloon parodiant les cow-boys, main sur la crosse du colt, buste un peu cassé, voix poissarde. Tout en marchant d'un pas traînant, elle ramasse la longue traîne de la robe, la tient roulée, chiffonnée, sur le bras, ça lui découvre les jambes, soudain c'est une mini ! Parfois, elle en a assez de cette grande robe, de tout ce noir !

Sur l'air de valse du refrain sont plaqués trois accords qui rappellent le rouleau perforé des pianos mécaniques :

> *Oh! Kinder das eckelt mich an*
> *Das riecht und stinkt*
> *Und das nennt sich Mann*

> Oh, les enfants, ça m'écœure
> Ça sent et ça pue
> Et ça s'appelle un homme

Ouais ! Peut-être. Mais chaque vendredi, elle reviendra à l'hôtel, car *Les femmes croient que l'amour mène le monde : c'est dire à quel point elles ont le cerveau dérangé*[1].

Rainer, avait-elle raconté à Charles, qui n'en avait jamais assez des histoires d'hôtels, a écrit cette chanson au Chelsea Hotel, New York, où il était descendu avec elle. « Et on était allé dans beaucoup, même après notre divorce, des quatre étoiles, des minables et des "n'importe lequel" :

« Park Hotel de Brême où on jouait à "*Mensch ärgere dich nicht*", Oh ! homme, ne te fâche pas, un jeu de dés tout à fait idiot, encore plus que le 421, mais qui le surexcitait comme si c'était une question de vie ou de mort, ça le faisait tellement transpirer qu'il devait prendre une douche après.

---

1. R.W. Fassbinder, *Écrits divers.*

« Parco di Principe à Rome où il cherchait une solution pour un scénario et je lui avais chanté, sérieuse et le doigt levé, deux vers d'une chanson idiote à la mode : *Da muss man nur den Nippel durch die Lasche ziehn, Und den kleinen Hebel ganz nach oben drehn*, Mettez simplement la languette dans la fente de l'ouvre-boîte, Et tournez le p'tit truc vers le haut, et, furieux, il avait soulevé la télévision pour me la jeter dessus et elle lui était tombée sur les pieds.

« Grand Hôtel d'Istanbul où il m'avait offert, pour mon anniversaire, toute une ligne de bijoux en écaille de tortue, collier, bague, bracelet, et où on lisait le livre d'Erich Fromm sur les nécropoles et aussi une biographie de Lilian Harvey, qui avait été actrice et chanteuse comme moi, et il avait le projet de tourner sa vie avec moi dans le rôle de la "petite chérie de l'Allemagne".

« Hôtel Tropicana, Los Angeles, la chambre 27 où il n'y avait pas de TV mais un immense frigidaire vert aux angles effilés et torsadés comme une Cadillac et l'hôtel en face du Caesar Palace à Las Vegas où il voulait se marier pour la deuxième fois avec moi et m'avait acheté une robe blanche "made in France" avec des liliums peints dessus, et... non mille fois non, je ne voulais à aucun prix recommencer tout ça, et devant la fenêtre il y avait une chaussure géante en néon rouge qui tournait au milieu du désert. »

« Encore un hôtel, s'il te plaît ! » avait fait Charles.

« Grand Hôtel à Taormina, ancien monastère, où, en smoking, il avait proposé, au dîner, à Romy Schneider un projet de film, d'après le roman *Kokaïn*, qui devait se dérouler dans le monde de Paul Poiret, le couturier, mais l'un après l'autre ils avaient disparu et ça ne s'était jamais fait.

« Hôtel Carlton de Cannes, pendant le Festival, où il était vêtu tout en couleurs superposées d'Armani : beige, vert pâle, mauve, feuille morte. Du lin. »

Mais c'est du Chelsea Hotel qu'elle gardait les souvenirs les plus précis, la chambre 100 : le visage est d'une belle harmonie, malgré le nez un peu fort, la bouche un peu mince — mais c'était à la mode —, le front est très haut, marque, dit-on, d'intelligence supérieure. C'est Goethe, son image sur un billet de 500 DM. Rainer étudie longuement ce visage aux traits nobles et classiques. Sur le beau front justement il y a une plaque blanche qui descend jusqu'à l'œil, une tache, une sorte de lèpre, d'érosion ou de maladie de la peau, une dépigmentation et une mèche de cheveux semble peroxydée, décolorée en blanc. C'est ça qu'il observe. Oui, mais c'est pas ça du tout, c'est de la poudre, de la cocaïne. Sans le faire exprès, Fassbinder a barbouillé de cocaïne les cheveux et l'œil de Goethe. Il roule le billet en cornet, le met dans son nez et aspire : brusque décharge de dopamine, neurotransmetteurs à fond, allumage OK, décollage dans quelques secondes, fraîcheur instantanée, fraîcheur de vivre, la *Sehnsucht*, ce spleen allemand, disparaît. Il oublie sa pesanteur de pierre. Allègement, un vide sous la calotte crânienne, il a décollé vers... le présent perpétuel, le présent sans nuages.

Il en prend trop, ses seconds couteaux, se servant au passage, la lui ramènent coupée de lactose, parfois même d'un peu de cyanure. Le 500 DM, des marks de l'Est, est au milieu d'autres billets, des dollars en liasse, en vrac sur le lit, sur la table de chevet, partout, comme après un hold-up. Il aime les billets de banque. Ces liasses, il se les met sur lui, dans toutes les poches, une vraie carapace, une armure d'argent. Il se fait payer en cash par les producteurs, tous les quatre jours, il ne les rencontre pas, on lui dépose l'argent derrière sa porte, comme un repas. « Il entretient un rapport ouvertement érotique avec l'argent, dit-elle. Ce n'est pas encore l'argent abstrait d'aujourd'hui. Il est comme les mafiosi, il le dépense avec avidité, il dit comme eux qu'il mourra jeune. »

Face au lit, la télévision. C'est une chaîne nouvelle : vingt-quatre heures sur vingt-quatre, du sport, des informations, des faits divers violents, ça n'a pas l'air d'avoir lieu pour de bon, sur un fond perpétuel de musique classique. *All news all the time.* En bas de l'écran, un ruban déroule de droite à gauche des signes ésotériques comme des codes de computers, une écriture ancienne indécryptable, des hiéroglyphes : les cotations de Wall Street, le dollar, le Dow Jones, ça n'arrête jamais.

Ingrid rentra tard dans la nuit, 3, 4 heures du matin. En sortant de l'ascenseur elle prit le couloir à peine éclairé, tout au fond duquel se détachait le mot EXIT en implacables lettres rouges. Elle marchait vite, mal assurée sur ses talons trop hauts, elle avait pris trop de drogues : poppers, LSD, cocaïne. Elle ouvrit la porte de la chambre. Rainer n'était pas rentré. La télévision était toujours allumée, sans le son, les dépêches avaient peu changé. Elle alla se faire couler un bain. Elle laissa la salle de bains dans l'obscurité : avec la porte communicante ouverte, la lumière de la télévision et de la rue était suffisante. Elle se mit dans la baignoire-sabot, assise. Peut-être, avant elle, d'autres hôtes du Chelsea avaient été assis pareil dans la même position, dans cette baignoire-là : Smith Patti, chanteuse, Mapplethorpe Robert, photographe, Thompson Virgil, compositeur, Thomas Dylan, poète, Vicious Sid, assassin musicien. Ses yeux avaient mis un temps pour accommoder dans l'obscurité et elle ne les vit pas tout de suite. D'abord une sorte de nappe noire, qui se précisa : des cafards! Des centaines de cafards! La baignoire toute noire! L'effet des drogues la rendait incapable de bouger. Elle percevait seulement une zone obscure et fourmillante. Elle était pétrifiée. Ces petits dictyoptères aux mœurs nocturnes et coureurs rapides avaient été saisis par la brutale arrivée d'eau et étaient maintenant raides morts ou — ça ne valait pas mieux — très gravement atteints. Une heure plus tard, elle était toujours dans l'eau maintenant froide, toujours immobile, des dizaines de cafards grouillaient dans la paume de sa main ouverte posée à plat sur le rebord de la baignoire. Quand Rainer entra dans la pièce, dans l'obscurité, il vit de loin le lit non défait. Inquiet, il se demanda où elle pouvait bien être passée.

— Ingrid!

Une faible voix lui parvint depuis la salle de bains.

— Je suis là! je suis là!

Il n'avait pas toujours été le féodal régnant sur sa clique de serviteurs et qui répétait « *Alle Schweine!* », tous des cochons, et quand Ingrid lui demandait : « *Und du?* », et toi?, répondait : « *Das Oberschwein* », moi, le supercochon! Quand ils s'étaient connus, il était un garçon muet et timide qui observait tout de son coin. Il s'isolait. Elle, elle portait encore des séquelles de sa maladie : ça faisait des Hänsel et Gretel attardés : l'intouchable et le muet, pas mal de temps avait passé depuis ce matin d'hiver où il portait cette chemise blanche bien repassée. Au milieu de ses crises de jalousie tous azimuts et de ses éclats de colère, il restait souvent avec elle attentionné et délicat, comme avant.

Cette voix qu'il entendait à présent n'était pas celle de la peur, plutôt de quelqu'un qui, dans un détail, a entrevu l'horreur d'un autre monde, l'horreur de notre monde. Il s'approcha de la baignoire, elle ne bougeait pas, elle ne voulait surtout pas bouger. Derrière ses airs « tout en cuir », c'était un homme de paroles : il trouva tout de suite le mot qu'il fallait. C'était un simple adjectif, un des plus simples, simple comme bonjour : blanc. « C'est tout blanc là-bas! viens! » Fassbinder tendit le drap qu'il était vite allé chercher et le tint un moment devant elle, puis l'en recouvrit entièrement. Comme un médium obéissant à une suggestion, elle se leva lentement, machinalement, il la tenait par le bras, et se dirigea droit vers le lit : elle obéissait à BLANC. Dans ce moment-là qui succédait à un black-out de détresse, elle était sans défense, dans un abandon et réceptive à des choses oubliées et, peut-être même, à du jamais-vu : le drap des églises, où enfant, elle jouait de l'orgue et qui recouvrait l'autel — le *Leinentuch*, le même que sa grand-mère achetait pour la maison, au magasin d'articles ecclésiastiques, c'était associé au *Leinwand*, l'écran de drap, le grand écran — le *silver screen* des Américains — ça lui rappelait les images qu'on projette devant vous, toutes les images du cinématographe qu'elle aimait toujours : noir et blanc et muet. Le lendemain, Rainer se leva tôt, il avait un rendez-vous à la Nouvelle Nouvelle Factory : la NNF.

65

Assis côte à côte sur un petit divan Chesterfield, Warhol et lui restèrent longtemps sans mot dire, ignorant les va-et-vient rapides et décidés des assistants : des étudiants en blazers Brooks Brothers et en cravates aux blasons de leurs universités : Yale, Harvard, UCLA. Maintenant, ils parlent tous les deux d'une toute petite voix de garçons sages, le regard droit devant eux. Rainer, depuis peu, collectionnait les poupées anciennes. De son côté, le vampire poudré cachait un cœur d'enfant : à sa collection de pots de cookies en vieille faïence et de Mickey années vingt en terre cuite, il aurait bien adjoint une de ces délicieuses poupées de Bohême. Il est même prêt à échanger. De son côté, Rainer, un rien snob, était tenté par la possession de petits fétiches du Maître. Il était prêt à tout pour satisfaire ses fantaisies : il avait ainsi, en sortant de l'église Sainte-Sophie, acheté, pour Ingrid, en cadeau de fiançailles, deux singes à un forain turc d'Istanbul, il avait voulu les faire tourner dans un film, mais à « Moteur ! », ils s'étaient mis à courir et à sauter. Il aimait pouvoir tout tout de suite : encore mieux que le sexe dans les saunas et clubs spécialisés, ça calmait sa difficulté d'être. L'homme au masque de cire annonça le premier : « Je propose trois Mickey contre une poupée. » Le *Wunderkind* du cinéma allemand ouvrit en douce une petite main potelée de bouddha : cinq ! Le pape du Pop Art eut un début de sourire en regardant ces doigts un peu courts. Il souriait aussi parce qu'il reconnaissait un pair : un bon marchand, et pas juste un artiste. *The best art is business art.*

— Alors trois Mickey plus un très grand pot de cookies.

Rainer, *ganz schweinchenschlau*, malin petit cochon, relança : il ouvrit de nouveau la main en souriant à son tour derrière ses fines moustaches de vieux Chinois rusé, un peu gangster : il savait que l'autre cachait, dans son hôtel particulier, des dizaines de Mickey, au milieu d'un fatras d'objets où se faisaient des rencontres improbables : crânes humains et solitaires en diamant dans des tiroirs à double fond. Les objets de collection avaient tout envahi, au point que lui et sa mère s'étaient réfugiés dans la cuisine. Warhol céda. Marché conclu ! Partis en même temps de Munich et de Kennedy Airport par vols transatlantiques, la précieuse petite poupée et les animaux aux grandes oreilles et à la longue queue se croiseraient dans les airs. Mais il n'était qu'à moitié content. On lui avait tenu tête en affaires, et, qui plus est, un représentant de la Vieille Europe, plutôt bien rebondi et mangeant trop de sucreries. Les fesses juste posées sur le bord du sofa, l'ascétique albinos new-yorkais, qui vivait de potages Campbell, de Cola light et de crevettes surgelées — un candy bar à la rigueur, à titre exceptionnel — et qui s'entretenait au shiatsu, fixa d'un doigt, l'annulaire, sa perruque :

— Monsieur Fassbinder, vous ne faites jamais de gymnastique ?

Et voilà : maintenant, Rainer était assis, juste en bas de la NNF, avachi sur un banc, les bras sur les genoux, une vraie pierre. Une voix timide s'adressa à lui :

— Excusez-moi, est-ce que vous n'êtes pas le fameux monsieur Fassbinder ?

Sans lever les yeux, il répondit faiblement, dans un souffle :

— Est-ce que vous croyez que si j'étais le fameux monsieur Fassbinder, je serais assis, en plein jour, à New York, seul sur un banc ?

Un jeune Noir passe en sifflant très fort un air des Ramones qui se fond lentement dans des espèces de petits bruits lointains de casseroles...

Ça faisait un bruit de casseroles ! Mais d'où pouvait bien venir ce son de quinte creuse dans cet endroit calme et feutré, l'hôtel Scribe, à Paris, dont l'immeuble avait été le siège du très fermé Jockey Club où le moindre éclat signifiait l'exclusion et où auparavant, en 1895, les frères Lumière avaient présenté le premier film de l'histoire du cinéma, l'entrée du train en gare de La Ciotat, mais c'était en silence, un silence quasi religieux, recueilli, effrayé, on entendait juste le discret ronronnement de l'appareil de projection d'où émanait un rayon hypnotique, porteur d'images effrayantes et magiques ?

La voiture de Son Éminence venait de la déposer devant l'hôtel où elle était entrée, suivie du bagagiste, reçue avec cérémonie par le directeur, la suite est réservée par la maison Saint Laurent, et en haut des marches conduisant à l'ascenseur de service, une des valises, celle à carreaux verts et blancs en carton renforcé, trop pleine, s'était ouverte : le personnel et quelques clients levaient les yeux, aussi sidérés qu'avaient dû l'être les spectateurs du train entrant en gare, ils voyaient maintenant toute une batterie de casseroles dégringolant les marches, un tintamarre de ferraille, casseroles descendant l'escalier, de toutes tailles, et aussi fourchettes couteaux cuillères, l'air de sortir de nulle part, une meute d'objets soudain animés.

Elle est ici pour jouer une reine, la suite est mise à sa disposition par M. Saint Laurent, synonyme alors d'élégance absolue, elle est sa protégée, et c'est une ménagère inquiète — on ne sait jamais, ça peut toujours servir — ayant apporté ses ustensiles de cuisine, qui fait son arrivée à Paris, cette entrée-là, dans cet hôtel de luxe. On est tout à coup dans un slapstick de comédie américaine à la *Gold Diggers* : la pauvre oie blanche provinciale vient tenter sa chance dans la capitale — jours difficiles dans une petite pension de Washington Square —, amour romantique, auditions, hésitation entre le beau jeune premier et le producteur — dandy ou daddy ? —, ce sera le daddy plein aux as, triomphe à Broadway, son nom en lettres de néon, le jeune tourtereau rejeté est reparti dans son Idaho. Il a le mot de la fin, au soir de la première : « Pour chaque cœur brisé dans l'Idaho, une lumière s'allume à Broadway. »

Elle ne sait pas quoi faire : s'excuser ? s'expliquer ? Aider à ramasser deux fourchettes et une casserole ? Rire ? Elle rit ! Elle pense à son père : pendant la guerre, jeune officier de marine sur la mer Baltique, à bicyclette sur la route, il entend les sirènes d'une alerte aérienne, saute de vélo, s'accroupit dans le fossé, avec sur la tête une casserole, réalise après coup qu'elle n'a pas de fond, elle est trouée. Ça fait plutôt petit caporal de l'armée française en déroute, Fernandel dans *La Vache et le Prisonnier*, Carette dans *La Grande Illusion*, que Oberleutnant de la Kriegsmarine, mais il aimait Pigalle, Joséphine Baker, le Moulin-Rouge. Et le canotage sur la Loire.

Plus que le spectacle, c'était le son qui était sacrilège, surtout pour une chanteuse, un bruit vulgaire — « elle chante comme une casserole » — un peu louche — « son passé n'est pas très clair, elle traîne derrière elle des casseroles » — et surtout, ici, totalement déplacé, sans rapport avec ce cadre vieillot et luxueux — tapis, tapisseries, employés stylés : cet hôtel émettait un bruit qui ne lui appartenait pas, un peu énervant, angoissant, crispant pour le cerveau, un hôtel ventriloque. Ça lui rappelait peut-être aussi les dimanches, sa mère faisait la cuisine et le bruit des casseroles venait se mêler aux sons de Liszt, la *Rhapsodie hongroise*, que son père jouait encore et encore, en boucle, dans le salon à côté. Ça aussi devait venir faire tilt quelque part dans son cortex. Une casserole vint taper contre un des barreaux en métal de la rampe et s'immobilisa bêtement.

Il existe une photo de Marlene Dietrich qu'elle a donnée à Hemingway[1] : elle y est tout en jambes, assise, comme dans la fameuse publicité qu'elle fera plus tard pour les fourrures Blackgammon, la tête est baissée, juste, en profil perdu, la ligne nez-bouche-menton : assez pour l'identifier instantanément comme on réagit à un logo, un sigle, un pictogramme, et, à côté de ses célèbres jambes nues croisées qui dévorent l'espace et que la Lloyd assurait cinq millions de dollars, elle a écrit : *I cook too*. Avaient-ils été amants ? amis ? amour complice ? La vieille histoire qui fascine les foules : l'écrivain et l'actrice, ou la chanteuse,

1. Marlene, il l'avait décrite dans *Îles à la dérive* : « Je l'aperçus d'abord dans une voiture. Je vis la voiture s'arrêter. Et le portier ouvrir la portière arrière et elle en descendit. C'était elle. Personne d'autre ne descendait ainsi d'une voiture, rapidement, sans effort et élégamment, et en même temps comme si elle faisait une grande faveur à la rue en y mettant le pied. Toutes avaient essayé pendant de nombreuses années de lui ressembler et certaines y étaient assez bien parvenues. Mais quand on la voyait, toutes les femmes qui lui ressemblaient paraissaient des imitations. Elle était alors en uniforme et elle souriait au portier et lui posait une question et il répondait gaiement et acquiesçait d'un signe de tête et elle traversait le trottoir et entrait dans le bar. »

D'Annunzio et la Duse, Miller et Monroe, Gary et Seberg, Shepard et Jessica Lange, Philip « Portnoy » Roth et Claire « Limelight » Bloom, les noces du verbe et de la chair, intrigantes, énigmatiques et tumultueuses.

Dietrich avait appris, jeune fille, le violon, ce petit soldat prussien violoniste, ça avait dû le séduire, Hem', ce côté mec, elle roulait un peu les épaules, buste basculé en avant, ça n'empêchait pas le regard par en dessous, la bouche allusive, le pli d'ironie : champion! *Daring and manners!* L'audace et la réserve! J'oubliais la cigarette tenue par le bord entre trois doigts, façon populo, la petite touche canaille, en tenue *todtchic* et allure Potsdam [1].

Hemingway? Finalement, ce n'était peut-être pas à lui que la photo était dédicacée, mais à un autre de ses hommes : Erich Maria Remarque ou Fleming, inventeur de la pénicilline? Gabin? Ou alors à Mercedes de Accosta, excentrique lesbienne? Ou tout simplement à un fan anonyme? N'importe comment, tout ça c'est de l'histoire antique, la jeune femme aux casseroles est aussi une fumeuse-à-la-chaîne, mais elle tire sans façons sur un vulgaire fume-cigarette en bakélite noire Denicotea, 25 francs dans tous les débits de tabac.

Elle rit encore dans l'ascenseur et au moment où, précédée du directeur, elle entre dans la suite, elle est saisie par ce qu'elle voit : des liliums sur la table de nuit, sur le bureau, sur la console, dans la salle de bains, dans l'entrée, partout, les pièces blanches de liliums. Suite en blanc :

---

1. Marlene et Hem'! Avaient-ils...? N'avaient-ils pas? Comme on disait il y a bien longtemps : « Ont-ils?... » *That is the question,* que tout le monde se pose toujours d'ailleurs, on essaie d'imaginer... un homme, une femme qui entrent dans un restaurant, encore plus s'ils sont mal assortis... un joli petit passe-temps, surtout là avec ces deux monstres sacrés.

Yves saluait sa reine! Après les casseroles, les liliums, après la ménagère, la vamp! Casseroles et liliums! Un bon titre si elle écrivait un jour ses souvenirs, une biographie, la sœur de Zsa-Zsa Gabor, Eva, avait appelé la sienne *Orchids and Salami*.

Le grotesque passant au sublime, on aurait dit une des mises en scène décalées de son ami Werner Schroeter, qu'on surnommait, pourquoi ça?, le Baron : *Salomé* d'Oscar Wilde, *La Mort de Maria Malibran*, il avait fallu que son arrivée à Paris se fasse sous ce signe, à vrai dire, c'était plutôt l'inverse, des liliums aux casseroles, sa tournure d'esprit, comme au bout de la phrase trop « belle » — celle-ci par exemple — il faut une brisure, mais c'est encore trop « beau », ce rythme rhétorique dont je ne sors pas, un peu trop cadencé. Elle savait, elle, sur scène, d'une souple envolée de la main, suivie d'une cassure du poignet, une petite talonnade en l'air, en arrière, du pied — clin d'œil flamenco — casser, juste à temps, virtuosité, brio, sèchement, souverainement les faire tourner court, ne jamais faire riche, oui, c'est ça, aller vers les liliums, les orchidées, pour virer brusquement casseroles et salami. Lupe Velez était la fiancée de Johnny Weissmuller, après un chagrin d'amour avec Tarzan elle veut se suicider, mais en beauté, toujours l'image, même post-mortem, coiffure, maquillage pendant des heures. Manque de chance, les comprimés et l'alcool lui détraquent les boyaux et c'est dans sa plus belle robe, ses superbes toilettes, poudrée, bijoutée, quasiment embaumée, qu'on retrouve l'exotique momie mexicaine, étouffée par son vomi la tête dans les chiottes. C'est ça l'art de la brisure, toute une tournure d'esprit. comme l'art inverse, de récupérer les restes, et c'est vrai qu'un ustensile de cuisine ça peut toujours servir : John Cage a composé un concerto pour moule et fouet à pâtisserie.

Tous les trois jours, Yves faisait renouveler les fleurs, ça finissait par faire un peu dame aux camélias, surtout qu'elle était asthmatique... ses anciennes allergies... Il lui dessine ses costumes de reine et elle étouffe parmi les liliums. *L'Aigle à deux têtes* : le xixe siècle, un anarchiste en Bavière, le téléphone sonne. Justement, c'est Munich. « Allô, Ingrid... », c'est la jolie petite voix douce et adolescente de Fassbinder, elle s'échappe de ce corps qu'il n'aime pas, il aurait voulu être une grande blonde à la peau de pêche, ses amis l'appellent Mary, parfois la Mary. « Les Baader ont piraté un avion plein de passagers, ils veulent le faire sauter, c'est à Mogadiscio. » La voix arrive dans la chambre, elle s'infiltre parmi les liliums, les fleurs blanches du Scribe.

Avec cette petite phrase, le monde de Siegfried, de la conscience malheureuse, de la *Sehnsucht*, des enfants du IIIᵉ Reich entre, comme un coup de tonnerre d'opéra, dans cet univers feutré du grand couturier, les soubresauts, là-bas, de l'Histoire, dans l'ambiance vénéneuse, luxueusement alanguie d'ici, la brutalité terroriste dans cette blancheur de lys. Mogadiscio! Elle, elle répète Jean Cocteau, Yves Saint Laurent lui dessine ses costumes de reine et là, avec la fumée de ses cigarettes, l'alcool et la cocaïne, elle étouffe parmi les liliums. Tout se mélange : elle joue une reine de théâtre amoureuse d'un terroriste recherché par la police. C'est le sujet de *L'Aigle à deux têtes*, et le terroriste ressemble étrangement au roi mort. Elle était à peine arrivée et ça y est, la vie imitait l'art! Elle est venue à Paris

73

pour échapper au passé mal digéré de l'Allemagne, ses contrecoups, ses spectres, et ça la rattrape ici, dans cette chambre, tout de suite. Elle se souvient de Baader et d'Ulrike Meinhof, elle fréquentait les mêmes endroits qu'eux, cafés d'étudiants et d'actrices. En 1968, elle avait jeté ses partitions et attaqué l'immeuble Springer après l'attentat contre Rudy le Rouge, et ensuite, elle les avait rencontrés quelques fois et ça avait failli mal finir.

Rien ne lui faisait peur sur scène. Dans la vie, oui. Dans la rue, une BMW noire est garée, sous la pluie. Dedans, côté passager, se trouve Fassbinder, col de son blouson en cuir relevé, lunettes fumées. Il tient sa cigarette du pouce et de l'index, retournée vers le creux de la main, clandestinement, comme Bogart, puis il la porte à la bouche et tire sèchement dessus, déterminé, provocant, comme Bette Davis. Il commence son geste comme lui et le finit comme elle — Bogart, Bette Davis : il a choisi les deux plus magnifiques fumeurs de Hollywood. Il essaie de tout faire « comme au cinéma ». « J'ai appris toutes mes émotions au cinéma », déclara-t-il. Ce soir, sous le coup de la nervosité, son geste est en accéléré comme un film en dix-huit images/seconde. Après avoir vérifié d'un coup d'œil à droite et à gauche que personne ne la suit, Ingrid pénètre dans le Mendes Bar, lieu de nuit ouvert le jour. Tout était dans une demi-obscurité et silencieux et il n'y avait personne, que le barman en train d'essuyer les verres. Elle se dirigea d'abord vers le fond, là où était le Wurlitzer, les disques étaient suspendus en éventail, prêts à jouer : Rio das Mortes, Elvis, *Du bist anders als alle anderen*, tu es différente de toutes les autres, la chanson que Rainer mettait toujours quand ils venaient là. Puis elle s'approcha du comptoir :

— Scotch !

— Glace ?

— Non !

Là-bas dans la voiture, Fassbinder s'inquiétait, il trans-
pirait : il y avait eu ces mots que lui et Ingrid trouvaient
chaque matin sur le pare-brise de la BMW sous l'essuie-
glace : « Attention !! Urgent ! Voulons te voir. Appellerons
demain à 20 heures pour prendre rendez-vous. Vous
conseillons d'être là. Ne faites pas état de ce message. »
C'était, bien entendu, pas signé. Ça a duré comme ça une
semaine. Rainer a dit : « On part ! On part pour la Grèce. »
Il avait peur. Quand on a été de retour, ça a repris, les
morceaux de papier sur la voiture. On a proposé de
l'argent. « Non ! On veut voir Rainer ! » C'était le groupe
clandestin Baader-Meinhof. Fassbinder ne voulait pas les
rencontrer. Il avait peur de se faire enlever. Ingrid avait
proposé d'y aller à sa place. Elle était moins connue, donc
moins exposée.

Elle finissait son scotch. L'homme s'approcha, il sortait
des toilettes. Il se dirigea vers la porte en faisant signe de la
tête. Ingrid le suivit. C'était l'émissaire. Il était en manteau, de taille moyenne, il avait l'air... comment dire ?...
annulé... Corps sans corps... Ils furent dans la rue.

— Où est Rainer ? Pourquoi il n'est pas avec toi ?

— Où est Ulrike ?

Ulrike ? Elle se souvenait surtout de sa voix, une voix
souple et vivante, fine et bien modulée. L'avait-elle conservée comme dans le formol, plongée qu'elle était dans la
clandestinité et la langue de bois ? Une voix est aussi fabriquée par la vie, par la pensée ?

Les autres ? Elle les apercevait à l'époque dans les rondes
de nuit de Schwabing, bars, restaurants, petits cinémas :

Türkendolch, Bungalow, Simple, Chez Margot — Gudrun Ensslin, la fille muette et garboesque du pasteur, et Baader, déjà figés, debout, accoudés au piano, tout près de l'entrée, ou plutôt de la sortie, comme si, des années à l'avance, ils se préparaient déjà à fuir.

— Où est Rainer? Ulrike veut le voir.

Il portait de fines lunettes, il avait une voix blanche, lisse, fatiguée, de maniaque déprimé : un masochiste versatile qui aurait rêvé de faire du mal. Elle se serra dans son trench-coat. Elle avait peur et en même temps elle avait une impression d'irréalité, et de jouer dans un policier de série B, un rôle à la Barbara Stanwick. On eût dit un film noir.

— Dis-moi ce que vous voulez de Rainer. De l'argent?

— On vous a déjà dit que c'est pas ce qu'on veut.

— Alors quoi?

— Le rencontrer.

— Non!

Il entrouvrit alors le haut de son manteau : de la poche intérieure dépassait la longue aiguille argent d'une seringue hypodermique.

— Tu vois ça? Je pourrais te faire une piqûre et t'enlever, toi!

Il rabattit son manteau. Ce petit accessoire déplacé, à peine entrevu, donna à tout, une fraction de seconde, une coloration étrange, inquiétante, elle fut saisie d'effroi.

« C'est un script! pensa-t-elle, un script! »

Et elle se mit à courir à toute vitesse sur ses talons un peu trop hauts. Le messager disparut. Elle arriva à la voiture, se mit au volant et démarra. Ce soir-là ils ne rentrèrent pas dormir chez eux, ils allèrent à l'hôtel. Le matin, ils prirent des jeans, une brosse à dents, et sautèrent dans un avion pour New York, ils se décidaient souvent comme ça d'ailleurs, et ils ne reparlèrent plus jamais de cette histoire.

Et maintenant? Là-bas, ce n'est plus du théâtre, ni du cinéma. Bien qu'ils se fassent un peu leur cinéma, surtout Baader, séducteur macho. « C'est retransmis ici à la TV », fait Rainer dans le téléphone. Extérieur nuit. Aéroport. Un avion est sur la piste encerclé par des forces armées. Jeeps. Camions bâchés. Hélicos au sol. Silence lourd de menace.

Ingrid est au milieu de ces fleurs blanches, en peignoir. Elle regarde ses robes dans la penderie, ses chaussures. Met les robes devant son corps, se regarde dans la glace. Robes coupées en Allemagne, correctes, correctes, sans grand chic.

À vrai dire, à la TV, il ne se passe rien, c'est le même plan monotone, interminable et répétitif comme la révolution de la Terre autour du Soleil, de la Terre sur elle-même, comme toutes les révolutions : de l'ennui. Allées et venues d'un camion sur le tarmac. Il est 4 heures du matin. Des projecteurs éclairent la scène, pour la police ou pour la TV? À nouveau, le téléphone sonne, c'est Yves : « Tu es seule, ma reine? Je peux passer? » Elle l'imagine rue de Babylone, le domestique marocain, le grand Vélasquez, les pipes à opium : « Non, il est tard, je suis fatiguée. » « S'il te plaît! » « Non, Yves, je t'embrasse, à demain. »

Les deux coups de téléphone s'entrecroisent comme deux lignes mélodiques et se rejoignent dans les neurones de son cerveau : de Mogadiscio via Munich l'Histoire, soi-disant, l'État, les terroristes, les otages et, à Paris, rue de Babylone, un hôtel particulier, la haute couture, univers

77

reclus d'un couturier dandy opiomane. N'est-ce pas aussi l'Histoire? «Une nouvelle robe de Charles Frédéric Worth peut avoir autant d'importance que la guerre de 70 », avait écrit Marcel Proust. Un autre angle, c'est tout : Dallas, un beau matin de novembre 1963. Jackie Kennedy, dans sa chambre d'hôtel :

— Je vais mettre mon petit tailleur Chanel rose.

Le Président :

— Tu auras trop chaud, mets plutôt ton tailleur en shantung d'Oleg Cassini.

— Non, le Chanel me va mieux et il est assorti à mon chapeau, tu sais, le tambourin... Il n'y aura qu'à faire décapoter la Lincoln.

Scène suivante quelques heures plus tard (la scène est muette) : Jackie entre, digne comme une reine de tragédie, dans les salons en enfilade de la Maison-Blanche. De très loin, Dean Rusk la voit approcher lentement : sur son tailleur Chanel, des morceaux épars de la cervelle explosée du jeune président sex-maniaque. L'Histoire, cette histoire, c'est quoi? La guerre, les camps, la torture, les terroristes? Ou l'hôtel Scribe, l'opium, un parfum? Les deux lignes téléphoniques se mêlent dans le cosmos. *Cosmos* : mot grec ancien signifiant à la fois univers et parure.

Guten Abend, gute Nacht,
Mit Rosen bedacht,
Mit Näglein besteckt,
Schlupft unter die Deck.

Prise dans un cône de lumière, dans un ailleurs, signe chinois à l'encre noire, un trait, elle chante *a capella*. Mais, dans ce hiératisme, une petite fissure : a-t-elle entendu quelque chose ? Le regard absent, elle avance vers la rampe, elle traîne les pieds, genoux bloqués, comme on apprend à ne surtout pas faire pour une belle démarche. Et Charles, alors, se demanda quand il l'avait vue pour la première fois... Oui, ça devait être en 72-73, ça faisait des lunes ! on chantait *Les Magnolias* de Claude François, il fallait presque 10 francs pour s'acheter 1 dollar et Pierre Lazareff venait de mourir. Mais c'était où ?...

« ... On se croirait vraiment au Festival de Cannes ! » Assis, torse nu, à la grande table sur le pont de son yacht, mèche dans l'œil noir d'encre, Mazar, en disant ces mots, désignait du bras, sans se retourner, le paysage derrière lui : palmiers, drapeaux flottant dans le vent, affiches géantes, cette grande pièce montée : le Carlton, les yachts et là, autour, les filles en maillots et lunettes de soleil papillon. Et, pour finir, un petit avion qui sillonnait le ciel d'azur en laissant derrière lui une traînée ondulante de lettres blanches en toile de parachute : STAR WARS A HIT A MUST A MYTH. Oui, on était vraiment au Festival de Cannes.

Mazar farfouilla dans son assiette pour choisir avec les doigts le meilleur morceau de foie d'agneau, le roula, l'enroba dans une feuille de menthe et le tendit par-dessus la table à un de ses invités : « Votre Excellence... à l'orientale ! » fit-il, une lueur amusée dans l'œil. Le prince Phoumah sourit poliment, en jetant un regard circulaire sur les nombreux convives du jeune producteur : même en chemise bariolée et en short, il se dégageait de lui un nouveau type de « chic fatigué ».

— Salut, les gangsters! Assieds-toi, le Toc...

Toc, c'était son diminutif, juste pour Mazar. Autrement, c'était Toctoc. Il émergeait de sa cabine en compagnie du « colonel » Armand, un ancien du Biafra, dandy, profil aigu, un centurion mystique, rêvait encore morale honneur. Toutes les cinq minutes, il répétait pareil : « Il faut vivre comme un seigneur. » Gros-Bébé, géant débonnaire de 1,90 mètre, était déjà à table.

Mêmes tee-shirts blancs imprimés CINE QUA NON, le nom de la société de production de Mazar. C'étaient ses gardes et bouffons. Ne manquaient que Blonblon et Nat' le Grec, restés à Paris. Tout ça, tout ce monde, c'était l'ancienne bande de La Belle Ferronnière, le bar de la rue François-Ier. Nat' se présentait invariablement en disant : « Spécialité : infanterie grecque! » Toujours le col roulé et les mains derrière le dos comme s'il cachait quelque chose ou eût les mains sales, on disait qu'il avait torturé.

Ils déjeunaient à l'écart sur deux morceaux de table rafistolés et recollés tant bien que mal. La table était neuve, elle avait été livrée le matin pendant que Mazar n'était pas là et ces clowns-voyous avaient sauté dessus pour l'essayer, elle s'était cassée et quand il était revenu, ils étaient tous les trois assis côte à côte sur un morceau de table, avec leurs trois tee-shirts CINE QUA NON, en disant, en chœur : « C'est pas moi! » Tous un peu fous du roi, débiles légers, sortis d'un vague asile de vieillards prématurés. Boulettes, gaffes, conneries en tous genres, ils en rataient pas une. À croire que Mazar les avait eus en solde. Et le Peintre, qui ne savait peindre que deux choses : la baie de Capri, la baie de Cannes, il faisait ça depuis dix ans.

Les filles qui tournaient autour de Mazar, pas les actrices mais les dealeuses demi-putes, finissaient en général dans le lit de Gros-Bébé ou du colonel Armand, dans la suite du Plaza. Gros-Bébé accompagnait Mazar partout, il avait toujours sur lui un petit stylo lance-fusées, une scie métallique de commando et de la colle. Parfois, Mazar n'était pas content de l'hôtel où il était descendu : alors ils sciaient le bas des pieds des meubles et les recollaient un peu pour qu'ils s'écroulent au prochain client.

Il y avait aussi son ami l'Architecte. Il lui avait décoré son appartement avenue Montaigne, 500 mètres carrés, demi-cadeau du vieux Dassault, qui l'aimait bien. On l'appelait l'appartement paranoïaque. Rien. Nu. Les murs en ciment brut, béton, on aurait dit des façades d'immeubles basculées et retournées vers l'intérieur, du granit, des bouts de cailloux incrustés. « Décor industriel chic, postmoderne, mais très fonctionnel aussi, qu'il disait : comme ça, on pouvait projeter des plats dessus dans les rixes d'intérieur, ça se nettoyait facilement et en plus si on valdinguait contre, ça faisait vraiment mal. » L'Archi était sado, disait-on. À part ça, cinq chambres, les mêmes, cinq lits noirs, bas. Cinq seconds couteaux, mi-gardes, mi-bouffons, un peintre, un architecte, il manque le docteur, après c'est fini pour la garde rapprochée. Le premier cercle, ce sera pour plus tard.

Un jour que Mazar ne se sentait pas bien, il avait appelé le Samu. Un jeune docteur se présente avenue Montaigne, il se penche avec le stéthoscope, il l'ausculte, assis par terre, à côté du lit très bas : « Respirez... faites ah... ah... encore... toussez... respirez... toussez... » Le docteur s'endort, la tête sur la poitrine de Mazar ! Il était encore plus défoncé que lui... Depuis ce jour, il passait son temps avenue Montaigne, le soir, des fois, c'est lui qui ouvrait la porte. On l'appelait Docteur Samu. Bien sûr, tout de suite sous le charme de Mazar, impressionné par tout ce va-et-vient de filles, des putes, des actrices superbes, tout cet argent qui changeait de main, les filles aussi, chèques remplis sur un coin de table, filles idem, valises de dollars sous le lit, filles dessus... Il se trouvait bien, là, il garait sa voiture de service en bas, de l'hôpital il amenait les cames, toute la gamme — tout son carnet à souches y passait, avec faux justificatifs. Il était là chez lui... Et puis, tard dans la soirée, speedés tous les deux, ils sautent dans la voiture, démarrent, le gentil docteur attrape le gyrophare sur le plancher, passe le bras par la vitre, le met sur le toit et la voiture file maintenant à fond la caisse à travers la ville, le soir, avec ce ridicule petit chapeau bleu dessus, de travers, incliné au bord du toit n'importe comment, à la va-vite, un peu trop sur le bord, lumière tournoyante, on dirait une farce, le chapeau psychédélique trop petit d'un clown de cirque moderniste : Rond-Point, Champs, Concorde, virage brusque : le petit chapeau bleu tombe, roule et s'arrête pile au pied de l'obélisque égyptien, ils continuent sans : les quais, bateaux-mouches et leurs hautes ombres portées sur la façade de la gare d'Orsay, projection d'ombres de quelques secondes, Samaritaine, Pont-Neuf, la traversée du fleuve, rue des Beaux-Arts, n° 12 : La Route mandarine : paravents Coromandel à caractères chinois sur une face, pierreries incrustées dans le métal sur l'autre, lents lointains jets d'eau, bambous, laques, lotus, pagodes, phœnix filigranés, lanternes, lanternes... Enfin, le calme... pas pour longtemps... d'ailleurs, juste en face du restaurant, Oscar Wilde est mort, à l'hôtel des Beaux-Arts, et keskidiçuiladéjà ? « *Life is a dream that keeps me from sleeping* », un rêve qui me permet d'éviter le sommeil : Mazar continuait de rêver. Plus pour longtemps. Là-bas, à la Concorde, le rayon bleu tournoyant du petit chapeau teinte brièvement les hiéroglyphes : un chat, une barque sur le fleuve des Morts, un scribe.

Chemise gris perle de chez Valentino, jeans noirs, trois chevalières à lui offertes par trois femmes différentes, dont la princesse Ruspoli, large bracelet en platine, cheveux longs, coiffure vent d'est, un grand jeune homme franchissait la passerelle et s'approchait de la table. « *Eccolo il Barone!* Je ne vous présente pas le Baron ! fit Mazar très fort. Un autre des petits génies du nouveau cinéma allemand... Alors, ces éternels *Flocons d'or*, ça avance ? Ça fait deux ans maintenant ! Et quand je pense que c'est moi qui produis ça ! L'histoire de Kleist... à la fin, il propose calmement à sa fiancée de se suicider en allant dans la mer... Il est fou, non ? »

Mazar se moquait généralement de ce qui le fascinait le plus.

— Ça va pas rapporter un rond, mais je produis... Avec l'argent que m'a rapporté *Tout le monde il est beau*, et *Moi y'en a vouloir des sous* et maintenant *La Grande Bouffe*, je peux me payer pas mal de *Flocons d'or*... C'est vraiment un truc allemand de se suicider jeune, de sang-froid, avec sa fiancée...

— Pourquoi allemand ? Pourquoi pas japonais ?

— Non, allemand : c'est la faute de la *Sehnsucht.*

— C'est quoi, ça ?

— Le Baron est génial, avec des bouts de ficelle, il vous donne l'illusion du plus grand luxe, il mélange les ors et le bel canto avec la merde, des trucs de poubelle. Qu'est-ce que tu bois?

— Kir royal.

— Qu'est-ce que je vous disais? Voilà! Du Dom Perignon avec cet horrible sirop de cassis! On n'a pas idée! Ma sœur Anne-Marie est folle du Baron... Manque de chance, il est pédé. Encore une qui a attrapé la *Sehnsucht* : amoureuse de ce qui n'est pas là. En attendant que ce qui n'est pas là soit là, elle a épousé un Juif sans talent. Heureusement, il a de l'argent.

Mazar s'était levé : il était petit et un peu rond, mais c'était secondaire, on n'avait pas le temps de le remarquer. Ce qui frappait, c'était sa vitesse en tout, elle effaçait tout. Il marchait en virevoltant sur lui-même, une toupie, mèche en bataille sur un grand œil charbonneux. Il ne tenait jamais longtemps en place et sacrifiait tout à la vitesse et à la recherche du brio, quitte à dire n'importe quoi — des à-peu-près, des contre-vérités, des idioties — et à se ramasser, tout plutôt que de rester figé sur place, le contraire de Charles qui, face à lui, se sentait santon de Provence. Sa devise semblait être : provoc-vitesse.

— C'est un vrai baron? demanda une des filles au bout de la table.

— Vous avez déjà un prince, un vrai, ça vous suffit pas? Pour un baron, vous repasserez, lui, c'est juste un cinéaste allemand fauché, je vous raconterai une autre fois pourquoi baron, ça vaut le coup d'ailleurs.

Mazar avait toujours cette voix enrouée, sensuelle, orientale, épices et cédrat — il venait du Liban. Du coup, Charles se trouvait une voix sèche de pète-sec. Pas sensuel pour un rond.

— Je prendrai juste un pamplemousse pressé et un melon glacé, fit Charles.

— Plus de melon glacé, fit le serveur du bord.

— Bon, alors, je prendrai un melon!

— Il m'énerve celui-là avec son pamplemousse pressé et son melon glacé. Il prend chaque jour pareil, dit Mazar.

— Où est Marie Mad', Baron, elle n'est pas avec toi?

Le Baron Werner, avec ses longs cheveux, son corps très mince et sa fine barbe, avait un aspect christique.

« Il a sa petite Madeleine à lui, Magdalena Monctezuma. Le nom de guerre est bien choisi : compassion, générosité et sauvagerie, elle est incroyable, dit Mazar, tout à coup étrangement sérieux. C'est l'actrice, l'égérie du Baron. Non, c'est autre chose qu'une actrice, c'est... très grande tenue en grande simplicité, précise. Une autre espèce sous des dehors ordinaires. » Parfois, Mazar avait vraiment des éclairs.

Werner se mit à chantonner :

Shanghai land of my dreams
I see you now
In the sunny sky

— C'est quoi, ça? demanda une fille.

— C'est la chanson d'un film, *La Paloma*.

— Ah oui! fit Mazar, on a vu ça l'autre soir au Festival... Y'a cette actrice, Ingrid Caven... Elle est étonnante, un air de fatalisme, yeux vides, bouche ouverte, un peu marionnette des fois, quelque chose d'oriental, japonais ou chinois mais avec les expressions des villes d'Occident.

« Tiens, je vous présente le plus mauvais metteur en scène du cinéma français, le plus nul, pourtant y'a de la concurrence... » Mazar désignait un brave type jovial que

85

ça faisait rigoler, comme si cette déchéance le reposait enfin. « Au poids, je lui achète ses films... au poids! » Il empruntait souvent le masque d'une certaine vulgarité, en adoptait les semblants, mais n'était jamais vulgaire. C'est ceux qui singeaient les allures nobles et intelligentes qui le trouvaient vulgaire.

Il marchait de long en large, tout en virevoltes, une toupie. Maintenant, il se tournait vers un monsieur aux cheveux gris, qui mangeait tranquillement. C'était Samuel Lachize, critique de *L'Huma*. « Je passais juste par là », il avait dit.

« Prends du caviar, Sammy, mais non, pas comme ça, avec la grande cuillère, Sammy... » L'autre faisait comme il disait, comme un enfant qui apprend à manger. « Et du Dom Perignon... c'est ça... et le cigare, Sammy, prends le cigare — il appuyait sur "prends" — non, pas le Monte-Cristo, c'est commun, ça! le Davidoff... non, pas le petit... prends le gros... »

Les critiques dans *L'Huma*, pour ses films, Mazar s'en foutait, ça n'avait aucun poids, ce qui l'amusait, c'était bien sûr de voir un moment « vivre comme un seigneur », comme disait l'autre, le critique fauché qui, dans ses articles, défendait le cinéma social et attaquait les films « parisianistes » et « élitistes ».

— Et vous, fit la fille de chez Claude en regardant Charles, vous êtes toujours muet? Vous observez? C'est tout?

— Euh... oui... enfin, non!

En s'entendant parler, il se trouva décidément une voix de santon de Provence pète-sec. Le rémouleur peut-être... Il détestait le soleil, portait un chapeau de paille, des manches longues, une veste blanche, un vrai Anglais de roman début de siècle, anémique excentrique. C'était dans ces années-là qu'un type qui, lui, savait tenir une conversation, avait demandé à une jeune femme napolitaine aux grâces savamment fatiguées, le lendemain d'un dîner : « Mais dis-moi Paola, qui est cet être un tiers animal, un tiers végétal, un tiers minéral et peut-être un tout petit peu humain que tu nous as amené ? » D'ailleurs, c'était quelqu'un qui dirigeait la collection Sciences humaines dans une grande maison d'édition. À l'époque, ça avait rendu Charles un peu triste. Aujourd'hui, il était devenu un peu plus humain mais il gardait un faible pour le garçon qu'il avait été alors. « Bah ! on ne peut pas être et avoir été. »

À présent, la course était emballée, il n'y avait plus moyen d'arrêter Mazar. Il monologuait, toisait tout le monde d'en bas, interpellait l'un ou l'autre, qui voulaient profiter du calme et du soleil... Il tourbillonnait avec son corps et avec ses phrases, la mèche voltigeante.

— Alors ?... alors ?...

Il n'attendait pas de réponse... C'était une façon de s'aiguillonner lui-même. Il lui fallait du nouveau, il était totalement happé vers l'avant : Alors ?... alors ?...

Charles ne prêtait pas attention à la conversation, juste à la musique des voix, scandée, comme par un métronome, par le bruit régulier de l'eau contre la coque du bateau...

— Bon Dieu ! qu'est-ce que je fabrique ici, moi qui déteste le soleil, qui n'ai pas assez de fric pour me payer ces filles, d'ailleurs je n'aime pas les putes... la mer non plus d'ailleurs...

— Mais qu'est-ce que tu aimes alors?

— Eh bien, j'aime ni le soleil, ni la mer, ni les putes... ni plein d'autres choses, voilà tout...

Qu'est-ce qu'il fabriquait là, en plein soleil, puisqu'il préférait l'ombre? C'est vrai, qu'est-ce qu'il foutait là d'ailleurs? Comme quand il s'était retrouvé dans cette citadelle à Palerme, ou plus tard, en plein cagnard, à Sassari, comme s'il faisait exprès de se mettre dans des situations qui n'étaient pas pour lui.

« Qu'est-ce que je fous là? », se demandait Charles. Il réfléchit longuement, posément à cette question. Un bon moment. Longtemps.

« Eh bien, voilà, se dit-il à lui-même, je suis là, moi, juif huguenot un peu fauché et qui déteste la mer et le soleil, parce que je suis un pâle juif huguenot fauché snob! »

« Les riches sont différents », avait dit Scott Fitzgerald à Hemingway. « Ils ont plus d'argent, c'est tout », avait répondu Hem'.

Charles, à cette époque-là du moins, était du côté du tendre fêlé nostalgique. Hem' méprisait les riches, il avait un côté paysan, terrien, il avait inventé une prose électrique, syncopée, rapide, sèche et musicale à la fois, qui était celle de la ville, mais, dans le fond, c'était un campagnard : il y avait erreur de casting, attribution erronée, comme quand une voix ne correspond pas à un corps, une post-synchro ratée. Comme quoi, quelqu'un et la musique qui en sort des fois, c'est deux choses. Il détestait New York, il préférait la terre aride de l'Estrémadure, les montagnes d'Afrique, les taureaux, les lions, les poissons. C'était un vrai puritain, comme Charles, mais ce dernier avait, si on peut dire, la chance d'être juif : « un Juif intelligent pas capable de gagner de l'argent », disait Mazar, avec un soupçon de dédain amusé. Ça, c'était vrai, mais quand même fasciné par l'argent, pas l'argent en masse, accumulé, mais quand il vagabonde, son va-et-vient, la circulation qui devient marchandise, l'inconsistance, les « fausses valeurs », le poudroiement, les étincelles...

« C'est pour ça que je suis là, amené par cette Asiatique, à endurer comme un malheureux le soleil, cette lumière aveuglante et tous ces gens riches, certains beaux et célèbres, qui ne me voient pas... Parce que j'aime les clichés et les mythes, même un peu usés, oui, voilà, c'est ça, le plus vieux rêve, le plus banal, le plus bête, celui des premiers sauvages : l'or et les femmes... » Il plissait les yeux et regardait l'eau : le miroitement en surface. L'argent, ça, il en était sûr, permettait au moins une chose : devenir un peu inconsistant, ne plus être soi, en particulier, membre de la grande famille de l'Homme. Si on savait s'y prendre, il pouvait servir à ça : devenir plus léger.

« ... C'était chez Lasserre, il y a trois, quatre ans... » La voix éternellement enrouée et sarcastique de Mazar le sortit de ses pensées. « ... j'étais avec Jean Seberg et j'avais invité Malraux, il était complètement séduit par Jean. Toujours la même histoire : l'écrivain et l'actrice, le mot et cette chose après laquelle il court et qu'il n'attrapera jamais : cette présence immédiate, cette évidence qu'a le corps, et surtout certains corps. Elle était célèbre pour avoir interprété la Pucelle d'Orléans... » A HIT A MUST A MYTH : les lettres en toile blanche défilaient à nouveau tout là-haut dans le ciel. « ... et alors Malraux, diable de séducteur, a pas mal picolé, comme toujours, quelques scotchs, une bouteille de château-prieuré-lichine 1958... Il dérivait loin et bien, elliptique, sans perdre le cap. Il racontait des histoires : son chat qui monte sur la table, s'assoit sur la grande feuille de papier où il était en train d'écrire *Les Voix du silence*; il ne voulait pas le déranger — "Le prophète Mahomet découpe un pan de sa tunique en soie où un chat s'est posé plutôt que de le réveiller" —, il écrivait autour et après ça a donné des phrases en courbes, une drôle de calligraphie, avec au milieu la forme vide d'un chat..."Voyez-vous, disait-il, peut-être, un beau jour, dans très longtemps, quelqu'un retrouvera par hasard cette feuille de papier, perdue quelque part, et il se demandera pourquoi ce beau fantôme de chat est ornementé de ces guirlandes de mots qui parlent du silence." Et puis, sur le coup de 11 heures, 11 heures et demie, il a demandé qu'on lui apporte le téléphone, on le lui a branché à côté de la table, il avait "une idée, une idée absolument épatante". En disant cela, son œil était bien allumé, bien malicieux! "Allô! passez-moi le général... c'est Malraux... Hein? Ah oui..." Là, il a donné un invraisemblable nom de code. Il y a eu un silence et puis, là, il était carrément excité : "Allô! Mon général, excusez l'heure tardive mais... je dîne avec 'Jeanne d'Arc'! Non, non... pas fou du tout... Je suis à côté de 'Jeanne d'Arc'... Elle est rayonnante, extraordinaire. On peut passer, si vous voulez." De l'autre côté, on n'avait sans doute pas entendu les guillemets. »

Là, Mazar y allait peut-être un peu fort quand même, pensa Charles, mais, après tout... il le connaissait assez bien et s'il « arrangeait » parfois ses histoires, il y avait toujours une base vraie et d'ailleurs la vie finissait toujours par leur ressembler...

Charles les imaginait : la même longue mèche noire identique sur l'œil, également malicieux, encadrant l'actrice blonde — la fameuse coiffure à la Jean Seberg —, Jeanne d'Arc neurasthénique, locataires fugitifs d'un royaume farfelu. Trio sous les étoiles : chez Lasserre, l'été, les plafonds coulissent, on est à ciel ouvert. Murs blancs. Les deux feux follets, bien secoués, pinces de homard Bellevue à la main. « Avez-vous remarqué, fait Malraux, amusé, qu'avec tout cet attirail, casse-pinces, longs crochets au bout des doigts, on devient soi-même un peu homard ? Vous connaissez la phrase de Nietzsche — là, son œil s'allumait encore un peu plus — "À lutter avec les mêmes armes que ton ennemi, tu deviendras comme lui" ? »

Mazar raconte — il y était il y a juste quelques semaines — comment Dubček et les ministres tchèques avaient été enroulés par les soldats russes dans les tapis du palais du gouvernement et amenés par avion, comme ça, au Kremlin.

Ils parlent, parlent, ça décolle, ce ne sont plus tout à fait deux humains en particulier, juste des doigts, un œil noir obsidienne, des mots en liberté. L'Homme recule... disparaît un petit moment, la scène est plutôt spirituelle. Ça prend un air de féerie :

> Les doigts tracent des signes dans l'air,
> Même mèche noire sur l'œil malicieux
> Toit de chez Lasserre ouvert
> Lune de papier dans les cieux

Splash! Une des filles de Claude venait de sauter à l'eau... Avant que cette chair fraîche ne soit vendue aux marchands de canons, Akram Ojjeh ou Kashogi, ou aux ministres africains, Mazar, accessoirement, les « essayait » : 1. Bonne tenue; 2. Conversation; 3. Au lit : endroit, envers, sur le côté. Notes. Remarques : le coup de hanche, l'endurance, spécialités. Une fiche chacune... L'avion publicitaire repassa au-dessus du yacht STAR WARS A HIT A MUST A MYTH, les lettres en tissu de parachute blanc défilaient sur le bleu du ciel. Lui, lui présentait ses relations du Moyen-Orient et en retour, Claude lui offrait ses filles, à usage personnel ou pour affaires : petits porteurs de parts de chez Gaumont à séduire, avant de passer à l'intimidation, distributeurs hésitants, critiques fauchés...

Bon! ça c'était une chose : *business as usual,* mais il y avait aussi la frime, se sentir vivre comme dans un film, échapper à la morne réalité. En gros, c'était : plutôt détruire, tout détruire, que ce ronron social. Kamikaze, desperado chassant l'ennui, ce monstre délicat. Des putes! des putes! des bouffons! Mais aussitôt après, il fallait la beauté.

Tout ça faisait aussi un peu roman de gare, un remake en mineur des deux grands mythes US : le gangster et le cinéma usine à rêves, Bugsy Siegel plus Irving Thalberg, le producteur princier d'Hollywood, 1902-1937, 350 films. Ce que ces types voulaient, et Mazar à son tour aussi, c'était réaliser dans la vie quelques images fortes qu'ils avaient dans la tête, oui, rendre réelles des images, juste quelques images... ce qu'on appelle bêtement réaliser un rêve. Les acteurs interprètent un rôle, Mazar, tout comme Rainer, interprétait un rêve. Plus on avance, plus on a des copies et d'ailleurs, si on remonte, on ne trouve jamais l'original.

Eux-mêmes, déjà, Bugsy et Irving, avaient vu ça au cinéma, personne n'inventait les rêves, ils montaient, en condensés ou très lentes dérives, des minables épreuves de la vie. Ce rêve-là qui était la matrice de tous les autres : l'or et les femmes et le danger, qui nous distraient de notre condition humaine, étaient vieux comme le monde. Le problème était que si c'était ce qu'on avait trouvé de mieux pour se divertir un moment de l'idée de la mort, c'était aussi ce qui risquait de nous y ramener illico en quatrième vitesse : Mazar n'allait pas tarder à descendre à 3 heures du matin sous la terre, dans l'immense ascenseur laqué noir du Régine's de la rue de Ponthieu, le bras percé d'aiguilles hypodermiques, et pour finir, un peu plus bas encore...

Il ne cachait rien. La vérité, pensait-il, est plus drôle que le mensonge, à condition de vraiment la mettre à nu, de tout dire. La vérité, rien que la vérité, toute la vérité, toute la vérité! Et alors, plus dangereuse, bien sûr, aussi. Question rigolade, ça pouvait payer... Mais attention, il y avait des risques. Une vie drôle demande des risques, on ne peut pas tout avoir : la sécurité et la drôlerie. Lui, il avait choisi : la réalité mise à nu. Il voulait deux choses : la farce et la beauté. Un : la vie sociale est une comédie. Bas les masques! Je vais vous la jouer en farce... Deux : je veux la beauté en prime. La farce et la beauté, ça faisait peut-être une chose de trop. On n'aime pas les mélanges et si quelqu'un estimait que ça pouvait ne faire qu'une seule et même chose, c'était une conception inacceptable. Amenez toutes les putes. Mais je veux aussi de la beauté. Eh bien, habituellement, c'est l'un ou l'autre. « On peut tout acheter, tout trafiquer, baiser tout le monde. » OK, c'est un cynisme ordinaire, là où ça se corse, où ça devient très intéressant, et même très très intéressant, mais un peu délicat, c'est si justement on est délicat, qu'on aime les belles choses, les raffinées. Alors là, on risque d'être piégé par soi-même. Le grand rire noir et l'érotisme raffiné : beau programme! mais très très très ambitieux. Surtout par les temps qui couraient déjà alors. Alors, aujourd'hui... n'en parlons même pas, oublions...

Sur cette plate-forme, sur ce beau programme, Rainer et Mazar se ressemblaient, ils jouaient la même partition dissonante où on se fout de l'harmonie, mais ils la jouaient dans des tonalités différentes, avec des arrangements pas pareils, l'un, malgré tous ses efforts, plutôt romantique du Nord, l'autre avec un entrain oriental méditerranéen qui ne trompait personne : l'aile du désastre profilait toujours son ombre. Et ils allaient arrêter de jouer en même temps, à quelques semaines près.

Il faisait nuit, mais pas une vraie nuit. L'Asiatique qui était ici, avec lui, était partie. Elle l'a laissé seul, elle a dû être invitée sur un autre yacht, encore plus beau, plus grand, plus gros, plus cher, celui d'Akram Ojjeh? Elle a laissé cette lourde odeur de parfum dans la cabine : *L'Heure bleue*, de Guerlain.

Charles n'arrivait pas à dormir, des voix venaient du salon attenant à sa chambre-cabine :

— 30 % de Gaumont entre les mains des Compteurs de Montrouge, famille Schlumberger-Seydoux, avec les

7 % de Charlie Bludhorn, l'Américain, ça fait largement la minorité de blocage... c'est dans la poche... Si Bludhorn n'est pas vendeur, je vais lui faire, par l'intermédiaire de mes amis des Phalanges chrétiennes libanaises, une proposition qu'il ne pourra pas refuser !

— Tu n'as pas besoin des phalangistes, fit Gros-Bébé en riant. On va le voir dans sa villa de Mougins, et je lui taille les oreilles en pointe.

— Encore un qui vit comme un seigneur, dit le colonel Armand.

« Champagne ? » C'était la voix de Françoise, elle se faisait appeler Talita. La fiancée de Mazar, enfin celle de l'époque, belle, drôle, intelligente. Elle était directrice chez Madame Claude, son bras droit. Elle se trimbalait toujours avec un revolver, elle roulait sur une grosse moto, Harley-Davidson. Charles avait vu un jour, sur son bureau, un petit carnet. Il l'avait ouvert. C'était une liste invraisemblable : au fil des feuilles, et au gré de l'ordre alphabétique, rapprochés, mélangés, rassemblés de façon inattendue, les noms de ministres et chefs d'État, Giscard, Poniatowski, des tas d'autres, de filles tarifées, les plus belles du monde entier, et de tous les réparateurs de Harley-Davidson... Devant le nom de chaque fille : de petits signes cabalistiques et puis des cercles rouges, bleus, jaunes, parfois deux cercles, pour leurs aptitudes et leurs spécialités...

À une époque, cette amazone aimait bien draguer, à moto, de très jeunes et beaux garçons, elle les « enlevait », les amenait chez elle et, après un temps, les renvoyait à leur mère inquiète, avec deux douzaines de roses. Mazar et elle étaient fascinés chacun par le pouvoir de l'autre, jusqu'au vertige, par leur don mutuel de vamper, de manipuler tout le monde.

Le bruit des coupes de champagne se mêlait à leurs rires. Tout ça semblait faussé. Charles pensa à une bande dessinée qu'il avait vue : un homme et une femme dans une chambre d'hôtel, elle est un escroc en fuite. Ils font leurs valises. Elle met un Jasper Johns dans la valise. Lui : « Tu ne vas pas emporter ce tableau ? C'est un faux. » Et elle, dans la bulle : « Et nous, nous sommes vrais, peut-être ? »

D'un autre côté, cette mythologie de pacotille, l'argent facile, les filles, l'odeur du soufre le fascinaient. Puis, une image l'obsède et revient encore une fois, en surimpression, en incrustation, banale mais forte : la rue de Ponthieu, la nuit, 2 heures du matin, de grosses voitures qui se garent, portières ouvertes, des filles qui en sortent — d'abord les jambes, l'entr'écart, les talons hauts, portières claquées — elles sont à la mode de l'époque : cheveux en fines boucles anglaises au fer, bouillonnant sur les épaules — une spécialité des sœurs Carita — maquillage *rose poussière*, et puis Mazar, devant, agité, descendant sous terre, le bras percé d'aiguilles hypodermiques, accompagné de son pâle ambulancier somnolent, dans l'ascenseur privé, immense et laqué noir, du Régine's : c'est l'ascenseur du club, il ne monte pas vers le haut, il ne fait qu'aller du niveau du sol vers les souterrains, vers un petit temple dans la nuit.

L'image s'en va. À nouveau, c'est les rires, le bruit des verres à côté, la « minorité de blocage », quel blocage ? Qui est bloqué ? Il en a assez de ce roman de gare : Talita, Nat' le Grec, Toctoc, Gros-Bébé...

Blocage? Blockaus? Il décida de s'esquiver. « Je suis déplacé, ici! Et ailleurs? » Le petit bar du Carlton, à 4 heures du matin, était encore ouvert et même il y avait du monde. Poursuivi par *L'Heure bleue*, il s'assit pour boire un cognac, fumer un peu. Un briquet avait été oublié sur une table, dessus, une inscription, DAEWOO, c'était quoi, ça?... Là-bas, dans le couloir, une jeune femme mince, lunettes noires, un peu décoiffée, en robe blanche de lin froissé, un peu salie, passait, seule, en tanguant légèrement. Quelqu'un, à la table à côté, s'exclama : « C'est ça, la Paloma? La nouvelle Marlene, la nouvelle vedette du jeune cinéma allemand? Ingrid Caven? Mais elle tient à peine debout! »

Guten Abend, gute Nacht,
Mit Rosen bedacht,
Mit Näglein [1] *besteckt,*
Schlupftunter die Deck.

Cette berceuse, tous les enfants allemands la connaissent. Elle traîne les pieds, s'approche de la rampe, tout au bord de l'immense scène. Elle a chanté les deux strophes correct, très correct, comme il faut. Elle les reprend maintenant mais hésitante, comme à l'écoute d'autre chose, d'une autre voix, un peu faux, mais ça correspond à quelque chose qui vit dans sa mémoire, elle

1. *Näglein*, petits clous. C'est le texte original, devenu par la suite *Necklein*, petits œillets (fleurs).

cherche à en restituer la vie, le mouvement du tracé tremblé enfoui dans son souvenir.

C'est curieux : elle a d'abord chanté la version en place, correcte, définitive et ensuite son ébauche tremblée, incertaine, entendue autrefois, à l'écoute en même temps qu'elle chantait, penchée sur le gouffre d'où monte la voix un peu fausse de sa mère. C'est elle qui chante, mais elle semble surtout écouter, tête inclinée, le buste penché sur le côté, l'ombre d'un sourire de vieil enfant malicieux, quelques sons très fins, bas, à peine audibles, mais très présents, un suspense, on est suspendu à sa voix comme elle sur le gouffre noir devant.

Elle recherche la sensation, le mouvement, de quand ç'avait été la première fois chanté par sa mère avec ses intonations un peu fausses, l'enfant l'avait remarqué tout de suite, avec son « oreille absolue », ça l'avait amusée, charmée mais aussi lui avait donné un léger sentiment de supériorité : sa mère donc était friable... La loi métronymique, la correction, réglée comme papier à musique, ça c'était donné par le père, au piano.

Elle a repris deux fois la berceuse : la première, correcte, c'était le père, la deuxième, incertaine, la mère. Une portée pour papa, une portée pour maman !

Bonne nuit ! Si Dieu le veut
Il te réveillera demain.

Morgen früh, wenn Gott will
wirst du Wieder geweckt

Mais qu'est-ce que c'est que cette berceuse ? Un *lit de roses*, des *clous piqués dedans* : un cercueil alors ?
Bonne nuit. Si Dieu le veut, il te réveillera demain !

Johannes Brahms, dit-on, était amateur de bordels [1], c'est qu'il aimait parfois composer, chez la madame Claude de l'époque, à Vienne... Chez Frau Claudia! Peut-être l'avait-il essayée en chantonnant au piano, sur une pute, cette berceuse nécrophile, entre deux coups :

Petits clous! Lit de roses!

Aimez-vous toujours Brahms?

Elle était en grande forme, un soudain concentré d'énergie, souple et détendue et sans angoisse, tout ça en même temps, et elle attaqua le *A* directement sur la voix sans la peur du fameux terrible *Glottischlag* qui rend aphone sur le coup et alors : concert stoppé net dès le *A* de *Ave* : Salut et au revoir! La douche de lumière accentuait le type d'ossature de son visage : front large, hautes pommettes saillantes, narines un peu trop évasées et aplaties — le nez de canard : on dit que ces formes font résonner le palais d'un son spécial. Les mains sagement le long du corps, on aurait dit une communiante en jupe plissée, on oubliait la longue robe de vamp. Mais le ton de la voix n'était ni une complainte, ni une invocation. Ce chant d'église ne semblait pas vraiment s'adresser au ciel. Ce *A* était sauvage, il liait la prière au son vulgaire d'une ville sale, c'était souligné par l'accord de blues en *riff* de la contrebasse, l'appel venait de la rue, même des bas-fonds.

---

1. « Si j'ai pu continuer à composer ces jolies mélodies, c'est à ces petites dames, *kleine Damchen*, que je le dois. »

C'était un *A* noir. Mais dès la deuxième syllabe, elle la reprit doucement dans un son plus fin, plus « beau », *gratia plenum*

Gratia plena

la bouche rouge seul indice persistant de la supplique encanaillée.

Prisonnière dans le triple faisceau croisé de lumière, ses mains se referment un instant sur le micro

Sancta Maria
Maria

Elle lève les bras en l'air et rythme la chanson du pied gauche. Pense-t-elle aux Maria qu'elle connaît et qu'elle aime : Maria Montez Maria Malibran Maria Schneider Maria Schrader Maria Callas qui avait toujours cousu à la doublure de sa robe de scène une petite poupée madone en tissu sur fil de fer ? Maintenant, c'est un gospel, une imprécation envers cette femme, bénie parce que proche du Seigneur : faut-il être près du Seigneur pour être bénie et avoir un petit Jésus dans le ventre pour être une femme magnifiée ?! Alors, elle tape du pied, ou plutôt de la chaussure vernie à talons aiguilles *Manolo Blahnik*, en hurlant :

Ma-ri-a! Ma-ri-a!

Le micro, mal calé, se dévisse vers la gauche. Elle le remet, d'une gifle, face à elle : qui gifle-t-elle ? Pas Maria, quand même ?! Ses mains se referment à nouveau calmement, lentement sur le microphone, elle aspire longuement, longuement, puis dans une suave supplique :

Ora pro noo-oobis

C'est très doux, ces quatre *o*, voyelles calmes, apaisées, comme un sonnet, l'azur, l'éternité retrouvée : la mer. Elle expire en profondeur. Elle est une colonne d'air : le son est une petite balle sur le sommet d'un jet d'eau qu'un mécanisme propulse et maintient dans son rythme. Sans effort perceptible, sinon un frémissement ondoyant du satin à hauteur de sternum. Et elle relance le souffle :

Nobis pecatoribus

Elle aime ce mot *pecatoribus* : ce n'est plus seulement pour elle qu'elle prie maintenant, mais pour d'autres, nous autres. Elle aime être en compagnie, la sainte putain. Ce mot, elle le lance alors dans un plain-chant jubilatoire comme un Halleluia de Haendel !

Pecaatooooribus!

Elle empoigne le pied du micro et l'incline dans le geste emblématique des rois du rock and roll : Elvis, Gene Vincent, Buddy Holly, elle plie une jambe et le tissu de la robe se tend, irisé de lumière, c'est un mélange de rock, de prière, l'ébauche d'un geste de dominatrice S. and M., son talon haut se tord légèrement, elle met peu à peu un genou au sol, emmenant avec elle le pied du micro, devenu un manche de guitare électrique

Nunc et in hora mortis nostrae

la robe se plisse sur la jambe, sa traîne effleure le plancher au ralenti.

Cette robe, Yves Saint Laurent l'avait coupée directement sur elle dans un salon de sa maison de couture, 5 avenue Marceau : elle attendait... Un homme est là à demi dans l'ombre, immobile : petit, costume passe-partout, bien campé sur les jambes, mollet ferme, jarret tendu, dos d'une main sur la hanche, branche de lunettes dans l'autre. Qui c'est ? le directeur ? le gouverneur ? le président ? le surveillant ? le médecin chef ? l'éminence grise ? le superintendant ? un amant ? le grand chambellan ? Il observe, il surveille tout, même s'il n'y a rien à observer. Il y a toujours quelque chose à observer ! un peu de poussière sur la moquette, un coussin de travers sur la banquette, une écharpe pas prête, le Prince né déprimé qui rouspète : justement le voilà ! L'homme se fond dans l'ombre. Yves Saint Laurent entre de son pas un peu cassé à la hanche, traînant une jambe qu'il ramène avec force, la même démarche que Marlene Dietrich à cinquante ans, il a une élégance prussienne, *todtchic*[1], il est en blouse blanche, suivi de trois assistantes : trois dames en costumes élégants, dont deux tiennent une lourde balle de satin noir. Comme un chirurgien dans un bloc opératoire, le regard concentré, il lui désigne les deux faces du tissu :

1. *Todtchic* : mot allemand, contraction de « mort » et de « chic ». Raideur prussienne un peu militaire, à l'opposé du chic fatigué du duc de Windsor *.

* Cette alliance de la mort et du chic se retrouve, curieusement, dans les quartiers populaires de Marseille : « Sapé à mort », y entend-on, version méridionale du *todtchic* prussien, et, comme ça, par l'intermédiaire d'un mot, Erich von Stroheim et Marlene viennent un petit peu faire écho chez les voyous charmants frimeurs de la Belle de Mai, la Joliette, la Rose : « Oh ! Putain ! Con ! T'es sapé à mort ! », ferait soudain sur la Canebière l'Ange bleu à l'Homme-que-vous-adorez-haïr.

« Tu veux le porter de quel côté ? » Sa voix était fine, avec un petit défaut charmant, une sorte de cheveu sur la langue. Elle choisit une face à cause de sa brillance : c'était l'envers, le côté intérieur. Elle ne l'avait pas fait exprès, mais, justement, elle avait toujours aimé le revers des choses, leur part négligée, elle essayait de montrer la face cachée, les coulisses et les coutures du monde, elle laissait l'arrière-scène ouverte sur des tubulures ou sur une échelle d'incendie.

Elle est torse nu, en collant. Avec un centimètre il marque des points sur tout son corps, des tas de points, bien plus que dans les mesures habituelles, presque autant que sur un mannequin acupuncturesque : elle sent soudain précieuse presque chaque partie de son corps. Lui, énumère des chiffres : l'écart des omoplates, des genoux et d'autres écarts mystérieux. Une des trois dames en tailleur note en silence sur un carnet. Elle, un instant, songe au tableau qu'Andy Warhol a fait du bulldog d'Yves. Il en a fait quatre versions : nez, gueule, yeux, oreilles rehaussés et soulignés de quatre couleurs différentes : vert, bleu, rouge, jaune. Était-ce dans *Vogue* ou *Stern* qu'elle a vu l'animal quadrichrome ? Ou peut-être dans *Ici Paris* : elle aime lire aussi ce genre de presse.

Deux des dames s'approchent, tenant le lourd coupon, la balle : Yves déroule quelques mètres de satin et les jette sur l'épaule d'Ingrid. Les trois dames d'atour avancent, reculent, parfois en diagonale, comme sur un échiquier, d'une, deux ou trois cases. Il a pris une double épaisseur. Et ça y est : il commence à couper. Les trois dames, à distance, ont les yeux rivés sur les ciseaux argentés. Il taillade vite dans le satin, ça a quelque chose d'iconoclaste, de brutal, de

voluptueux aussi. Le bruit métallique se double d'un cris-
sement soyeux. Elle, elle regarde droit devant elle, nue
devant, recouverte derrière du tissu noir qu'il retient pla-
qué de la main gauche.

« Pas le même du tout, pense-t-elle, que le juvénile garçon détendu en polo rayé, de couleurs estivales, qui
m'avait reçue dans sa villa de Deauville deux ans plus tôt.
Je le voyais alors pour la première fois. Les portes-fenêtres
du salon, ornées de rideaux clairs en cretonne, donnaient
sur un immense jardin fleuri à l'anglaise, dans la douce
lumière d'automne des côtes normandes. On apercevait
les coteaux valonnés descendant en pente douce vers l'hip-
podrome de Clairefontaine avec ses jockeys blasonnés à
toques et casaques multicolores en soie à rayures, à pois, à
damiers, drapeaux levés, drapeaux baissés, et au-delà, vers
la mer. Quelqu'un avait mis une musique d'Erik Satie :
Gymnopédies et *Morceau en forme de poire* : pas sérieuse,
comme une invite à s'exercer sans but, à s'amuser ou à
travailler à un jeu. Un valet en gilet rayé apporta des cocktails bleus et roses. Sous le regard amusé des autres invités,
nous étions assis par terre tous les deux, Yves et moi : il
dessinait des dizaines de croquis d'un costume de scène
pour la reine de *L'Aigle à deux têtes* dont il voulait que je
joue le rôle. Je portais, par distraction, un tee-shirt siglé
Christian Dior. Nous étions nés à un jour d'écart : "Nous
sommes Lion, dit-il, et les lions dans le désert sont parfois
déprimés. On les croit foutus et soudain ils se réveillent et
alors..." Et là, il imita un rugissement façon MGM. J'étais
contente : mon père, à Sarrebruck, m'amenait, toute
petite, au sommet d'une colline : en direction de la France
nous lancions un cerf-volant qui s'en allait vers Forbach,

après avoir survolé les deux cimetières hérissés de croix blanches de la première guerre, l'un allemand, l'autre français. Il me chantait déjà les airs de *La Veuve joyeuse* : "Manon", "Mimi", "Fifi Frou Frou", "Joujou", "Maxim's". Je rêvais de Paris, et maintenant j'allais y jouer une pièce de Cocteau : Jean Cocteau ! Yves Saint Laurent ! les symboles, pour moi, de l'intelligence et du raffinement français. » Des dessins du costume de la Reine étaient partout répandus sur le sol comme des promesses de plaisir. Le petit bulldog, avec négligemment noué au cou un ruban vert *Véronèse* dont un bout s'était entortillé autour de l'oreille, s'approcha et se mit à mordre dans une des feuilles qu'il emporta en courant, amenant un petit air de peinture de cour à ce tableau bucolique.

Il cisèle dans le silence, à 2 centimètres du torse de son modèle impavide, tel un microchirurgien pratiquant de savantes incisions cutanées. Est-ce que quelque chose ne va pas ? Il a soudain la mine chiffonnée, la bouche un peu dégoûtée, ou craintive, vraiment comme un chirurgien hyperconcentré, commissures plissées : on dirait le bulldog... C'est passé... : des airs étrangers glissent parfois rapidement sur nos visages et alors, un chien, un meuble, un ennemi, ou la mort nous habitent. Au fur et à mesure qu'il coupe, les deux dames avancent avec leur fardeau pour qu'il puisse tirer sur l'étoffe, il a le nez dedans, la triture du bout des doigts recroquevillés... C'est bientôt fini et elles sont tout près de lui. Ils forment un groupe serré tous les quatre, un drôle de groupe, un pack ésotérique de *performers* d'avant-garde : une chanteuse un tiers nue, les trois dames d'atour en costumes et un prince couturier chirurgien, au centre de l'immense pièce vide. Et brusquement, Yves magicien ouvre et déploie l'étoffe sur le corps, comme un jeu de pliage-découpage pour enfants ou un origami japonais : fleur en papier qui s'ouvre et se déroule dans l'eau. Les dames, les bras vides, s'éloignent à reculons et s'arrêtent pour juger de l'effet : vue de face c'est une souple armure ondoyante aux longs poignets serrés puis évasés en corolle autour de la main, le buste d'un pourpoint, elle est placardée sur elle, elle donne l'air invulnérable. Vue de dos, elle semble tenir à peine — « Une robe réussie, avait-il dit au journal *Elle*, doit donner l'impression qu'elle va tomber. » Le décolleté fendu jusqu'au bassin de 2 centimètres de trop — il sait jusqu'où il peut aller trop loin! Un fin cordon tendu en haut des omoplates ferme la robe par une minuscule agrafe. Des deux côtés de l'épine dorsale et cascadant jusqu'au sol, des festons ondoyants — comme les crêtes en ailerons des grands lézards jurassiques, les plaques dorsales de stégosaures — : une suave préciosité contredite par un cisèlement acéré et précis. Le résultat d'un combat. Tout ça se voyait d'un seul coup, comme ça avait été fait : d'un seul coup. Son esprit semblait être resté dans la robe. Ça s'appelle le style.

... Sa traîne effleure le plancher au ralenti. Maintenant, agenouillée au sol, elle est penchée sur le microphone

Amen Amen

C'est un hurlement prolongé, double fortissimo, un riff vocal, un son écorché, le rock and roll a recouvert l'oraison et c'est plutôt à une idole païenne qu'elle s'adresse.

Elle traite d'égale à égale : les prières et l'autel de Marie et les lilas de mai, c'est fini, les bandes et les linges blancs qui protégeaient sa peau blessée ont été remplacés par la robe noire du grand couturier

Amen

Un tour de chant, un concert comme celui de ce soir, c'est là qu'elle avait porté cette robe la première fois : ses débuts à Paris, un soir de première, un petit théâtre près de Pigalle, le lendemain matin seule dans le trois-pièces du 19e. Les journaux étaient étalés en désordre sur la table, elle regardait les manchettes sur elle, les photos... Succès triomphal, les titres des journaux, Paris : comme quelque chose qu'elle avait dix fois lu sur d'autres, vu au ciné, et maintenant c'était là, ça lui arrivait à elle et ça ne lui faisait... non, pas rien mais... elle n'arrivait pas à se couler dans le cliché de roman « Un début triomphal à Paris ». Il y avait eu cette ovation qui n'en finissait plus et les gens debout et Yves qui était monté sur scène et avait mis des lys le long du décolleté de son dos en riant comme un enfant et l'ovation qui continuait, et il lui avait glissé à l'oreille : « Maintenant, ce soir, tu es ma reine de Paris ! » Et tout de suite le tam-tam dans la ville.

« *Weltstar* », ça c'était Son Éminence, il avait des restes de culture allemande... « je vais faire de toi une vedette mondiale... ». Ils étaient au Cintra, deux, trois jours après, au piano tous les deux, à quatre mains, ils chantonnaient, ça lui rappelait avec Arthur, son père : « On va faire *La Veuve joyeuse* d'abord au théâtre du Palais-Royal, puis le film avec Michael York... » Il riait, était d'humeur très gaie, ça ne lui arrivait plus très souvent... « Et je voudrais que tu sois l'ambassadrice du nouveau parfum d'Yves, *Opium*, le lancement aux États-Unis sur un bateau dans le port de New York, grande soirée... »

Une carrière? Déjà quinze ans avant, Trude Coleman, « *Mein kleines Liebes...* » Ça y est! Ça recommence! Un autre Pygmalion quinze ans après... C'était à Munich, la Berlinoise *todtchic*, là c'était Paris...

— Oui, Pierre, *Weltstar?*... oui... c'est amusant!...

— Tu sais pas ce que tu veux. Marie-Hélène, Ingrid elle sait pas ce qu'elle veut!

Une carrière? Dans le chant, le cinéma, le théâtre? Elle n'y avait jamais songé. Les choses lui étaient arrivées comme ça, au gré des rencontres, au détour du chemin. Il y a ce conte d'Andersen *Les Étoiles d'or* : la petite fille pauvre, la nuit, dehors dans la neige, pieds nus. Elle soulève le devant de sa chemise de nuit et les étoiles viennent tomber dedans en forme d'écus d'or.

Son Éminence, un formidable homme d'affaires, il aimait ça, tirer les ficelles, homme de l'ombre, « inventer » quelqu'un : un peintre, un couturier, pourquoi pas maintenant une chanteuse? Trop tard! Elle s'était déjà inventée elle-même, il y a bien bien longtemps, toute petite!

La nuit parfois, dans une chambre d'hôtel, Charles, allongé sur le lit à côté d'elle, ne dormait pas, il regardait ce long fantôme léger suspendu à un cintre le long du mur blanc : la robe. Elle paraissait avoir sa vie propre, sa force, beaucoup plus grande avec cette traîne dépliée. Mais, au matin, repliée, posée à plat comme une toile, elle redevenait une simple étoffe de satin noir, juste un objet.

Elle, elle en avait sa claque de cette grande robe, et elle eut, une fois de plus, une pensée mauvaise : ça datait, se disait-elle, ça faisait antique, elle doutait pas mal... une époque défunte. Le temps des stars, des divas, était fini depuis longtemps, et la haute couture disparaissait. Et comme souvent, à travers cette histoire de robe, c'étaient des interrogations plus vastes qui revenaient : pourquoi chanter encore en un temps où les voix se sont aplaties, uniformisées, électronisées ? On veut des sons, plus des voix. Elles étaient à présent de faible amplitude, rapides, rythmées dans les téléphones portables, à l'oreille, par la marche sèche des petits talons — clic clac clic clac « Ça va ? » « Et toi ça va ? » « J'avance nord-nord-ouest ! J'te rappelle ! » — ou coincées à la TV par les grilles publicitaires. C'était ainsi. Personne n'avait raison contre ça, contre le présent. Il s'agissait d'en jouer, le mieux possible. De chanter contre et avec. De le citer, l'utiliser, le décaler. La laideur n'existe pas, c'est comme les notes de musique : tout dépend de leur position, de leur rapport. Alors, une robe moitié Yves Saint Laurent moitié Miucia Prada ? Un sampling vestimentaire : en deux demi-robes, voici les temps qui changent.

S'en débarrasser comment ? La déchirer, la couper en morceaux, la brûler aurait été comme une profanation sur quelqu'un. La jeter dans une poubelle ? Est-ce qu'un beau soir, dans la rue, quelqu'un, du même gabarit, ne viendrait pas à sa rencontre, portant cette relique, une pocharde éméchée édentée, étrange double en robe de scène, marmonnant, éructant ou chantant des paroles obscènes, inquiétant avant-coureur de la mort? Alors, aller la jeter très loin, comme on jette un cadavre? Dans une autre ville? Dans le fleuve? Le morceau d'étoffe noir reviendrait la hanter quand même dans ses rêves, velours souterrain.

Elle eut l'impression de penser à mal, de trahir une vieille complice avec laquelle elle avait traversé bien des aventures, échecs et succès mêlés, et dont on veut à présent se débarrasser, l'oublier, un double soudain gênant, témoin des temps anciens, elle la trouvait ce jour-là démodée, ressortant d'une époque disparue, diva déphasée. Et s'il s'agissait d'autre chose que de la robe? de son chant? d'elle-même? On disait parfois d'elle « la Caven » et ça lui faisait plaisir et l'agaçait aussi : ce mot « la » lui semblait à des années-lumière. Diva déphasée? Elle se rappelait d'une, qu'elle avait vue, une légende vivante, survivante, les derniers soubresauts, il y avait tout juste dix ans, elle-même était dans un jury, un festival de cinéma, San Sebastian, une jolie petite ville de la côte basque, et elle avait assisté à un drôle de spectacle, un drôle de soir, drôle? enfin, si on veut. Ça pourrait s'appeler :

LE TAMBOURIN, LA ROSE ET LE SPOTLIGHT

« Mais que font ces chapeaux?! Où sont-ils passés? » Un fort vent d'ouest soufflait en rafale de l'Atlantique et là-haut, au septième, dans la suite du dernier étage du

Maria-Cristina, elle avait fait changer les meubles, ajouter une petite table bureau et elle n'était pas sortie depuis son arrivée, il y avait une semaine. Depuis quatre jours, les chapeaux auraient dû être là. On avait téléphoné partout, chez la modiste de Madison Avenue, à New York, à la TWA, aux aéroports. Rien, envolés! chapeau... vole!

Ils avaient disparu, ses chapeaux, le même cinq fois, perruque cousue dedans, cinq couleurs : brune pour la journée, divers blonds pour le soir. À moins qu'à l'heure qu'il est ils ne soient à 4 000 mètres au-dessus de l'océan, les cinq petits cylindres, chapeaux... volent!

Elle n'en a plus pour longtemps, dans cinq jours, ce sera fini, à l'Hôpital américain de Neuilly et, avec cette incroyable frivolité des mourants, une seule chose l'obsède : où est son chapeau? « Nicole! Nicole!... » C'est sa secrétaire, infirmière-garde-malade, dame de compagnie, caмériste, héritière : « ... Je ne sortirai jamais sans ce chapeau. » Il faut que la perruque soit collée aux dernières minces touffes de cheveux que rayons et chimie ont épargnées, cousue-collée, la fixer dans ces conditions prendrait une heure et avec de l'aide encore... Collée aux cheveux aussi pour qu'un brusque coup de vent ne la fasse... perruque?... vole!

Enfin les chapeaux étaient arrivés et l'après-midi elle avait crânement répondu, une cynique cigarette entre deux doigts, terre à terre, matérielle, pas vamp, avec sa trempe de toujours, très new yorkish, à la question du journaliste :

— Que pensez-vous de l'amour, madame Davis?

De quel amour voulez-vous parler? celui pour un homme, pour une femme, un enfant? le métier? le business?

Et maintenant, c'est le soir, trois ou quatre photographes, des curieux passés par là et des clients de l'hôtel se tiennent dans le hall, ils sont là figés, aimantés dans l'attente pour assister, en quelques secondes, à cette chose incroyable, fascinante, banale : une incarnation, celle d'une image célébrée, dans un corps. Ingrid est parmi eux, une rose à la main. Ils attendent, le regard rivé sur une porte d'ascenseur fermée. Et l'aiguille, qui était fixée depuis un bon moment sur le 7, se met enfin en mouvement : 6 5 4 3 2 1 0, la lourde porte métallique s'ouvre lentement et en silence : elle est là, immobile, une icône dans son cadre, dans sa boîte en acier, sarcophage vertical, toute petite, droite. Les yeux, c'est ce qu'on voit tout de suite : immenses, illuminés, ils lui mangent un visage de colophane cireux et maigre. Toute l'énergie de son corps, sa densité avaient reflué dans son regard. C'est le regard intense — la célébrité fait briller les yeux — qui a tellement reçu de flashes qu'il en est resté ébloui pour toujours, il a vu un autre monde, autre chose, il traverse les autres. Et, au-dessus de tout ça, le chapeau : ce n'était vraiment pas grand-chose, tout juste un petit cylindre carré. Ce *pill-box hat,* boîte à pilules, qu'elle avait lancé et qui se portait enfoncé sur la tête dans les années trente puis un peu incliné dans les quarante, avait été oublié, tout comme elle avait été éclipsée. Il était revenu dix ans plus tard sur un autre crâne beaucoup plus célèbre alors, celui de Jackie Kennedy, mais juste posé droit, à la mode des années cinquante, celle de Balenciaga, sur une nouvelle tête comme on passe le relais. Bette Davis avait dû avoir un sentiment d'usurpation, se sentir encore plus reléguée, exilée. On avait longtemps dit : le « chapeau

Bette Davis » et ç'avait été désormais le « chapeau Jackie Kennedy ». Celui qu'elle portait, le couturier américain Dennis Halston l'avait soi-disant créé le jour de son mariage, et c'était même un symbole, « si simple, si élégant », avec une touche d'espiègle crânerie : donnant le diapason, le *la* de ce que serait *Camelot,* le royaume, la cour d'un seigneur éclairé, avec ses chevaliers et sa Dame gaie, insouciante, plaisante à tous. On l'avait revu une dernière fois, le petit tambourin : la Dame rampait à quatre pattes à l'arrière de la Lincoln, la boîte à pilules basculé années quarante, prêt à tomber. Puis Jackie était devenue Jackie O et le tambourin avait disparu. Il s'était brièvement, l'espace d'une soirée ou deux, quelques photos, posé sur Bianca Jagger, mais juste comme un dernier clin d'œil, un rappel en mineur, un gimmick final avant d'être oublié tout à fait. Ce jour-là, à San Sebastian, pour quelques personnes, quelques minutes — et *Camelot* c'était fini depuis longtemps et on avait oublié la « boîte à pilules » —, il revenait sur sa propriétaire légitime, discrète petite revanche perfide, juste avant l'instant fatal, un clin d'œil du passé lointain, clin d'œil pour rien car ça n'évoquait plus rien pour ces gens nés après guerre qui revenaient de la plage.

Dans l'ascenseur, ses chevilles : deux tiges fixes. Elle ne tient plus qu'à un fil que manipule Nicole sur le côté par le coude ou de derrière, par le dos. Ça y est : elle sort du cadre, elle fait deux pas hors de ce sarcophage, ce bloc d'acier. On croit voir, oui, qu'elle est petite, très, mais, est-ce l'auréole de sa célébrité ajoutée à la proximité de la mort, elle semble, et c'est troublant, avoir sa propre échelle, être dans un autre espace tout proche, à la rencontre de la vie et du rêve, là où nos systèmes de mesure et les autres n'ont plus cours. Et c'est la taille que lui donne l'état civil — 1,58 mètre — qui est une illusion. Elle n'a plus de taille! Pas plus que l'Osiris du Louvre.

Ingrid s'avance de trois pas, plie un genou et dépose la rose à ses pieds, à deux mètres. *Everything came up roses,* c'est la dernière phrase de son autobiographie, Tout a été un lit de roses, eh bien, en voici une dernière, de rose. Elle sait que c'est sa dernière apparition publique, sans doute la dernière photo de sa vie : elle reste là encore... encore... encore un peu... flashes miniaturisés, incorporés, pâles petites étincelles sans rien d'éblouissant. Elle gardait la tête haute, le regard droit, vers le lointain, mais elle ne pouvait pas ne pas avoir vu le geste, ni la fleur. Que va-t-elle faire? Contourner? Trop périlleux : la moindre rotation du col du fémur est une souffrance, presque plus d'articulation. L'enjamber? Peut-elle encore soulever le pied? Nicole la met en marche : un pas... deux pas... elle pourrait quand même... peut-être... sans doute l'éviter un peu sur le côté, mais celle qui a incarné Elizabeth Ire d'Angleterre, une reine de fer, n'est pas femme à dévier d'un pouce de son chemin, même ce soir, surtout ce soir : elle pose le plat du pied gauche dessus, elle écrase la rose : Osiris est une garce!

La longue voiture l'emporte maintenant vers le palais Victoria-Eugenia. Elle va recevoir une statuette, au fronton des drapeaux du monde entier flottent dans le vent, une petite foule attend... Mais que fait-elle? Il y a du monde, un officiel a déjà ouvert la portière. Elle reste dans la voiture, derrière les vitres fumées, elle fait des gestes de ses mains décharnées. Un policier s'approche puis s'éloigne, non ce n'est pas pour ça qu'elle l'appelait. Elle semble tourner la tête derrière elle, à s'en démettre le cou. Elle continue à désigner quelque chose de sa main. Ça s'éternise, les photographes, les gens du comité attendent... Ça y est, le flic a compris : c'est le spot qui fait face à la voiture qu'elle désigne, elle veut qu'on le déplace... Non, pas comme ça... Elle agite à nouveau sa main parfaitement manucurée, ongles vernis, cigarette, bague, si maigre : un peu plus à gauche... Elle secoue l'index : « Plus loin! Voilà!» Si proche de la fin, quelques jours, elle le sait, elle soigne ses éclairages, elle règle ses lumières depuis la voiture, éclairagiste d'elle-même à distance. Elle a passé tant d'heures sous les sunlights! Altière, coriace, disciplinée, tyrannique envers elle-même jusqu'au dernier moment, business woman manager de sa propre beauté.

— Et que faites-vous dans la vie? Dans quoi êtes-vous?

— Je suis dans ma beauté.

Elle ne veut pas rater sa sortie... de la voiture, de l'intérieur... elle règle... Cette fois, ce sera sa toute dernière photo, l'ultime, elle montre où placer le spot, elle ne sortira pas avant : derrière, elle veut qu'il soit, la lumière par-derrière, contre-jour, *Gegenlicht,* contre-lumière, ça vous estompe les contrastes, les rides, vous sertit le contour, projette une ombre portée loin devant, complicité avec les ténèbres.

Elle les a étudiés les éclairages, elle savait, à la fin elle aurait pu éclairer tout un hangar, placer des centaines de kilowatts de projecteurs, lampes à arc, *softboxes*... C'était la lumière l'important et les rapports de séduction, de sexe parfois, ce n'était pas avec l'acteur, le metteur en scène, le producteur, c'était avec le chef-opérateur, c'est devant lui que l'actrice s'exhibe, qu'elle offre son corps pendant des jours et des jours. C'est lui le séducteur : je baise avec toi ce soir, embellis-moi demain, c'était des fois le pacte, le deal tacite. Il la tenait comme ça, par la lumière, quelques watts de plus ou de moins, un degré à droite ou à gauche, une ombre mal placée sur le visage en gros plan, sous l'œil, le détail qui tue, qui fait basculer une carrière. Oui, l'opérateur peut « tuer » une actrice! C'est sous son œil qu'elle évolue, il la regarde s'exhiber, l'observe, il représente des millions de spectateurs. Elle se sent mise à nue devant eux, suspendue à leur regard. C'est un confessionnal. Il confesse son corps de son œil derrière la lentille, l'objectif, le viseur, comme l'autre, le prêtre, derrière la grille, avec l'oreille. Même pouvoir, même séduction, même confession, une confession silencieuse de tout le corps. Si on est bonne actrice! Juste le faible ronronnement de la caméra, et encore! Tout comme il y a la rumeur persistante des églises.

Ça y est, le flic a compris, il traîne le gros projecteur sur son pied en alu de l'autre côté de la voiture : un policier de la *guardia civil* devenu l'éclairagiste de la « plus formidable fumeuse de Hollywood »! L'officiel ouvre la porte, Nicole l'actionne sur le côté, elle tire encore une fois sur l'anachronique cigarette puis sort et s'éloigne. Elle peut avoir l'esprit en paix : impitoyable avec elle-même, aujourd'hui elle n'a fait aucune faute, strictement aucune, elle s'éloignait le long d'une vaste dalle en pente douce que prolongeaient de longues marches plates, vers le Palais des Congrès, elle s'éloignait contre le vent qui faisait battre et onduler les drapeaux dont on confondait endroit et envers, au loin vers le palais qui reçoit le reste de l'année congrès et séminaires d'informaticiens, laboratoires pharmaceutiques, tour-operators, toute petite, toute droite, sous son chapeau, figure de légende... La Légende s'éloigne et les quelques personnes bronzées, en bob et Lacoste, appuyées aux barrières branlantes et disjointes, observent vaguement tout ça puis regardent leur montre : presque 20 heures, l'heure de leur speakerine, et après, Pamela Anderson, et peut-être après, très tard, un vieux film avec Bette Davis qui aura la voix de celle qui fait la publicité pour les lessives Ajax.

Tout à l'heure, au moment précis où Ingrid s'était avancée et avait commencé à fléchir un genou pour déposer la rose, elle sut qu'elle commettait une faute : Bette Davis ne pouvait se baisser. Peut-être Nicole, alors, qui rapidement, en deux mots et du regard, avait interrogé sa maîtresse : « *No !* » La dignité de la souveraine doit rejaillir sur ses vassales et, de plus, Nicole à genoux, c'est mettre en relief son impotence à elle. Mais c'était trop tard, elle avait été saisie par cette apparition, magnétisée par cette vision.

Beaucoup plus tard encore, par la suite, elle s'était dit : « Cette apparition dans l'ascenseur me rappelait le rêve que j'avais raconté à mon analyste, le docteur K., celui qui m'avait guérie, à vingt ans, de ma cécité passagère et de mes brûlures de peau : je suis dans un désert de sable et ma mère m'apparaît sous la forme d'un sphinx gigantesque, un sphinx métallique. Elle ne me voit pas, elle regarde au loin, complètement figée et muette. "Maman ! Maman !" et seul revient l'écho de ma voix réfléchie par le métal qui est creux, vide à l'intérieur. Je suis désespérée, désespérée. » Et c'était comme malgré elle, sans le vouloir, presque sous hypnose et que ça lui rappelât quelque chose d'ancien, qu'elle s'était approchée et avait déposé la rose, c'était plus fort qu'elle. Et là, dans cette position, elle s'était vue jouer dans un tableau : offrande d'une rose par une jeune admiratrice à une ancienne déesse de l'écran. L'apparition lui avait déclenché quelque chose dans la tête — click — qu'elle rejouait à son tour : espèce de script usé ou vieilles images d'actualité. Elle n'avait pas pu s'en empêcher, bien qu'elle se soit aperçue très vite, tout de suite, mais trop tard, qu'elle faisait une gaffe.

Autre temps? autre époque? Sa jeune admiratrice en somme. Mais est-ce que, pour une jeune actrice d'aujourd'hui, née vers 1978, l'année où elle, Ingrid, débutait à Paris, arrivait à l'hôtel Scribe avec ses casseroles — Elsa Zylberstein, par exemple, qui était toute simplicité, sans manières, directe —, elle ne représentait pas elle-même une autre époque avec, sur scène, cette grande robe noire et son goût pour l'artifice, et même la coupure n'était-elle pas encore plus grande? Elle appartenait au temps où le cinéma était usine à rêves, jeu d'ombres, lanterna magica, où il proposait des modèles, elle en avait fait partie, et il ne voulait pas seulement refléter le monde mais en proposer un autre, complètement fabriqué par la lumière, le montage, et ç'avait été ça son univers, l'aspiration à autre chose, une projection. Les ombres mouvantes sur le mur du fond de la caverne étaient bien aussi réelles que ce qui se passait dehors.

Une terrible mutation s'était faite en vingt ans, plus grande sans doute qu'entre le début du siècle et 1978, malgré deux guerres, le fascisme, le communisme, les camps, tous les films que l'on voudra, et tout le bataclan, parce qu'il s'était passé ceci, cette chose étrange : tout ça, on l'avait oublié, ça n'existait plus, une brutale amnésie, ça ne raccordait plus, comme après une apocalypse, et aujourd'hui, quand on disait écran, on ne pensait plus du tout *silver screen* ou en allemand *Leinwand,* drap de lin — et ça rappelait alors le linge des églises, lin déployé sur l'autel —, mais lap-top, e-mail, computer, courriers, petits messages, et tout simplement nos regards ne se portaient plus au-delà, et même auraient-ils croisé, en levant la tête, une seconde, une personne comme elle, avec ses yeux — d'ailleurs semblables à ceux des héroïnes du muet, Mary Pickford, les deux sœurs Gish, Lilian et Dorothy — étonnés, ouverts, comme dans l'attente d'une Annoncia-tion, de quelque chose d'autre, sans d'ailleurs y croire : une *Sehnsucht* sans illusion excessive [1], déjà consciente de sa propre fin, ils ne l'auraient pas vue ou en auraient été exas-pérés. Oui, décidément, il était temps, largement temps, de porter une autre robe de scène, de changer un peu.

Ces histoires de double, de doublage, de voix... et ces chapeaux qui volent... les voix aussi, Bette était dou-blée, la voix d'une autre, les voix, ça va ça vient, ça vole aussi. Et ça se vole :

« Chef! Chef! Trafic de cordes vocales! Un nouveau Docteur Mabuse! Il envoie ses assistants-esclaves qui enlè-vent, attachent, chloroforment leurs victimes, puis leur arra-chent les cordes et se les greffent à eux-mêmes! — Arrê-

1. Ce fatalisme dans l'expression, le même, tout craché, que Marlene, à croire que c'était un trait germanique, cette *Sehnsucht.*

tez, Spielvogel, vous délirez. Reposez-vous. — Je vous jure, commissaire Arbogast. Et comme ça, avec ces cordes, leurs empreintes vocales, ils peuvent ouvrir certains coffres-forts. »

Et sa voix à elle, on la lui avait empruntée plusieurs fois, des travestis berlinois pour des play-back, ou des plagieurs, copieurs, chanteurs voleurs qui la contrefaisaient mécaniquement, sans l'esprit, sans le risque, les intonations, le timbre, et ce double figé d'elle-même lui procurait un sentiment de fatal, comme une grimace.

Et même une fois, on la lui avait achetée : « Par un bel après-midi, à Munich, on était allés, Rainer et moi, dans un endroit qui venait d'ouvrir, un club un peu chic, avec des salons tapissés de velours grenat, projections de films porno, c'était très en vogue à l'époque, ça l'amusait, malgré sa pruderie — en fait, il était toujours partagé entre sa soif de tout-faire-tout-connaître et une grande réserve chaste et pure. Il avait toujours beaucoup aimé me faire découvrir des endroits nouveaux : cinémas, restaurants, bars, clubs, comme tout mari amoureux, n'est-ce pas ? Alors, on était sagement assis dans nos fauteuils Chesterfied, les serveurs nous avaient apporté whiskies et jus de fruits, l'obscurité s'est faite et la séance a commencé : ça s'appelait *The Devil in Miss Jones*. La vedette était Linda Lovelace et, comme son nom l'indiquait, elle avait une face d'ange préraphaélite, Burne-Jones, Aubrey Beardsley, longs cheveux bruns ondulés tombant en vaporeuses cascades sur les épaules et auréolant de candides yeux bleus, une bouche aux lèvres bien ourlées et un sourire séraphique, toute en dentelles blanches, ne manquait que la couronne de fleurs d'oranger... Et la voix... Non... D'abord elle était muette, elle marchait, vaquait à ses occupations, ça commençait... la fille se tranchait les veines dans sa baignoire et donc, elle allait en Enfer. L'Enfer, c'était un grand bureau où elle était sagement assise, et un sous-fifre du Diable, en complet cravate, lui proposait un pacte : elle pourrait retourner sur terre si, au préalable, elle allait au bout des turpitudes du sexe. Et donc, ses torrides acrobaties ont commencé. La soi-disant morte aux contours botticelliens se mettait alors à en faire des vertes et des pas mûres et des pas très comme il faut, elle faisait même des trucs avec un serpent. Se faire enfiler par tous les trous pour gagner son ticket retour, un bien beau sujet quand on y pense : le sexe pour assurer sa victoire sur la mort. Aussi bien qu'Orphée avec sa poésie pour séduire les divinités du Styx. Et puis elle s'est mise à parler... à débiter des horreurs, des cochonneries, à éructer, à gémir, à crier... Et cette voix... cette voix... non! c'était pas possible, pas croyable... Pourtant, on ne pouvait la confondre avec aucune autre, si on l'avait entendue une fois dans sa vie, même juste quelques secondes, on la reconnaîtrait à jamais entre mille tout de suite même dans les gutturales, cette voix rauque de contralto souple; c'était... oui, c'était celle de sa femme chérie, c'était la mienne de voix qui disait : "Ouiiii... c'est bon!... Encule-moi...!" Rainer était tassé dans son fauteuil, son visage est devenu tout pâle, le regard s'est figé, il s'est mis à transpirer, il s'est replié, ramassé sur lui-même, il s'est levé précipitamment, il a écarté brusquement le gros fauteuil et, la tête un peu penchée en avant, il est sorti en quatrième vitesse sans dire un mot, comme frappé par une hallucination démoniaque. On aurait dit James Cagney dans la scène célèbre où, au réfectoire du pénitencier, il apprend l'incroyable nouvelle : sa mère est morte ! Je suis restée tranquillement assise dans mon fauteuil : "Mais oui... bien sûr"... » Et, pendant que la lumineuse, diaphane, délicieuse botticellienne déclinait sur tous les tons, sur tous les modes, la gamme des 69, brouette chinoise, feuille de rose, double-nénuphar-de-Manille, pal inverse intégral (une rareté mais à partir de trois personnes), elle se souvenait de son passage à New York, deux ans plus tôt, pour la sortie du film *La Paloma*.

« Christopher, un ami, un gentil garçon aux trente-six métiers et combines : quand il n'était pas avec des sherpas dans les monts du Tibet, dans les trafics de cocaïne ou à maquereauter des milliardaires qu'il affolait à coups de tantrisme : sa queue en érection sur commande, le temps de compter un, deux, trois, et, une heure durant, comme la corde d'un fakir, il distribuait des films porno. Doublure allemande de Linda Lovelace ? Pourquoi pas ? C'est amusant ! OK et c'est ainsi que, pour 1 000 dollars, entre deux cocktails mondains et deux interviews où je répondais en termes précieux sur mon personnage de la Paloma, fragile héroïne romantique, poitrinaire et nostalgique, je me retrouvai, par un après-midi d'automne, dans un studio de post-synchro de Broadway, au 42e étage, en pull et blue-jeans, à faire tranquillement des "Ohhh !" et des "Ahhh !", et des "Encooore !", et puis des "Je jouiiis !" et aussi des "Fourre-le-moi bien à fond !" et des "Je mouille de partout". J'avais l'impression de faire des bulles de comic strip, je m'amusais.

« Et voilà que, deux ans après, dans le quartier derrière Maximilianstrasse, l'immeuble juste à côté du magasin de musique où, un jour, comme on passait devant — "il te plaît ?" —, il m'avait acheté un harmonium, dans un club cossu, fauteuils Chesterfield et serveurs, ma voix me rattrapait. Et, attends, je crois même... oui, c'est ça... on était les deux seuls dans ce grand salon... dans ce club... Il était sorti avec "sa femme" pour lui montrer un petit spectacle exotique, un peu piquant. J'étais "sa femme". Ça m'étonnait toujours au début d'entendre ces deux mots quand il disait, très petit-bourgeois, très comme il faut : "Je vous présente ma femme..." » Ça en étonnait d'autres d'ailleurs, mais c'était pas pareil : ça les faisait sourire, et cette esquisse de sourire-là, je la connaissais, elle voulait dire : « Un mariage entre une femme et un homosexuel, ça ne compte pas, c'est un mariage bidon. » C'était le sourire de ceux qui refusent la féminité chez les hommes et ne pouvaient voir que, même, seul un homosexuel peut aimer à ce point une femme de façon exclusive. Non, pour ces gens, les plaisirs devaient être simples et droits. Et ces deux-là justement essayaient de composer quelque chose d'autre, de se réinventer quelque peu, se reconstruire. Il faut dire qu'avec les ruines de l'Allemagne, et eux en ruine corps et âme, ils partaient avec un certain avantage, c'est-à-dire de zéro, moins que zéro, c'est ça l'intérêt des guerres, des maladies, comme disait leur poète philosophe, celui qui, à la fin, aimait bien parler à l'oreille des chevaux : « Là où il n'y a pas de ruines, il n'y a pas de résurrection. » Inventer quelque chose, un corps un peu différent, ça n'a pas duré bien longtemps : « Je risque cette constatation, c'est Fassbinder qui parle dans *Essais et notes de travail,* de tous ces gens avec qui j'ai travaillé, qui ont, en commun, commencé à apporter la preuve d'une utopie concrète, il reste aujourd'hui, à part Peer Raben et moi, seulement peut-être encore Ingrid Caven. »

« Je vous présente ma femme ! Moi, je m'étais mariée en me disant : "Il aime les garçons, entre nous, c'est sûr, c'est de l'amour, mais il aura aussi ses histoires de son côté et moi, mes aventures." Eh bien, pas du tout. Il n'aimait pas qu'on me fasse la cour. Un jour, on déjeunait avec le jeune acteur Karl Heinz Boehm, le fils du chef d'orchestre, qui semblait un peu trop s'intéresser à moi. "Vous ne trouvez pas, lui avait-il dit, que ma femme fait très jeune pour ses quarante ans ?", alors que j'en avais trente ! Et, une autre fois où on allait se promener dans le grand parc de Munich, l'Englischer Garten : "Enlève ce rouge à lèvres, tous les types vont vouloir te draguer et il va falloir que je me dispute !" Et pas question que je fasse l'actrice, "un métier de pute". "Ma femme va à la plage avec des lunettes de soleil et un livre, pendant que je travaille". » Il faisait travailler ses putes, elles posaient pas de questions, *no problem*, les faisait tourner, et en quatrième vitesse, tambour battant, fallait que ça tourne vite, à la chaîne. C'est comme ça qu'il voyait les choses, qu'il se les représentait. C'était sa vision, les images qu'il avait dans la tête et qu'il voulait absolument réaliser, celles-là ou d'autres, par exemple les visions tenaces qu'il avait de l'Allemagne, toute sa vie comme ça, de la mise en scène jusqu'à un plan de table. Il travaillait vingt-quatre heures sur vingt-quatre, donnait les interviews en jouant, rue d'Antibes à Cannes, au billard électrique. « Et vos rapports avec Mme Caven ? » demande le journaliste du *Spiegel* à qui il a donné rendez-vous dans le bar. « Eh bien si le mot... », le verre de cuba libre, rhum et coca-cola, posé sur la vitre du billard, la cigarette entre deux doigts qui tapotent le flipper, « ... si les mots affinités électives... », la bille passe dans le couloir et tape sur le bumper

124

1000, « ... ont un sens... je dirais que c'est mes relations avec Mme Caven qui s'en approchent... » Tilt! « Et Douglas Sirk? Ses mélos flamboyants... » Tilt! *Same player shoots again...* « On aimait bien les appareils, les jeux... bowling... Et le juke-box, pas tant les gros Wurlitzer que ceux qui étaient encastrés dans le mur près des tables, des bars vulgaires, quelconques, à Paris, c'était à côté du Palais-Royal, une rue étroite, rue des Bons-Enfants, tout près du petit hôtel où on descendait, Hôtel de l'Univers. Il venait le matin, mettait deux tunes dans le bastringue et, sur un air des Pretenders, de Paul Anka, « Ohh Diana », écrivait *Les Larmes amères de Petra von Kant* à toute vitesse, comme si tout était déjà marqué dans sa tête, tout construit, comme une tâche à accomplir, un devoir qui était le sien... une vieille dette qu'il avait Dieu sait avec qui : l'Allemagne?

« Et, pour finir, un jour où j'étais partie à Paris sans prévenir, il m'avait envoyé deux malabars, carrément le genre mafioso, et j'ai dû me cacher une heure ou deux dans une armoire. J'étais sa femme pour l'éternité, c'était un sentimental avec ces choses-là. Il était habillé de blanc pour notre mariage, très officiel, et au déjeuner à la fin, pour les toasts, il avait dit un vieux proverbe : *Glück und Glas, wie leicht bricht das*, le bonheur et le verre, comme ça se brise facilement, moi j'avais chanté une chanson ancienne, je l'avais déjà chantée enfant, ça amusait mon grand-père : *Es geht alles vorüber, es geht alles vorbei*, tout passe, tout s'en va... J'étais en robe de soie verte, col chinois, boutonnée jusqu'en haut... Le soir même, travail et amour étaient alors mêlés, on tournait une scène d'un de ses films dans un bar, je chantais pour la première fois à l'écran : *I was sitting by the river with my tears...* Tout ça pour dire que, quand il a entendu ma voix, cette voix de possédée, ça ne l'a pas amusé du tout.

« Il en connaissait pourtant un bout sur les trucs du doublage, comme d'ailleurs sur tous les effets spéciaux, truquages, et sur toutes les techniques du cinématographe, il savait tout faire, montage, mixage, photo, il aurait pu faire un film à lui tout seul. Oui, tout ça, il connaissait, le procédé de la bande rythmo, ça n'avait aucun secret pour lui : on est là, sur un tabouret ou debout, face à l'écran où le film est projeté en boucle. Sous l'image passe en même temps une bande de celluloïd blanche, un ruban où chaque syllabe du texte est calligraphiée à la plume, à l'encre de Chine, une plume spéciale. Sous une petite ampoule rouge vient passer chacune des syllabes, à l'écriture plus ou moins pleine ou déliée, étendue ou allongée, large ou resserrée, elle se comprime et puis se dilate. Cela détermine la modulation de la voix : "Ah !" ou "Ahhhh !", "jouis" ou "jouiiiiiis", ça passe en boucle deux, trois, quatre fois, et on répète les mêmes mots, allitérations ou cris deux, trois, quatre fois. C'est ça le procédé rythmo. »

Et il avait donc beau savoir que c'était froidement technique tout ça, ça n'y faisait rien, il réagissait comme devant un tour de magie noire et, comme un sauvage de naguère, il avait pris ses jambes à son cou, en pleine hallucination. Pendant juste quelques étranges et inquiétantes secondes, il avait été propulsé plusieurs siècles en arrière, lorsqu'on croyait aux esprits, aux doubles, il avait, sans doute, à la fois compris et pas compris. Un drôle d'état : il reconnaissait cette voix, oui, mais aussi comme d'un double, spectral, puis ça avait dû se calmer, mais il en était resté des

126

marques, des séquelles, ç'avait été un choc. Il aurait été mille fois moins troublant pour lui de la voir se faire baiser, pour de bon, sur l'écran.

« Je l'avais déjà vu pâlir, se mettre à transpirer et partir en courant, comme ça, frappé, on aurait dit, par une apparition, une hallucination, un sortilège, un jour en Espagne, à Almeria. J'étais dans une petite calanque, il n'y avait personne, je prenais le soleil : lunettes noires, chapeau de paille, un livre. Il vient me chercher, lui non, pas de soleil, et juste quand il est arrivé... on n'a pas réalisé tout de suite, ça a pris deux ou trois secondes, une masse sombre obturait brusquement l'entrée de la crique, une forme ronde, inerte, c'était une tortue géante, cinq, six mètres, un monstre. Elle était morte. Il m'a pris par la main et on est partis tous les deux en courant par le chemin de derrière sur la colline et vite rentrés à la Casa Pepe. Même les journaux en avaient parlé de la tortue venue d'Asie, d'Extrême-Orient, d'Indonésie je crois, et rejetée par la mer, et il avait fallu que ça tombe sur lui... car ça lui rappelait une vieille histoire, un souvenir d'enfance bien ancré qui ne le quittait pas : à quatre, cinq ans, enfant renfermé et solitaire, il avait une seule et vraie amie, une tortue. Un beau jour, elle a disparu, sa mère, disait-il, l'avait jetée par la fenêtre, une voiture l'avait écrasée. Longtemps il était resté inconsolable. Et c'est pas fini... Trois ou quatre ans après l'histoire de la plage en Espagne... c'était à New York, j'étais là, une party en son honneur pour la sortie d'un de ses films, un appartement, beaucoup de monde, et la jolie petite fille de la maison qu'il n'avait jamais vue, elle vient droit vers lui, le prend par la main : "Viens, je vais te montrer quelque chose..." Elle l'avait choisi, élu, lui le « monstre » et pas un autre. Flatté, il la suit jusqu'à sa chambre et je le vois revenir tout de suite, pâle comme un mort, en sueur et en courant : "Viens... Allons-nous-en..." "Quoi, qu'est-ce qu'il y a...?" Une tortue, voilà ce qu'il y avait, la mignonne fillette voulait lui montrer sa tortue... Se sentait-il victime d'un sortilège, et l'objet d'adoration de son enfance s'était-il transformé en un sujet d'effroi? »

Il avait un côté animal : soupçonnait-il une projection de lui-même? La tortue de la mythologie chinoise est le pilier du Ciel et chaque pilier des sépultures impériales repose sur une tortue... Symbole bien sûr aussi de concentration et de sagesse. Silencieux, renfermé, il était aussi devenu la base et le pilier d'une clique magnétisée par son animalité même. Cette incapacité à exprimer ses émotions, son écoute du monde de tout son corps et d'être malheureux, silencieux comme une bête, c'était son sort. Maladivement timide au début, tétanisé par les drogues à la fin, il rentrait vite dans sa carapace, concentration, repli sur soi, inerte, silencieux, vieux Chinois, opium, morphine, cependant centre de gravitation d'un microcosme hystérique. L'Amérindien, le nègre se décore de pattes, de dents de tigre, touffes de poils, bouts de pelages rayés, ocellés : l'objet de sa terreur est devenu parure. Exorcisme, conjuration, il devient un peu de ce qui l'épouvante. L'imitation, après tout, est une manière de se défaire d'un objet d'adoration ou de peur, ou les deux : les animaux sur les murs des grottes, chevaux, taureaux, bisons. Superstitieux, flair et antennes d'animal, de sauvage, Rainer couvre sa femme de bijoux : « Des turquoises, plein de turquoises pour mon anniversaire, c'est à Istanbul, deux ans après la party new-yorkaise, bague, pendentif, bracelet, toute la ligne, turquoises en forme de… tortues! La bague, elle, a glissé, peu après, de mon annulaire dans les Bains de Sémiramis, disparue! La petite tortue en turquoise a sans doute été emportée par la mer Noire! »

The Devil in Miss Jones! Le *devil,* c'était cette voix. C'était tellement inattendu, invraisemblable! On avait dérobé la voix de sa femme. Plus tard, il penserait qu'elle l'avait vendue pour une poignée de dollars à une de ces putes, et maintenant elle se baladait à travers le monde, sa voix, la chose la plus intime, la plus personnelle.

— Moralité, fit Charles, il ne faut pas confier sa voix, ni aucun morceau de son corps, d'ailleurs, à autrui, il ne faut pas se la laisser voler.

— S'envoler?

— Oui, c'est pareil. Voix?… vole!

— Comme les chapeaux!

— Oui, elle a dû voler dans un avion, dans des boîtes de film avec son optique, ta voix, avion New York-Munich…

— Arrête, ça me fait peur, ces morceaux de gens qui voyagent, tous ces chapeaux, ces voix qui volent…

Charles se taisait, il repensait : un été, c'était en Grèce, près de l'île de Scorpio, dans une calanque étroite, une crique, la mer. Personne. Une voix de femme, un chant est venu de la gauche. De longues secondes, il n'y eut que ce chant au-dessus de la mer. Une voix sauvage, belle. Et un son nu, puis un pédalo est apparu, est passé devant la crique, tout près. C'était Maria Callas, en maillot de bain et turban, elle pédalait, brassait l'eau, gerbes d'écume, en faisant ses vocalises, elle a traversé lentement le champ visuel de Charles et elle a disparu sur la droite, demi-déesse descendue faire un tour en pédalo. La voix est restée encore un peu, suspendue entre ciel et eau. C'est toujours les voix qui restent, au final, c'est aussi toujours par elles que ça commence, une voix plus une oreille : deux fils de soie impalpables et un pavillon! C'est une histoire qu'il ne racontait pas, on aurait pensé : « Le pauvre! Une hallucination!... »

     « Bonjour! » Il lui présentait un petit bouquet de fleurs des champs et semblait s'en amuser, un peu sur la réserve quand même. C'était Hans Magnus Enzensberger. Et aujourd'hui, un dimanche de novembre, allongée sur le divan, rideaux demi-tirés, tandis qu'elle visionne dans sa tête un bout du film de sa vie, c'est sur cette image qu'elle s'arrête. Elle la recadre en gros plan : son visage, l'œil étincelant de quelqu'un qui habite la maison des mots et y fait souvent le ménage, ça vous donne une fraîcheur, un air comme neuf. Elle plaque un son dessus, les mots d'une interview, ce qu'il avait dit une autre fois : « C'était juste une voix, celle-là et pas une autre, ça m'a donné envie de lui écrire des chansons... », mots sur mesure pour une voix. Autre gros plan sur les fleurs du bouquet : anémones, pâquerettes, myosotis, quelques bleuets — Stop. Ça suffit. Hier c'est hier. Il y aura toujours ces paroles qui, à son oreille, sonnent juste encore aujourd'hui, surtout aujourd'hui.

> *Ich habe heute keine Lust*
> *zu tingeln, zu tingeln, zu tingeln.*
> *Heute bleib ich einfach liegen*
> *und lass das Telefon*
> *klingeln, klingeln, klingeln.*

Je n'ai pas envie de chanter aujourd'hui
Aujourd'hui, simplement, je reste couchée
Et je laisse le téléphone sonner
Et sonner et sonner

Je vois les nuages voler, passer
Ils sont toujours les mêmes, ils sont toujours nouveaux
Toujours les mêmes
Je ne sais pas ce que je regrette

Le téléphone ne sonne plus depuis un bon moment
Je ne sais plus comment m'habiller
Mes vêtements sont trop gris, trop beiges, trop verts
Ou trop sombres ou trop clairs

Oui voilà! c'est ça! c'est vrai! C'est dans la vie comme dans la chanson : *trop sombres ou trop clairs...* trop grands?... trop petits?... Elle va dans le dressing : « Il me faudrait d'autres vêtements... moins de noir? plus de fantaisie?... on verra ce soir... plus tard. » Elle repense à ses premières garde-robes, en Forêt-Noire, à Munich, vaguement chic, sans style. Les jours sans la maladie, ces formes de tissus étaient des promesses de bonheur, elle se disait : « Celle-ci, je la mettrai tel soir, à tel endroit pour celui-ci, ou pour personne, pour tous, ou un inconnu... », elle se voyait dedans, « ... une coiffure à la Bardot... », la démarche... À partir de la robe, un corps, un peu nouveau, séduisant apparaissait, d'autres mouvements, et puis les garçons, elle s'imaginait à la surprise-party : les Platters, *Oh yes I'm the great pretender*, ou *Only-y-y You-ou-ou*. Les jours de maladie, elle ne voulait plus voir ses vêtements, ils la rendaient encore plus triste... Et là? maintenant? Un peu d'incertitude mêlée d'indifférence. Est-ce que c'est elle? ou bien les choses? Oui elle a, il y a, semble-t-il, moins de curiosité, d'excitation depuis quelque temps, moins de rapports de séduction, les habits sont devenus surtout des armures, des signes de pouvoir, comme si on était dans une société guerrière primitive. Pour le moment elle sifflote sur deux notes et elle se met à tourner tous les crochets des cintres dans la même direction, pointes face au mur, un par un. « Ces crochets, on dirait des??? ... des points d'interrogation! Sortons! C'est une belle journée! » Coup d'œil dans la glace : « Et merde! Encore?! » C'était des taches rouges sur le visage, sa vieille maladie qui se rappelait à elle. Rien de grave, un comprimé de cortisone ferait l'affaire, mais les horreurs de son enfance une fois de plus revenaient dans sa tête, c'était la griffe du passé que renvoyait le miroir : « Ne crois pas que tu peux m'échapper complètement, toujours tu seras un peu reliée à moi. » Toute sa vie, un problème, cette satanée peau. « Je ne pensais pas pouvoir faire du cinéma un jour... Pour moi, c'était ça, le ciné : ces belles peaux diaphanes, lisses, transparentes, qui irradiaient des lumières. La démarche, oui, je pensais pouvoir l'avoir, mais je ne pouvais pas compter sur ma peau. » Jamais, jamais de la vie l'enfant « lépreuse », la jeune fille, parfois presque aveugle à force d'allergies, n'aurait osé penser, rêver qu'un jour... pourtant oui, et même du monde, pas énormément, mais disons quand même, avec le tam-tam, quelques centaines de milliers, quelques milliers de mille, l'avaient vue sur un écran et un grand écran encore! *Silver screen!* Son visage en gros plan, et même cinquante ou cent mille l'avaient adorée et sur ces cinquante, cent mille, cinq ou dix mille ne l'avaient probablement pas oubliée et parmi eux, sept ou huit cents lui vouaient une sorte de culte, et sur ces sept ou huit cents, quarante ou cinquante, toujours le tam-tam, ne juraient que par ça : *La Paloma*. Et dans ces quarante ou cinquante, il y en avait un, au creux de Manhattan, d'ailleurs à la peau grêlée et boutonneuse, dont il se plaignait toujours lui aussi, qui, dans son bureau de la Factory, avait placardé, lui avait-on dit, l'affiche du film : elle est assise face à un miroir. C'était Andy Warhol, pas impossible qu'il aimait ce regard fataliste qui semble avoir rencontré le Mal sans y accorder plus d'importance que ça. Oui, pas impossible.

Donc, à présent, son visage était, magnifiquement éclairé, sans défaut, projeté en 3 mètres × 7 sur le *silver screen* que les Allemands avaient appelé un jour *Leinwand*, drap de lin — le même lin que celui des églises —, mais le même aussi dans lequel longtemps on avait enveloppé son corps, tant sa peau la torturait, c'était sa revanche sur le sort : son visage était aujourd'hui projeté sur ce lin qui avait, il y a longtemps, servi à le voiler.

Elle aurait tout donné, tout, à l'époque, pour avoir une belle peau, même une peau correcte, et on avait tout essayé, les prières à Marie, Lourdes, avec sa grand-mère Anna qui psalmodiait dans le train, et c'est, pour finir, plus tard, la psychanalyse qui l'avait aidée beaucoup et depuis, lorsqu'on en disait du mal... non, on n'avait pas le droit, devant elle, de dire du mal du « détective » viennois fumeur de cigares, amateur de statuettes égyptiennes et décrypteur de rêves, qui avait acquis l'art oblique d'insoupçonnables associations.

Elle sort. Elle passe dans la cour devant les rosiers encore un peu en fleur, rue de Bellechasse, puis à gauche dans la rue de Varenne où le *carabiniere* est en faction juste sous le drapeau vert blanc rouge — « basilic mozarella tomate », pensait-elle chaque fois — de l'ambassade d'Italie et un peu plus loin, gardant la rue où se trouvent deux ou trois ministères, des policiers, casques à la ceinture, bouclier en plexiglas à la main et, accroché à une chaîne, un petit sifflet argenté qui, à lui seul, donne à tout l'air d'une panoplie pour enfant, le revolver semble soudain un pistolet à eau. Elle prend la rue du Bac : pâtisserie Dalloyau, trois petites Japonaises achètent en riant des ballotins de chocolat... Elle hésite et accélère... Là c'est le musée Maillol, l'ancienne Fontaine des Quatre-Saisons, elle retourne sur ses pas, machine arrière, elle ne peut pas résister : « Je ne peux pas résister... 250 grammes de truffes au chocolat, s'il vous plaît. » Re-Fontaine des Quatre-Saisons : il y a une expo Jean-Michel Basquiat. « Je l'ai vue... une gaieté noire... un tableau où il y a une partition de musique... des graffitis... une liste de menus de restaurant... Pas vu le film sur lui avec David Bowie et Courtney Love, celle-là je l'aime beaucoup, la chair pâle, rose et rayonnante, le geste, la carcasse un peu déglinguée : à l'anglaise. Tiens ! la boutique Issey Miyake. » C'est la collection 99-2000, la ligne *Pleats Please* : couleurs vives, robes en tissu polyester traité comme du papier crépon, des lanternes à lampions en papier plié, lampes de Nogushi, ou l'inverse : lanternes devenues robes plissées en accordéon, petits bandonéons de clowns devenus jupes. Pas étonnant, lui qui a écrit que « tout peut être un vêtement ». « Pour moi ? pas pour moi ? un peu trop vives les couleurs... et puis très cher quand même !... D'ailleurs j'ai tout ce qu'il me faut... enfin... on dit toujours ça et puis... Brasserie Lipp ! Si j'entrais avaler un hareng Bismarck, Bismarck ou Baltique ? On dit les deux, je préfère Baltique... Non ! finale-

134

ment trop de calories... » Hareng?! Baltique?! Robes plissées en forme de lanternes?! Elle se souvient du village sur la Baltique dans les ténèbres pendant la guerre : d'autres enfants, des bougies dans du papier découpé en accordéon, les pas lents dans le silence des rues la nuit, un peu de danger caché, c'est la fête des Lanternes, *Laterne, Laterne! Sonne Mond und Sterne!* Soleil lune étoiles! une féerie de quatre sous, un enchantement, les enfants, quatre ans et demi, cinq ans, chantonnaient ensemble, très bas, émerveillés, le regard étonné, quelques frissons, à tâtons, des échos de voix, de pas, montaient dans la nuit éclairée par les lanternes en forme de lune, demi-lune, étoile, accrochées à de longs bâtons que l'on tenait avec application en marchant. Un disque de Björk au Drugstore Saint-Germain? Elle s'approche : « Tiens! des palissades, des échafaudages. Le Drugstore a disparu! Peut-être chez Vidal, juste à côté, rue de Rennes?... Non. C'est devenu Cartier. » Les bijoux ont remplacé les disques. Elle traverse... le kiosque... le titre « Krach sur les marchés asiatiques » barre la une, les statistiques disent que les jupes raccourcissent lorsque la Bourse baisse et inversement, il paraît que ça s'appelle l'indice de l'ourlet, elle achète *The Face* : les Spice Girls en couverture... entre au Flore, premier étage, c'est plus tranquille... « Un citron pressé sans glace sans sucre s'il vous plaît. » C'est Charlotte Rampling là-bas, qui se tord de rire avec une amie. Les Spice Girls gagnent 100 000 dollars par concert, sponsorisées par Pepsi... en plus, c'est vingt-cinq concerts par mois, plus la publicité. Il y a une photo : c'est les poupées des Spice Girls. Pour le lancement de ces jouets, trois cents photographes autour... pas autour des Spice Girls, elles ne sont pas venues à la conférence de presse, autour des poupées! Elle s'en va, descend la rue Bonaparte... rue Guénégaud, une petite galerie, elle entre, il est là, on lui en avait parlé : c'est un tableau d'Edvard Munch, l'auteur du *Cri*. Là, c'est une femme, robe à rayures en arceaux : *La Chanteuse*. C'est un portrait en pied : la femme chante, mais pas en concert, on dirait plutôt par un bel après-midi, dans un salon, elle répète, ou alors juste pour deux ou trois personnes assises dans un sofa. Il n'y a pas beaucoup de peintures de femmes en train de chanter, Giotto, Piero della Francesca, mais c'est des anges, Watteau? Non. Whistler sans doute, il faut vérifier, Degas, oui, c'est *La Chanteuse au gant*, Toulouse-Lautrec : Yvette Guilbert. Au xxᵉ siècle? Presque rien. Ah! mais au fait, il y a son ami Salomé qui l'a peinte en chanteuse. « Au fait, il y a mon ami Salomé qui m'a peinte en chanteuse, enfin... sur le tableau je ressemble plutôt à quelqu'un qui saute en l'air... J'ai l'air d'une *dickes freches Berliner Kind*, un diablotin qui saute en l'air. » Elle quitte la galerie : rue des Saints-Pères, Holly Fathers Street, comme dit Charles dans ses crises d'anglophilie, et il dit aussi Dragoon Street, Good New Boulevard... Puis rue de l'Université, le Paris des clercs du Moyen Âge, aujourd'hui des maisons d'édition : Le Seuil, Gallimard...

Maintenant ça bat plus vite, l'artère s'élargit, bifurque, se divise, forme une fourche et, un peu plus loin, coursier d'entreprises et chasseurs d'hôtels marchent d'un pas pressé, avec plis, bouquets de fleurs, grands sacs en carton étiquetés, les gens vont et viennent dans plusieurs directions, *fourmillante cité*. À l'orée de la fourche, à l'embranchement, là où le triangle s'évase : douanes, immeuble en angle, en promontoire, cinq étages, de la pierre de taille encore noircie, début de siècle, tout un bloc, un vrai paquebot, même une longue rangée de hublots, vingt-cinq, aux rebords en fonte vert-de-gris, là-haut, au dernier. Elle peut, bien sûr, toujours rêver sur tout ce qui est amassé là-dedans, d'une invraisemblable diversité, objets venus des quatre coins de la planète, saisis aux frontières, dans les aéroports, gares, docks, *cité pleine de rêves*. Non, elle ne peut pas. Quand trop de choses sont là, plus de place pour les rêves...

Laboratoire Saint-Germain, scanner, doppler, échographie, radiographie. Radiographie, elle entre. Le docteur Dax l'avait prévenue, même un peu durement, sans ménagement, en détachant les syllabes : « Cette fois, c'est sérieux, un dé-but d'em-phy-sè-me. Si vous n'ar-rê-tez pas de fu-mer, ces ci-ga-rettes se-ront vos petits clous de cercueil... » Et sa voix de baryton, ordinairement rassurante, avait pris tout à coup, en cet instant, à côté du tensiomètre à mercure, une coloration sombrement caverneuse. Le docteur lui avait expliqué sur un mannequin dont il avait détaché une des pièces en plastique rose : « Voilà *votre* poumon. » « Je ne peux pas... *ich kann nicht...* je n'y arrive pas... J'y pense tout le temps, ça m'empêche de dormir. Remarquez, je ne peux pas dormir tellement je tousse lorsque je suis allongée, je dois dormir assise! calée avec des oreillers, et là, je rêve d'une cigarette... » C'était plus le geste aussi qu'autre chose, comme si son corps, depuis le temps, se fût organisé autour de ce petit tube en bakélite noire de dix centimètres, oui, les gestes observés d'abord chez sa mère puis, seize, dix-sept ans, la première cigarette, elle copiait, marque Lasso où on voyait un cow-boy sur son cheval, son lasso était fait de fumée en volutes, et c'était un contact facile avec les autres et une protection aussi, elle qui, à des époques de sa vie, avec sa peau meurtrie, ses allergies, n'avait eu ni l'un ni l'autre...

Autour de cet accessoire, centre de gravité, venait gracieusement s'organiser son corps, la main d'abord, elle le tenait avec trois doigts, et ces gestes, le poignet le long de la jambe, assise au bar, les genoux croisés et la tête qui se renverse un peu en arrière avec un sourire, comme le rappel dérisoire et amusé, une petite parodie des femmes fatales des films noirs américains d'antan, et... « Fini tout ça! » Le docteur Dax n'avait pas l'air de plaisanter : « Vous n'avez plus le choix... »

Une fois dehors, elle s'arrêta, sortit la radiographie de son enveloppe et là, sur le trottoir, dans la lumière d'un néon, elle la tenait devant les yeux : dans leur cage, des deux côtés de la colonne, on aurait dit deux semelles, ses poumons. De l'autre côté de la radio, en transparence, les passants, un peu déformés, ne prêtent pas attention à cette femme qui tient à bout de bras un grand rectangle de pellicule où elle observe un morceau de son squelette, ils marchent vite, à cause du froid, et puis surtout, dans une heure, ça sera *20 heures*.

Rumeur sourde de la ville, teintes roses du couchant, le soir qui commençait juste là-bas, du côté du fleuve, quai Voltaire, quai d'Orsay, trouée du Carrousel, jardin des Tuileries, là où la ville s'ouvre, s'évide, son poumon, juste au centre, sa respiration, elle fuit jusqu'où elle n'est presque plus rien, comme si tout n'était là que pour dessiner ces espacements, en être juste les contours. Elle essaya de repérer une tache, quelque chose sur le rectangle de celluloïd noir : les deux poumons avaient la forme du Liban, non! plutôt de l'île de Taïwan!

Elle replaça la radiographie dans son enveloppe et se mit en marche. Dans la vitrine de la pharmacie, au 70, la fille sur la photo de pub, l'ovale parfait, un petit sourire, enveloppée de bandages et couverte de crèmes, semble regarder de l'autre côté de la rue, le magasin en face, au 37 : Deyrolle, taxidermiste... Le mannequin à la peau si douce, si fine, paupières mi-closes, enduites d'un lait, face aux épaisses et rugueuses carapaces d'un squale, aux écailles d'un alligator. Un lion, un tigre, dur pelage scarifié recousu, observent la Belle dans un drôle de face à face. Une courte fraction de temps, plus de voitures, elles sont bloquées aux feux rouges, plus d'humains, ils passent plus loin au feu vert, rien que la fille embaumée, paupières blanchies, et les animaux, rien entre, ils sont seuls, la Belle et les bêtes, figés dans un fragment d'éternité.

Sa radiographie sous le bras, elle longe la station de taxis, c'est l'heure de pointe, la file d'attente, gens divers, de tous horizons, brièvement réunis une fraction de leur vie, concurrents d'ailleurs, méfiants, en file indienne, en attendant, ils sont un peu ensemble quoique... sur leurs gardes, ils regardent leurs montres : 8 heures moins vingt, bientôt 20 heures, puis, l'œil fixé en direction du fleuve, à l'affût, ils ne font pas attention aux lions, aux tigres, aux crocos juste derrière eux, ni, crocs dehors, aux loups : l'homme prend garde à l'homme, il est en retard, à ce qu'il ne lui prenne pas sa place, son tour... Inquiets, cernés de vide : le grand carrefour à sept voies à côté, rumeurs, lumières de la ville, *Bright Lights, Big City*, c'était une chanson de qui, déjà? Passants!... Beaucoup descendent sous la terre, le métro, M comme M. la Maudite avec sa satanée peau : « Oui, alors je me sentais maudite. »

À l'angle, le grand tex-mex : encore un ou deux bandanas, une mèche teinte en vert, Nike Air-Max coussin d'air plastique transparent, couple métèque et mannequin, une colonne Morris : slogan film US : « Tu haïras ton prochain comme toi-même »... Elle arriva au carrefour. Ça clignotait en rouge : *Traversez en deux temps... Traversez en deux temps...* La scène aussi, des fois, elle la traversait en deux temps, comme si ce n'était jamais un terrain familier mais un espace interdit en partant du fond, elle aimait ça : deux temps, deux rythmes, lent et hésitant d'abord, le casser au milieu de sa trajectoire, marquer une longue pause, reprendre au passage un peu de souffle, et repartir, décidée, conquérante, jusqu'à la rampe, expirant tout. Au terreplein, elle s'arrêta, il y avait sept voies, la circulation était absolument folle à cette heure-là, puis, deuxième temps, et là, elle aborda à un autre rivage, calme, plat, la province, changement de décor, rue du Bac : ça a le même nom, mais ce n'est plus la même, c'est une autre. Elle aperçut encore au loin, au kiosque, des photos éphémères de visages indistincts, ceux que, chaque matin, apporte la vague de l'actualité, et puis c'est fini, c'est un autre univers, la rumeur de la ville a disparu et avec elle l'imminence, le pressentiment d'un ailleurs, un peu poignant.

La rue se rétrécit. Cinquante mètres plus loin, même pas, et, d'artère pulsant les passants, elle devient boutiquière, XIXe siècle, XVIIIe siècle, XVIIe siècle, XVIe siècle, out, hors d'âge. Échoppes, petites boutiques anciennes — La Centrale du Fusil d'Occasion, Société Nationale d'Horticulture de France, Maître Parfumeur et Gantier fond de la cour à gauche —, vieilles maisons basses, en 50 mètres elle a pris un siècle et les humains aussi en un sens, elle a remonté le temps et ça l'a vieillie! Comme si celui-ci s'écoulait vers l'arrière, à présent, pendant un moment, rue du Bac est devenue Backstreet, les gens aussi ils changeaient d'aspect, leur pas, leur allure, un peu plus penchés, ralentis, collés au décor aux devantures, c'étaient les mêmes qui, 100 mètres, 50 mètres plus bas, étaient des citadins rapides, un peu perdus, il n'y avait pas alors de marchandises, le regard, cerné d'espace vide, n'avait rien sur quoi s'arrêter, s'appuyer. Ça tient à rien, quelqu'un : une lumière, un angle. De l'autre côté, là où étaient la fourche puis le carrefour à sept voies, ils allaient et venaient dans plusieurs directions, là, à présent, ils s'écoulaient dans un sens, ou dans deux plutôt, mais rectilignes, en 50 mètres, ils s'étaient métamorphosés.

Eh bien, elle aussi : c'est automatique, on n'y peut rien, marcher à grandes enjambées en prenant des airs funky, courir sur les mains en chantant ne servirait à rien, la rue serait encore la plus forte, mieux vaut ne pas s'y aventurer, il ne fallait pas traverser. C'est fatal! Le mort saisit le vif, les morts veulent hériter des vivants, de tous, sans exception, et en certains lieux, à de certaines heures, la transaction se fait, la donation s'opère, dans le secret, le silence, à la nuit tombante, on a laissé un peu de vie, de jeunesse, dans la ruelle, au crépuscule, entre deux échoppes, en quelques secondes, on ne le sait pas. Elle est arrivée. Si on regarde sur un plan de la ville ou si on l'avait filmée avec *Spot 6* à bord d'*Observer,* la navette spatiale, on peut voir que, dans sa promenade, elle a formé, avec ses pas, la trajectoire d'un 8 couché : l'Infini!

En bas, dans le parc de l'ancienne ambassade de Russie, lanternes allumées, précédée de son immense ombre portée sur le mur du bâtiment et sur les arbres, la vieille dame dans son pauvre anorak encore soviétique — une gardienne — fait son jogging du soir dans le sens contraire des aiguilles d'une montre, elle tourne autour du parc où un chat beige et noir à poils longs, touffes de poils sur les oreilles, collier rouge, saute dans les marronniers, faisant s'envoler les corneilles dans des cris d'effroi, de grands bruits d'ailes, autour d'une antenne parabolique, vaste soucoupe métallique inclinée posée sur le sol du parc, à côté d'un bac à sable, une balançoire, un toboggan, en bois peint avec des couleurs qu'elle reconnaît : c'étaient celles de son carrousel, aussi de son traîneau que les prisonniers russes et polonais de son père lui avaient confectionné là-haut, sur la Baltique, dans le Schleswig-Holstein, des rouges, verts, jaunes, fades, pâles... Elle avait quatre, cinq ans, l'âge des enfants qui jouent maintenant en bas, ils rient, parlent en russe. « C'est incroyable, à quatre ans, comme ils parlent bien russe ! » C'est comme, à quatre ans, les Chinois le chinois, et les Israéliens, eux, c'est de l'hébreu ! Adulte étranger, on se sent un peu idiot face à de très très vieux sages de quatre ans. Même le chat, on se dit qu'il est russe, et c'est un peu étrange. Comment fait-on « Miaou ! » en russe ? Et en hébreu ?

C'est la tombée du soir, les cloches de Sainte-Clotilde : elle n'est plus croyante depuis longtemps mais ces sons-là lui font toujours quelque chose. Elle s'allonge sur le divan, elle regarde vers le ciel les nuages :

Diese Wolken sind nichts
und wieder nichts

Aber schön sind sie,
wie sie weiss und schnell fliegen
Nur ich
bleibe liegen

Ces nuages ne sont rien
trois fois rien
Mais comme ils sont beaux
lorsqu'ils volent blancs et vite devant moi
Mais moi
je reste couchée.

C'était un petit entrefilet en page 12 : « Le producteur Mazar a été retrouvé mort chez lui, il avait trente-neuf ans. Il avait financé de nombreux cinéastes dans les années soixante-dix : Polanski, Ferreri, Jean Eustache, Jean-Luc Godard, Jean Yanne... » Charles arrêta sa lecture. Ça faisait trois ans qu'il ne l'avait pas vu. C'était à Prague, il était déjà au bout du rouleau. Carole Bouquet, qui tournait un film, allait le récupérer dans les couloirs de l'hôtel pour touristes où il traînait en boxer-short et se faisait casser la gueule par les flics communistes de l'hôtel et insulter par les blondes putes peroxydées appointées pour espionner la clientèle. De l'hôtel, on apercevait le petit cimetière juif où les pierres tombales avec les noms dessus étaient frileusement entassées toutes de travers, penchées les unes sur les autres par manque de place. Même morts, ils avaient un ghetto.

Son domestique marocain, à qui il interdisait de le déranger, l'avait retrouvé allongé sur le ventre dans son lit

143

devant la TV en marche. C'est tout ce qui restait d'ailleurs. Plus un meuble. L'appartement vide, blanc. Un lit, une TV-vidéo sur le sol. C'est tout.

Il n'avait pas tellement d'argent. Son yacht était loué avec l'équipage, le gentil capitaine italien. Son pouvoir était dans les mots, la force de sa parole. Et tout reposait par ailleurs sur une simple feuille de papier : dessus, Jean Riboud, séduit un soir par son charme et son brio, avait écrit qu'il lui donnait pouvoir pour le représenter dans la gestion de 30 % des parts de Gaumont. Voilà : une mince feuille de papier et le sens du langage. Il avait une phrase, il avait dit à Charles que c'était un dicton libanais : « Écouter, c'est acheter, parler, c'est vendre. »

Donc, Mazar avait perdu. Il avait failli gagner, il était à deux doigts, mais il avait perdu finalement face à Seydoux, l'intraitable capital protestant, le pur, le dur. C'est Mazar qui l'avait introduit dans la combine et qui très vite avait été évincé. Classique! Mais là, il avait perdu parce qu'il voulait s'amuser. Et eux, à qui d'ailleurs il avait mis le pied à l'étrier, qu'il avait introduits dans la place avant de s'en faire évincer, Seydoux, Toscan du Plantier, qu'il appelait Tocard du Planton, eux ne voulaient surtout plus voir ça, cette exubérance baroque, cette « folie », un certain art de vivre, il fallait le nettoyer, ne plus avoir ces images, qu'on n'en entende plus parler, plutôt l'ennui : ce type qui sautait sur la table, de joie, au Carlton, en regardant sur une ardoise le hit-parade des films, les entrées de *La Grande Bouffe* monter vertigineusement, un type — *Ciné Chiffres* n'existait pas — marquait ça à la craie. Et il criait : « Je suis le roi du cinéma français! » et il était sur le point de l'être.

Pourtant, une tout autre voie, un jour, avait semblé tracée : riche famille syro-libanaise, il a vingt ans, brillantes études de sciences politiques, ravissante fiancée... qui se suicide. Alors, puisqu'une telle chose était possible, tout devenait permis. Et sa vie, très très vite, avait pris un tour endiablé.

Son aspect méditerranéen, levantin, solaire, exubérant, ne mettait que mieux en relief les cernes, sa part d'ombre, de ténèbres autour. On ressentait au loin, très loin, sa faiblesse, son attrait pour le gouffre, mais sans aspect tragique, et toute sa séduction venait de là, même auprès des plus durs, des plus puissants et blindés, sa séduction en même temps que l'horreur qu'il leur inspirait. Cette attirance pour l'abîme, tout le monde l'a plus ou moins, mais cachée le plus souvent. Lui, en plus, était l'élu de l'abîme. « Vie flamboyante ? Élu du gouffre ? Ça me fascinait, racontait Charles à Ingrid. Qui ça ne fascinait pas alors ? Et même les plus puissants, les plus riches. Et ça sentait toujours un peu le soufre autour de lui, ça les attirait tous alors, les femmes surtout. »

Mais le directeur de chez Pathé l'avait prévenu : « Jean-Pierre, je ne vous permettrai jamais de devenir le patron du cinéma français. » Et en plus, pour lui, Gaumont n'était qu'un hors-d'œuvre.

« J'allais souvent le voir au Plaza, poursuivait Charles. Un soir, très très tard, on était au milieu de l'hiver, une épaisse couche de neige dans le patio en bas, les flocons qu'on apercevait entre les lourds rideaux à demi tirés, la lumière rosée reflétée dans les couvre-plats, chauffe-plats, théières sur la grande table roulante à rallonge, room service à 3 heures du matin, la cocaïne qui traînait sur la

145

table de nuit. Un joli visage de fille a émergé de sous le milieu des draps quand je suis entré. Mazar a soulevé le grand drap en lin blanc et a dit en riant : "Tu vois ça ? C'est pas pour toi !" C'est vrai, la fille avait un corps superbe. "Elle s'appelle Séverine." Et après un moment, il est sorti du lit et, en virevoltant, s'est mis à échafauder ses plans délirants : "Tu as pas compris, Charles", il était pas rasé, en caleçon long, avec du ventre, un petit sourire moqueur et gourmand, quelque chose de féminin, comme souvent les hommes orientaux, "tu as pas compris : la Gaumont, ce n'est qu'un amuse-gueule, ce que je veux, c'est la Fox, la Warner...". On savait pas s'il plaisantait ou pas, sans doute pas. Un serveur est venu : "Monsieur Mazar, la blonde de la 504 vient de rentrer avec le producteur marocain !" Il roulait des billets au personnel pour qu'on espionne l'hôtel, lui fasse de petits rapports, c'était comme ça, sans raison, pour s'amuser, il était curieux des autres. En partant, dans un tiroir entrouvert de la commode, j'ai aperçu un revolver.

« Un jour où il croyait qu'avec le bout de papier de Riboud il avait gagné, il était allé à Boulogne à l'immeuble de Gaumont : "Et maintenant, Charles, en avant, viens : Tapis rouge ! Champagne à tous les étages !" Il croyait que tous les chefs de service l'attendaient comme le nouveau souverain. Mais l'accueil était plutôt tiède... Quelques poignées de main quand même : "Bonjour monsieur Mazar, ravi monsieur Mazar..." On est monté jusqu'en haut au 6e, sur la terrasse, ça donnait sur la Seine pas loin, il a regardé la ville, très " À nous deux Paris, à nous deux le monde !" et puis : "Maintenant, vois-tu, ce qu'il m'amuserait de connaître, c'est la faillite". » Et c'était d'autant plus prématuré qu'il ne possédait pas Gaumont, il n'avait qu'un pouvoir entre guillemets. Mais sa faillite personnelle, son suicide social, il allait l'avoir, et sans guillemets. Et effectivement on allait alors passer à la phase deux de l'opération, celle qui, pour beaucoup d'ailleurs, est programmée depuis longtemps, et là, il allait s'avérer très doué, un des plus doués de sa génération, et d'ailleurs, il n'en aurait même pas eu besoin de tous ces dons : l'époque était en train de changer, de devenir désincarnée, de ne plus supporter les Mazar. Il s'est mis à se montrer en tee-shirt et caleçon long, les bras couverts des marques bleues, rouges, des aiguilles, à insulter tout le monde, Seydoux et les autres. Chez Régine, il criait comme un aboyeur à l'arrivée d'une petite dame moche patronne de la William Morris : « Le plus mauvais metteur en scène de Paris entre au bras de la plus grande lesbienne ! » Insultes racistes, insultes sexuelles...

À part la seringue, qui était la chose sérieuse, son petit truc, son amuse-gueule, sa marotte, c'était le speed-ball, il avait expliqué ça à Charles, ils étaient dans un taxi : « Tu prends un mince cylindre, ou un cône en carton, dedans coco et héro à parts égales, tu te fous le cône dans la narine et pafff ! tu tapes un grand coup à la base, sous le carton, ça te part dans le cerveau à la vitesse grand V, pafff ! » Il parlait fort, il mimait ça dans le taxi sous l'œil ahuri du chauffeur dans le rétro : « Pafff ! »

Lorsqu'il avait lu l'article qui faisait part du décès, Charles avait eu tout de suite plein d'images de Mazar, puis les images s'effacèrent vite, et ce qui restait, c'était les deux mots qu'il lui avait entendu dire si souvent :

« Alors ?!... Alors ?!... », cette interrogation impatiente de nouveauté, tournée vers l'avenir. Oui, c'est vrai que ce sont des voix qui restent en dernier, tout comme c'est la voix souvent qui, comme un parfum, précède et annonce l'entrée physique de quelqu'un dans votre vie. « Alors ?!... Alors ?!... », comme l'enfant qui demande la suite du conte. « Alors ?! » Mais désormais, ces deux mots n'attendaient plus de réponse. À la fin, avec l'héro et le reste, le « Alors ?! Alors ?! » curieux des choses, à l'écoute du temps, était devenu le contraire, il répétait ça comme un vieux tic, comme un perroquet, et il se bouchait les oreilles, et un jour, à Prague, Charles avait voulu lui raconter une histoire très amusante et il s'était tout de suite mis les mains sur les oreilles : rien ne devait venir interrompre le calme flot interne, son vieux stock de données, désormais immuable. Dans son outrance ravageuse habituelle, il était, là aussi, prophétique de ce qui allait devenir courant : au lieu des mains, on mettrait une oreillette avec fil de walkman, puis un portable cellulaire, de plus en plus miniaturisés, ou même rien car on allait être blindé, plus besoin de gadgets, de prothèses, notre corps allait les intégrer, il finirait bien par devenir lui-même un gadget autosuffisant. Mazar, dans son héroïne, annonçait nos manières d'aujourd'hui les plus banales : tous drogués à l'héro, même ceux qui en prennent pas. *Tutti drogati!* Et si Mazar, supposons, débarquait aujourd'hui, la mèche sur l'œil vif allumé, la petite bouche gourmande, et se mettait à dire à l'un et à l'autre : « Alors ?!... Alors ?!... », on se demanderait : « Qu'est-ce qu'il raconte ? Pourquoi il parle comme ça ? Qu'est-ce qu'il attend ? Alors ? Rien. Il n'y a rien. »

Elle tourne lentement sur elle-même, on dirait sur un socle mobile, une poupée mécanique qui se dévide, déroule le film de ses sensations : *Shanghaï, near your sunny sky / I see you now, soft music on the breeze / Singing through the cherry trees.* Elle murmure, une fine voix de petite fille, un son vide, cling-clang !, elle semble perdue dans ses souvenirs, recherche d'un parfum oublié, un son, un visage : *Dream of delight / You and the tropic night.* Ça y est, elle l'a retrouvé : *Shanghaï, Longing for you all the day through / How could I know I did miss you so.* Elle est radieuse, elle a arrêté de tourner sur elle-même, bras et mains articulés. Maintenant elle est pleine de vie, une femme, la voix ample, sensuelle, tout est présent en elle, c'est un air enjoué de fox-trot : *There in that land of mimosa / Someone with eyes so true / Waits for me in Shanghaï, Shanghaï / Land of my dreams and you.* C'était ce que Charles préférait : l'incroyable variété qu'elle savait mettre à l'intérieur de ses chansons, même seulement d'une phrase, trois, quatre mesures ça suffisait, on allait en douceur d'un ton à l'autre, plein d'échantillons : certaines soies passent d'une nuance à l'autre très vite selon l'inclinaison de la lumière. Elle était contente : elle avait retrouvé la sensation exacte d'alors, *There in that land of mimosa,* et finie la nostalgie vague. Ces sensations, avec sérieux, elle les jouait. Elle devenait seulement le signe d'une femme triste, ou charmeuse, ou dominatrice. Elle jouait même *la* femme. Ça changeait : Charles vivait avec plusieurs femmes ! *I found the distant eastern land a paradise / Beneath the spell of two dear almond eyes.*

Elles se trouvaient dans les objets de son père, l'ancien palotin qui lui lisait les étoiles et lui avait appris le piano, *Valse des Puces* d'abord, qu'elle a récupérés quand ça a été fini, tout à la fin il ne pouvait même plus s'asseoir, ça le faisait trop souffrir, les os, il se levait la nuit, difficilement, marchait péniblement le long du corridor sans fin jusqu'à l'autre aile de la maison, ce qui avait été du temps de Mat's la maison-de-la-musique, les harmonicas, tubas, flûtes partout, violons, musique à tous les étages, et, doucement, pour ne réveiller personne, en robe de chambre, il jouait un moment du piano, debout, des morceaux de tout ce qu'il avait aimé : Brahms, valses de Vienne : « Viens dans mon petit pavillon... », Liszt... Et il reprenait le corridor, se recouchait, essayait de dormir. Elle n'y avait pas fait attention mais les avait retrouvées ensuite par hasard dans un vieux carton au milieu de papiers sans importance, deux petites photos noir et blanc à bords dentelés, format 9,5 × 6,5.

Le premier cliché est pris d'assez près : la jolie petite fille de quatre ans et demi, coiffure mi-longue, robe de velours manches courtes bouffantes, collerette ras du cou brodée d'un double rang de fleurs blanches, fixe tristement l'objectif. Elle est assise à une table, une poupée est posée devant elle. L'enfant est entourée par deux officiers de la Kriegsmarine, uniformes sombres : à sa droite, un pâle déprimé sans âge aux yeux rongés par l'angoisse, à sa gauche, col galonné, sur la poitrine l'insigne avec croix et aigle aux ailes déployées : son père. Fin visage aux traits réguliers, regard baissé sur elle, souriant, fier et attendri.

Deuxième cliché pris de plus loin, plan général, même axe : le déprimé, tétanisé, n'a pas bougé, l'œil à tout jamais perdu dans le vague. Le père à présent fixe attentivement quelque chose loin devant lui. Sur les côtés et le devant de la photo, d'autres visages sont apparus, un autre officier glabre, pas de menton, nez camus, orbites creusées : petite tête de mort au bord du cadre. À l'arrière-plan sur deux rangs, alignés, debout sur une petite estrade, uniformes bleu marine, cols blancs échancrés, de très jeunes marins, combien sont-ils ? Au moins quinze... sur le devant de ce petit chapiteau de fortune, en bois, surmonté de trois haut-parleurs en faisceau garnis de houx et de gui, d'une bannière avec la croix gammée, et décoré de deux maigres sapins de Noël, boules argentées, sur les côtés. Accrochée au-dessus des marins, suspendue à deux fils, une grande photo, 1 mètre sur 1 mètre, très officielle, le chef de l'État : assis, trois quarts face, bras le long du buste, mains l'une sur l'autre, posées à plat sur la braguette, sagement. À la table, le dos tourné à ce décor, le père, comme les autres, observe attentivement quelque chose loin devant, tout le monde fixe le même point. Mais sur ce cliché n° 2, le même que l'autre pris de loin, il manque quelqu'un : entre le déprimé et le père, il y a une place vide, celle de la petite fille à la robe de velours : elle n'est plus là. Il s'est passé quelque chose que l'on ne saisit pas. Car il manque un cliché, le cliché n° 3. Disparu ! volatilisé ! il a été « perdu » ! C'est que, après une course en traîneau tiré

151

par deux chevaux dans le vent, la neige, depuis le domaine où on l'a laissée en pension, la petite fille avait fait son entrée dans la garnison transformée en salle des fêtes pour cette nuit de Noël. Elle a rejoint son père, qui commande la garnison, à la table des officiers, il y a beaucoup de monde, d'autres tables, et il est déjà tard, on n'est plus très loin des douze coups de minuit, quand il lui a demandé de chanter une petite chanson, « Tu as une si belle voix ma chérie! ça ferait plaisir à tout le monde... » Elle est fatiguée, la fillette de quatre ans et demi, n'a pas très envie... Son père insiste et elle s'est levée un peu contre son propre gré. Un jeune matelot vient la chercher à la table, l'accompagne à un autre petit chapiteau, identique en tout point au premier et qui lui fait face à l'autre bout de l'immense salle. Il la soulève et la dépose sur l'estrade...

Et voici ce qu'il y avait sur le cliché n° 3 qui a « disparu », maillon manquant de la chaîne : sous la photo du Führer, entourée des jeunes marins, dix-sept, dix-huit ans, en uniformes bleu marine, cols évasés à liserés blancs, ils l'accompagnent à l'accordéon, au bandonéon, elle commence à chanter d'une voix merveilleuse, une voix de rêve, « Douce nuit, sainte nuit », *Stille Nacht, heilige Nacht,* nuit silencieuse, nuit sacrée, tout le monde dort, seul veille le couple saint... De l'autre côté, les marins de la première estrade reprennent en chœur avec elle : *Holder Knabe im lockigen Haar,* gracieux enfant à la chevelure bouclée, dors dans le silence des cieux... Tous les marins, le chœur, les accordéons reprennent avec elle : Dors dans le silence des cieux... Dans la salle, les prisonniers russes, polonais, qui ont eu l'autorisation de son père d'assister à cette nuit de Noël, pleurent : à cause de la petite fille en robe de velours à col brodé avec cette voix inouïe, forte, appliquée? ou d'une autre petite fille qui est ailleurs, très loin, la leur? Elle s'est arrêtée de chanter, il est minuit.

Sa mémoire avait laissé sur le côté, dans des recoins, la grande table des officiers avec son père au milieu et la photo au-dessus du chapiteau de fortune. Il n'était resté que la course en traîneau dans la neige, le tintement des clochettes, la chapka du cocher, la fourrure blanche de son manteau à pompons, et elle, la fillette, avançant droit à travers une salle déserte vers l'estrade vide, accompagnée de deux marins : un conte d'Andersen. Au fil des ans étaient revenus se remettre en place peu à peu, entourer son pur chant de rêve, dans une confusion elliptique, par ordre de réapparition : les jeunes matelots en vareuses bleu marine à cols échancrés puis, mais beaucoup plus tard, des tables pleines de monde et puis des officiers, et puis des prisonniers, et plus tard encore, le portrait du Führer dominant l'estrade, il était un peu flou, on pouvait, avec beaucoup de mauvaise volonté, l'ignorer. Et à la fin, très récemment, difficilement, très difficilement, c'était même revenu et reparti, pour définitivement se fixer grâce aux deux photos, à la table des officiers, au centre : son père. Tout était maintenant en place. Il avait fallu des années, dix, vingt, trente, quarante, quarante-cinq, des tas d'événements importants et peut-être surtout sans importance pour compléter le tableau, palimpseste que le souvenir révèle par morceaux. Et dans ce drôle de conte de fées, le noir, tel une encre diluée, envahit peu à peu au fil du temps l'image : l'aigle, la moustache, la mèche, le tissu sombre des uniformes étaient venus se ranger autour du pompon de fourrure blanche.

Et ce fut le premier concert de cette chanteuse allemande, elle avait quatre ans et demi, c'était Noël, dans un baraquement devant des soldats, des officiers, des prisonniers, son père leur chef Oberleutnant et sous le regard du Führer : Adolf Hitler.

« C'était très bien ces deux... les deux morceaux de... De qui c'était ? ces deux... ces deux quickies. » La voix venait de derrière, la rangée de derrière, d'un très jeune type à un autre. Quickies ! Click ! Ça a fait dans la cervelle de Charles, click back ! Et il sourit intérieurement, le mot surgissait du passé lointain, il ne l'avait plus entendu depuis longtemps, il avait disparu — les mots aussi disparaissent, volent, comme les chapeaux — et il revenait un instant ce soir. Quickie : une étreinte, une pipe, un coup tiré en vitesse entre deux portes, aux toilettes, en ascenseur, avec une inconnue, ou presque, de rencontre. Ce mot, il le réentendait là à propos de Satie-le-pas-sérieux, deux très courtes pièces. Et ça tombait bien, Satie, cette musique toute en ruptures, en fantaisies, sans sérieux. « Si j'avais su que c'était si bête, avait fait la comtesse, j'aurais amené les enfants ! » C'était à la première de *Parade*, musique Satie, costumes et décors Picasso. Bien vu, madame la comtesse ! Et bien dit ! Votre phrase est parfaite, elle signe un des actes de nais-

sance de l'art moderne : le droit à la bêtise, sa reconnaissance, les zones obscures du cerveau laissées obscures, ça
n'empêche pas de s'amuser, au contraire, et la bêtise,
Charles aimait aussi... enfin... une qui soit légère, irresponsable, projetant son ombre apaisante, telle la douce
nuit, sur la ville, une bénédiction, un pardon.

Quickie dans une party, un train, une loge. La loge,
ça devait être en 77, 78, Palais Garnier, la seule fois que
Charles ait été à l'Opéra — il avait horreur de ces costumes, cette pompe — c'était *Lulu* de Berg, Boulez dirigeait, Stratas chantait, bien, ça jouait acrobatique pour
une fois... le comte Alwa, debout, la soulevait, elle lui
enlaçait la taille de ses jambes nues, elle était en justau-
corps, pas mal foutue du tout pour une soprano, et ce
cabaret, ce cirque, ce bordel, ce zoo, ça avait dû échauf-
fer Charles un peu, peut-être, Teresa Stratas comme ça,
ajoutée aux cognacs, *Lulu* en plus, cette histoire très sexe
de pute fatale, boudoirs berlinois, banquiers, l'or, le fric,
un dresseur de fauves et Jack l'Éventreur, il faut bien des
fois que la vie imite l'art : il avait baisé en vitesse la fille
qui l'accompagnait, sur un divan, dans le boudoir,
l'alcôve de la loge, tout de suite à droite, là, après la
petite porte en bois avec la plaque dorée numérotée,
pendant que l'orchestre jouait le staccato pour poupées.
Il se croyait revenu en 1830 avec Stendhal à la Scala : ses
émotions, il les avait apprises aussi un peu dans les livres,
il aimait copier, imiter.

« Silence ! Moins de bruit ! » avaient crié les mélomanes en smoking assis plus loin devant, juste au bord,
qui suivaient d'un œil la partition : pourquoi ? pour
repérer une fausse note ? La fausse note, c'était Charles !

Pourtant, cette histoire qui était dans le *libretto*, ça convenait tout à fait, ça aurait dû donner l'exemple, la fameuse mimesis des Grecs! Ça devrait toujours être comme ça : on fait ce qu'on voit... ouais... tu parles, Charles! Voilà! Ça c'était : un quickie à l'Opéra!

La petite musique du maître d'Arcueil avait quelque chose de hasardeux, elle ne semblait pas se diriger quelque part, avoir un sens. Chaque accord était là pour lui-même, seulement là, voilà tout, il ne servait pas à un vaste dessein, une grande architecture, une puissante composition. Juste une énergie, un petit choc vital, sans plus, une compression d'émotions. Et dans ce combat que chacun mène contre le Temps, le quickie, modeste-ment et sans fanfare, sans tambour ni trompette, à part soi, oppose cette furtivité hors règle, il tourne vite court, brève victoire, illusion d'un perpétuel instant, un modeste prélèvement libérateur, un égotisme de gagné, toujours ça de pris... la réalité, entre deux portes, devient « fictive », furtivement. Avec les drogues aussi, peut-être? Mais ça non, Charles n'aimait guère... Des disciplines orientales alors, le zen? Pas assez discipliné pour ça, trop paresseux. Encore un qui voulait tout tout de suite... et sans travail. Cette petite décharge de rien du tout — quickie — allège le monde d'un peu de son poids, pour un temps, de son Histoire, son sérieux, et c'est contagieux, ça contamine tout, ça dérange son cours au *chariot ailé du temps.*

Satie aimait bien aussi deux choses à la fois, il disait que sa musique devait être écoutée au milieu de bruits de fourchettes, couteaux, casseroles... Il imprimait des pros-pectus comme pour des produits de parapharmacie :

« Demandez la musique d'ameublement. » « J'emmerde l'art », écrivait-il. Il n'était pas sérieux, sa musique rendait irresponsable, sans complexes, elle disait : « Le monde, la vie sont une blague sans préliminaires et sans conclusion... Quickie! » Et ce soir, à cause de Satie, le mot disparu faisait un petit clin d'œil. Mais il est bien court le temps des quickies et où est-il passé? le gai rossignol, le merle moqueur et les autres ne sont plus en fête, tout le monde avait peur, l'inconnu, l'imprévu n'ont plus cours, le hasard n'est plus de la partie. Quand reviendra-t-il le temps des bêtises?

C'est tout ça que lui avait rappelé juste ce petit mot « Quickies » à la rangée derrière... D'ailleurs, le public embarrassé n'avait pas réagi à la fin, juste de rares applaudissements polis et un silence étonné. On attendait la suite, ça avait tourné un peu court. Ce n'était pas correct. On n'aimait plus les quickies.

Là-bas, seule au premier rang, dans l'angle sur la gauche, sur un strapontin, une très jeune fille, attentive, semblait fascinée, rivée au moindre mouvement de la chanteuse. Charles en avait rencontré des comme ça, dix-sept, vingt ans, une lui avait dit : « Ingrid, c'est la Porsche des chanteuses! », une autre : « Je la remercie d'exister. » Elle voyait tout de suite qu'il s'agissait d'autre chose que d'un chant : une tournure d'esprit, une suggestion, déjà un peu la proposition d'une manière d'être... une très belle voix? une actrice de cinéma sur scène? Oui, bien sûr, mais pas que ça. C'était qu'elle s'offrait totalement et était seule totalement... avec souveraineté, et la fille du premier rang voit là ce qu'elle n'ose faire ou dire, ce qu'elle ne sait pas qu'elle veut dire, confus en elle, un allant, une audace et des manières mis en formes, « Voilà! c'est ça! je me sens comme ça à l'intérieur! », ça lui donne du courage, ça la renforce, elle se sent représentée. Charles, qui était assis sur l'aile droite, quatre rangs derrière, l'observait là-bas au bout de la longue diagonale, de profil : bras enserrés autour des genoux ramenés sous le menton, une jambe repliée sous elle, le pied glissé sur le fauteuil, elle souriait sans arrêt, un sourire complice d'adhésion qui fondait parfois dans un rire. Elle faisait partie d'une génération dont, selon un sondage Ipsos, 70 % reconnaissent mieux le logo, l'arche dorée du McDonald's que la croix chrétienne, dont 40 % ne savent pas qui est Hitler : génération X, *blank generation*, sans mémoire : et alors? Ça avait ses inconvénients et aussi ses avantages... Une tournure d'esprit visible dans un chant, dans un corps, c'est sans doute ce qui les avait emballés à l'époque, par exemple au Zoo Palast, sur le Ku'Damm, à Berlin.

À la fin, les gens se levaient, couraient vers la scène, se pressaient autour d'elle, ça faisait une double haie en léger arc de cercle, ça les survoltait, ce mélange de force et de fragilité, la fragilité qui devenait une force, pas seulement bien sûr sa petite taille, sur cette scène immense du Zoo Palast, ni le maniérisme, cette main détendue ouverte soudain dessinant fermement un signe dans le vide, mais, et c'était mystérieux — ils comprenaient tout de suite une chose : elle insistait sur sa faiblesse, elle-même s'était bien reconstruite autour d'une blessure, pour montrer qu'on pouvait en faire un atout, qu'il ne fallait pas avoir peur de ses fêlures, surtout pas s'en défaire, et ça, les homosexuels bien sûr, et certaines femmes, mais beaucoup beaucoup d'autres dans ce sillage, à cette époque, lui en étaient reconnaissants, la saluaient, sa main émergeant à moitié du poignet serré s'évasant en corolle de la robe en satin, juste les doigts, comme d'une petite fille souffreteuse aux vêtements empruntés, mais ça juste les doigts, comme dans Dickens, *La Petite Dorrit*, et de ça, elle glissait à la vamp forte, mais comme un jeu, une citation, pas la parodie, attention, sérieuse, jamais le clin d'œil, et puis à nouveau le côté petite chérie qui laissait entrevoir cette force incroyable — la voix — et cette précision ciselée, impérative, impériale parfois — rien de hautain — dans un geste de rien du tout, passant et repassant d'un côté à l'autre, d'une figure à l'autre, versatile, comme les deux faces d'un drapeau, l'envers devenant avers. Ils se sentaient renforcés, elle leur donnait de l'espoir, pas par la force de ses mots, de son chant, mais par des jeux fragiles du corps, sans pathétique, elle était juste là sans arrière-fond, double fond, fond secret, profond fond de l'Histoire, non, juste un fond de teint. Et encore!... si léger, imperceptible : Ronaldo, *Maskbilder*, du bout des doigts, en lui contant des histoires de macumba brésilienne, lui avait dessiné un *Maske* avec trois fois rien, et elle était une autre.

Ce soir-là, au Zoo Palast, c'était un long cri qui n'en finissait plus, on ne voulait pas la laisser partir : « J'ai encore le bruit dans l'oreille : un hurlement presque ininterrompu, angoissant, entre pleurs et cris, comme s'ils pressentaient confusément, ils savaient pas, oui, c'est ça, on était en 1980 ou 81, ils devaient sentir que ça allait être fini. »

Ce soir, quinze années, un siècle après ces tumultes, ces clameurs, la jeune fille du premier rang écoute, regarde un peu dans les mêmes dispositions d'esprit, plus calme, c'est davantage un concert, moins de l'*entertainment* qu'alors... Mais... c'est curieux... Charles peut voir ça de là où il est, brusquement elle ne sourit plus, elle a un regard très triste, voilé et vide de certains chiens, plein de *Sehnsucht*, celui d'un répliquant de *Blade Runner,* elle semble reconnaître dans cette voix les accents de quelque chose qu'elle n'a pas connu! un autre monde qui a peut-être existé... Mais ça ne dure pas, et le sourire revient, gentiment extatique, sur son visage adolescent un peu penché.

Au rang de devant, un siège plus à droite, il y avait une femme. Depuis le début, elle ne bronchait pas, n'applaudissait pas. Le monsieur qui l'accompagnait semblait plus intéressé, Charles pouvait le voir, il souriait des fois, applaudissait poliment. Mais elle, visiblement, s'ennuyait, pleine d'animosité butée. Ça se voit, curieusement ça se transmet par le dos, la tête, on ne sait pas bien comment...

Charles regardait la scène, mais il était distrait : tout le temps, il avait eu un peu à droite, dans son champ visuel, en profil perdu, une courbe douce qui lui était familière — arcade, pommette, creux de la joue, maxillaire, tendon du cou — et le chignon de cheveux blonds, surtout ça, retenu par un nœud de velours noir, une ganse, un ruban.

160

Il voulait qu'elle se tourne, même un tout petit peu, mais rien à faire, ça commençait à l'énerver. Même quand Ingrid se déplaçait complètement vers la gauche, cette tête devant lui ne bougeait pas. Obstinément fixe. Butée en face. Faisant passer son ennui par le dos. Ce qu'il en voyait — cette courbe, la coiffure — lui rappelait les héroïnes de Hitchcock : Eva Marie Saint, Grace Kelly, Kim Novak et son chignon hélicoïdal, glace dehors, feu dedans. Charles aussi avait appris quelques-unes de ses émotions au cinéma, il n'y avait pas que Rainer !

Elle lui rappelait aussi, en plus jeune, Hélène Rochas, l'héritière des parfums, prototype de l'impeccable et digne grande bourgeoise, galbe sévère, contenue, toujours cheveux tirés en arrière, ennui distingué, blonde mais pas l'humour blond, pour ça, il n'y a que les Américaines, blondes ou fausses blondes : une sorte d'humour anglais avec un zeste de canaille jeté d'en haut avec sous-entendus [1]. Il la connaissait de vue, il avait été deux, trois fois assis à sa table, à l'époque, au Privilège ou bien au Sept. C'était une grande tablée. Hélène Rochas en face.

Charles avait été invité, par qui ? C'était l'époque où ça se mélangeait encore un peu. Les seventies jouaient la prolongation des années soixante. Pas pour longtemps... ça n'allait pas durer. Et Alain Pacadis qui était assis à côté de lui, l'œil amusé derrière des lunettes dont une branche était rafistolée par un bout de scotch, lui avait dit à voix basse en riant : « Charles, regarde là-bas, à droite, sous l'autre table, les *red shoes* de la Guermantes ! » C'était Marie-Hélène de Rothschild en compagnie d'Alexis de

1. « *I like to feel blond all over* », disait Marilyn. J'aime me sentir blonde de partout

Rédé et c'est vrai, elle portait des chaussures rouges assorties à sa robe. Pacadis, toujours à l'affût d'un détail piquant pour sa chronique de la nuit dans le journal du lendemain, disait ça, le dahlia à la boutonnière, nœud papillon, pochette hors de proportion pendant de la poche poitrine de sa veste smoking, on ne peut plus élégamment destroy, et ça allait, ça passait, question de corps, une fois de plus, comme toujours, un je ne sais trop quoi : fêlé là où il faut, juste ce qu'il faut, peut-être, le corps, avec quand même, en plus, de bonnes recharges dans le cerveau ? N'empêche, petit, efflanqué, toujours boitillant ou dansant — Charles, qui le connaissait depuis longtemps, n'avait jamais pu décider.

Ça devait être au Sept finalement. Et aussi une autre fois à l'anniversaire de Paloma Picasso. Non, plutôt au mariage de Loulou de la Falaise, que les journaux appelaient la « muse d'Yves Saint Laurent », et de Thaddée Klossowski de Rola, le fils de Balthus. Ça avait eu lieu sur cette petite île du bois de Boulogne, c'était en juin, la dernière grande fête de la décennie, la dernière du siècle d'ailleurs, après, on allait entrer dans des années très, très différentes. Après avoir présenté leurs cartons d'invitation à des gardes équipés de talkies-walkies, les invités prenaient des barques, le nocher les conduisait dans l'île et là, les jeunes mariés les accueillaient en haut d'une petite allée qui menait au Chalet des Îles que le couturier, comme un enfant, s'était beaucoup amusé à redécorer, le jour d'avant et le jour même, de papier crépon, de voilages, de draps.

À 5 heures du matin, Charles se promenait le long du lac, il avait aperçu de loin Yves Saint Laurent tout seul, à genoux : il parlait doucement, gentiment, aux canards groupés presque en demi-cercle.

Il était un peu tourné sur la droite, distrait du spectacle. C'était totalement absurde mais il se disait qu'après tout Ingrid pourrait s'en apercevoir, elle « sentait » la salle comme personne... et alors, il imaginait « qui sait, peut-être en me voyant distrait par une grande et belle blonde, elle va faire une fausse note, ou carrément s'arrêter de chanter, descendre de scène, traverser la salle, me gifler, pourquoi pas ? » De toute façon, lui, toujours, il imaginait le pire, surtout pour lui-même. « Mais aussi, pourquoi est-ce que j'aime tant, toujours, ces cheveux torsadés ramenés derrière en un chignon roulé ou tressé, retenu par un large peigne en écaille noire ou par un ruban de velours noué ? » Et, c'est vrai, Hitchcock les filme si bien, les têtes de dos, la nuque, il la cadre en gros plan, et en mouvement, un petit travelling avant, la grosse, l'énorme *Mitchell*, machine noire à longue focale, montée sur un chariot roulant sur rails, long objectif fixé dessus, techniquement douce, elle avance, une lente traque voyeuse, la voilà bien cadrée, la tête, découpée, rien, personne autour, plus qu'une nuque fragile, à merci, une proie, et ces cheveux, ce nœud de velours noir...
Charles en avait assez, il voulait voir, qu'elle se retourne enfin... voir son visage, il ne supportait plus de ne voir que cette amorce, il manquait quelque chose, on lui dérobait quelque chose, et qui plus est, sans même le faire exprès, comme ça, naïvement, sans savoir. Une salope ! une salope blonde ! Elle s'ennuyait, ça se voyait, se trans-

mettait par le dos, se dégageait par l'arrière, faisait passer l'ennui par le dos, son agacement aussi.

Ce profil de glace, cet ennui, glace dehors, feu dedans, ça rendait songeur Charles. Suzy, son amie call-girl, lui avait dit : « Les frigides sont celles qui baisent le mieux parce qu'elles cherchent désespérément, et tous les moyens, tous, sont bons pour ça, à trouver enfin une fois l'orgasme. »

Elle aurait sans doute préféré aller à l'opéra, ils avaient dû hésiter elle et son type, à la Bastille on donnait *Le Chevalier à la rose*, avec une extraordinaire mezzo-soprano dont le critique musical du *Monde* avait écrit : « Pleine d'émotion à fleur de peau, sa déclaration d'amour a mis tous les cœurs à genoux ! » Charles avait longtemps essayé d'imaginer un cœur à genoux et il avait renoncé. Et puis finalement « pour changer un peu », ils étaient venus voir Ingrid Caven sur laquelle ils avaient lu des critiques dithyrambiques. « *She is the toast of Paris* », titrait l'*International Herald Tribune* en dernière page, avec photo. « Elle est unique », écrivait Colette Godard dans *Le Monde*.

Il allait lui laisser encore une chance : il savait qu'Ingrid, au couplet suivant, allait partir, se déporter complètement sur la gauche, vers le piano, en changeant le rythme de sa voix — un crescendo accéléré. Normalement, la chichiteuse blonde devant tournerait enfin le visage pour la suivre... Mais non ! elle garda obstinément la tête immobile. Charles en avait assez, il voulait voir, qu'enfin elle se tourne, se retourne. Ça suffisait comme ça maintenant. Il allait la retourner ! Il se pencha, le buste un peu en avant, sur la droite, il respira son odeur, son parfum : c'était *Envy*, de Gucci, qu'il reconnut parce qu'il était tombé sur une publicité dans *Vanity Fair* : deux pleines pages étaient collées exprès l'une à l'autre et quand on en décollait les bords, une pastille échantillon miniaturisée dégageait un arôme qui vous poursuivait tout le long du magazine. Empesté par l'Envy, Charles se rapprocha. Encore... encore... encore ! le plus près possible de l'oreille de la salope au chignon devant — peau duveteuse, tendon saillant du cou —, il effleura de la joue le velours du ruban (si, à ce moment, elle avait finalement bougé, il l'aurait touché avec sa bouche...) et, chuchotant, lui glissa dans l'oreille, dans le creux, le pavillon : « Tu as le bonjour d'Alfred ! » Il se recula très très vite, impassible au fond de son fauteuil, l'œil vers la scène. Elle se retourna brusquement et il la vit : son visage nu. Pleine face.

Maldonne ! Une autre ! Ex-belle. Bien tirée, le visage, je veux dire. Sa beauté, diminuée, s'était repliée vers le dedans, confite, rétrécie, encore là dans les humeurs, un dépôt, elle avait tourné. Elle avait dû tourner un beau matin.

Avant qu'elle se retourne, les cheveux tirés en arrière étaient ceux des prototypes de Hitchcok : l'aventurière, la cover-girl, cheveux dégageant la belle ossature du visage en attendant d'être défaits, mais là, maintenant, ça devenait ceux d'un autre de ses prototypes : la dure infirmière, la gouvernante, la mère, cheveux tirés en arrière par hygiène, pour préserver des bactéries, pour durcir l'expression. Ils avaient changé de sens. Et le ruban ? Ruban ! Tu parles... un minable ruban ADN, oui... En profil perdu, elle lui avait évoqué tout un univers de formes sans particularité propre, de face, elle était génétique totale : le maillon d'une chaîne. Charles le sut tout de suite : elle ressemblait à son arrière-grand-tante, c'était elle craché, il l'aurait juré.

Un beau matin, ça devait être après un chagrin d'amour, elle s'était fait salement cravater par-derrière, depuis le fond des âges, remontant à toute vitesse le long de la chaîne génétique, victime demi-consentante de ses terribles lois, possédée d'un seul coup par le corps d'une autre, les traits de sa grand-tante, et même la voix, la pensée, un vrai film d'horreur ! Coulée dans sa dynastie génétique comme dans du béton. Codée. Poinçonnée. Typée : vieilles formules enfouies dans les plis, les enfilades du chapelet chromosomique, fils ancestraux. Quant à la ganse de velours, c'était une réplique louis-philipparde sortie d'un coffret à souvenirs mité de la vieille.

Il avait été un temps où les vibrations des choses venaient animer ce visage comme la lumière impressionne une pellicule ultrasensible Tri-X. Et à présent, plus rien ne l'impressionnait. Elle avait reflué vers son centre. Elle était devenue profonde !

Elle devait avoir dans les quarante-cinq ans — *nel mezzo del cammin*, moitié du chemin —, le début de la deuxième mi-temps venait d'être sifflé... et c'était parti : instituts de beauté, voyantes, horoscopes, Joël Robuchon, opéras en costumes... Adieu le rire, adieu l'instant !

Elle avait essayé pourtant, boulevard Suchet, la femme au chignon, avant de se faire cravater par cette arrière-grand-tante, celle qui, en 1853, lisait avec dégoût et curiosité *Les Fleurs du Mal*, liturgie et perversités mêlées. Elle avait eu son éclat propre, une espèce de grâce, boulevard Suchet, aérienne : envols de foulards, rires, tennis porte d'Auteuil, patinoire Molitor, les ténèbres ardentes de la belle saison, *les soirs au balcon voilés de vapeur rose,* jeune fille en fleurs...

C'était toujours là dans les traits et l'ovale était toujours l'ovale et le nez toujours fin et bien dessiné, et la bouche large bien ourlée, légère courbe des pommettes, ossature assurée, tout était là mais réduit et conservé, et imperceptiblement modifié : une autre... que plus rien n'impressionnait.

Pas du tout une aventurière de Hitchcock, plutôt un cobaye posthume du moine autrichien Mendel... Mais n'était-ce pas ce que Charles avait souhaité ? Être déçu ? Il allait enfin pouvoir regarder tranquillement, sans distraction, le spectacle. D'ailleurs, question beauté formelle et sensualité, c'est là-bas, devant, droit devant lui, dans l'axe, que ça se passait : sur scène, et dans les oreilles, avec la musique, ou du moins ce que ça évoquait, par la voix et ce côté excessif mais bien réglé et une façon de donner un corps à la voix. Pas précisément le théâtre des Deux-Boules, rue Saint-Denis, mais c'était tout de même pas mal : la lumière se faisait et elle était allongée sur le dos pendant les premières mesures du concerto *Elvira Madigan* de Mozart qui servaient d'introduction à une chanson d'aujourd'hui.

C'était difficile, allongée, de chanter fort en tenant bien la note. Elle se levait lentement et c'était encore plus difficile de continuer ça en se levant. Et c'est là, justement, que la femme au chignon s'est mise à rire en se tournant pour la première fois vers son type pour chercher un autre rire complice, pour se rassurer.

En plus maintenant la chanteuse faisait la mariole : grandes enjambées au ralenti, large sourire, la décontraction d'un bon tireur à l'arc alliée à l'éclat glamoureux d'une chorus girl de chez Flo Ziegfeld, quelque chose de plutôt inédit : le glam' zen ! Souplesse de la voix, délié dans les gestes, corps vide : pas de quoi faire plaisir au petit paquet crispé de viscères et d'organes assis là devant, d'ailleurs elle rit nerveusement, on ne sait pas pourquoi.

Elle ne supportait pas ce côté Cinderella ou Maria-goes-to-sex-shop mais surtout ce qui l'exaspérait, c'est qu'elle mette ses dons musicaux exceptionnels au service d'une telle vulgarité et l'annoblisse ainsi. Elle l'aurait préférée médiocre, cette femme sur scène qui avait le sang-froid d'un torero, la concentration détendue d'un moine bouddhiste et la vitalité d'une animatrice de bordel : un corps libre. Par-dessus le marché, elle a cette superbe robe d'Yves Saint Laurent qui est aussi son couturier à elle... Et ainsi elle lui ressemble un peu : elle aussi a un peu chanté, un peu joué du piano à quatorze, quinze ans, boulevard Suchet, ça l'ennuyait, ça donnait sur le Bois. Elle connaît la musique.

Charles voit l'ombre du sourire sur le profil perdu devant, le coin de la bouche, un œil, mais ça passe aussi par la raideur coincée du dos, c'est le regard de femme à femme, toujours le même immanquablement, immuablement, elle l'envie et la méprise : « J'aurais pu devenir ça... elle fait ce que j'aurais voulu faire et n'ai pas pu, su, voulu, pourrais même encore si je voulais. Je l'en déteste d'autant plus, c'est moi là-bas, sur la scène, je déteste cette chanteuse qui me dévoile ce que j'aurais pu être : désirée par plusieurs à la fois. »

Charles a vu de ces regards quand une belle femme provocante entrait dans un restaurant : les autres, coin-

cées, correctes, qui pensent que la beauté est dans la coiffure et les bijoux, qui la toisent de haut en bas et en haut
encore, très vite l'admiration, l'envie qui se mêlent étroite-
ment à la haine en une seule expression rapide d'une
seconde, ça, aucune comédienne ne pourra jamais aussi
bien le faire. L'homme est attentif, la femme lui parle et
rit et Charles, lui, a envie de gifler celle qui croit en la
femme éternelle, et après tout, elle a raison : c'est elle.

Ô lectrice... chère lectrice ! Essaye, je t'en prie : allonge-
toi sur le dos... Non, pas comme ça... la tête à plat par
terre, tes bras, tes mains reposent tranquillement sur les
côtés, s'il te plaît, replie vers toi la cuisse droite... voilà
c'est ça... Tu es prête ? Chante à présent... Chante « Je suis
seule ce soir... »... fort... plus fort continue... tout en
redressant le buste sans t'arrêter de chanter sur une ligne
d'une tenue constante... Tu tournes un peu le buste et te
mets en appui juste sur le coude et sur un point gauche
du fessier... replie les jambes respire bien, un bon coup, à
fond, détends-toi, ma charmante lectrice, car maintenant,
c'est le plus dur : en appui sur ta main gauche, tu te mets
à quatre pattes ou trois plutôt, un instant, et puis vite à
genoux, hop là ! debout ! lève-toi ! et chante, tout ça dans
le mouvement, coulé, toujours la note tenue, c'est une
question de respiration, d'expiration surtout, et une fois
debout, marche en chantant, repars dans un nouvel élan...
Alors ? Comment c'était ? Sans doute étais-tu pieds
nus ? Eh bien, c'est encore plus difficile avec talons
aiguilles. Veux-tu ressayer avec ? Alors imagine en plus
huit cents paires d'yeux braqués sur toi. Pourquoi chanter
par terre, diras-tu ? C'est comme ça, hypocrite lectrice, ma

semblable, ma sœur, on est bien par terre, on se sent plus nue, plus seule que jamais, la sensation du dernier souffle, surtout quand on expire et qu'on chante vers là-haut, comme dans une cathédrale : un soir, à Rome, au théâtre Ghione, à deux pas du Vatican, à l'entracte, le plafond avait coulissé et elle chantait à ciel ouvert : par terre, se sentant seule et nue comme jamais, elle chantait dans la nuit vers le ciel, l'éther. Ce vieux théâtre, le Ghione, tout pourpre et ors, à vingt secondes à vol d'oiseau, un coup d'aile, de la basilique Saint-Pierre. Elle se sentait chez elle, d'une certaine façon. Ils la saluaient, elle était des leurs. Ce corps devenu chant, ce maniérisme malicieux mais sans pose, ils l'avaient reconnu tout de suite : c'est leur catholicisme romain, cette façon de donner à ses mouvements un air de symbole, ce corps qui n'est plus que signes... Et juste avant d'être par terre dans la saleté du sol, elle chantait de dos immobile ou très lente, rares pas comptés, les bras un peu ouverts sur les côtés : un prêtre à l'église, au service d'un ministère, un office, pontife de dos, de face Vierge en noir devenant pécheresse, Maria Magdalena *sancta putana*. Ou alors quelque chose d'incertain, entre les deux, versatile. La versatilité, à Rome, c'était leur truc, les voyous, les archevêques, les politiques, les acteurs. Et la bravoure. Tous, debout, criaient : « *Brava! brava! brava!* »

Saint-Pierre : chapelle Sixtine : madone de Raphaël : Hôtel Raphaël. Encore un hôtel ! Une enclave, une parenthèse dans la ville : labyrinthes de couloirs, miroirs, uniformes, règlements, le concierge sous quatre horloges, et sur un lutrin, près de l'ascenseur, études de Raphaël : un pied, une main, un buste. Et une statue sans tête dans une lumière artificielle. Les quatre *ragazzi* en blouson qui déconnent à l'entrée, devant la porte à tambour : les gardes du corps du Premier ministre Bettino Craxi et les gitons de madame, par roulement. L'hôtel est à lui, à cette arrogante gouape surnommée *Il becchino*, le fossoyeur, à sa famille. C'est de là et non du Quirinal qu'il tire les ficelles, file des réseaux, c'est la plaque tournante d'un feuilleton, un Mabuse à l'italienne où on ne sait plus qui est la marionnette de qui : Mgr Marcinkus, un ancien joueur de football américain, archevêque de Chicago, devenu grand argentier du Vatican, Lucio Gelli, le grand ordonnateur de la loge P2, société secrète, ils tissent leur toile dans l'ombre de l'hôtel, *a touch of evil* dans les caves du Vatican, et Roberto Calvi qui deviendra le « pendu du pont de Londres ». Lui, dans ce bal des pantins, il a trop tiré sur la ficelle.

Après être sorti de l'ascenseur, Charles était passé devant le concierge sous les quatre horloges : quatre temps dans quatre capitales. Cette relativité lui donna une sorte d'apaisement, même d'assurance, un peu de latitude, un peu beaucoup, pour un moment. Ici c'était l'heure où les femmes vérifient subrepticement leur teint dans le miroir de poche avant de faire une entrée, composées, refaites, sourire aux lèvres, avenantes, au bar. Ingrid, d'ailleurs, devait être en train de se laisser maquiller, silencieuse, répétant des phrases, des accords, dans sa tête. Promesses de musiques et de suspenses en tête, il était sorti de l'hôtel et avait pris un taxi pour se rendre à l'Antiquo Teatro Ghione. C'était la tombée du soir en hiver, le taxi roulait vite, on avait franchi le Tibre, traversé le pont Victor-

Emmanuel. Il aimait traverser les ponts le soir, la nuit, mais vite, sans stop, passer sur l'autre berge : Gatsby arrive la première fois à New York et traverse le pont de Williamsburg et se dit : « Tout, à partir d'ici, tout peut m'arriver ! » C'était au début du siècle, il est vrai et aux États-Unis, le rêve américain, mais c'était comme un débris de cela qui restait dans les têtes, comme il ne reste que des débris de tout, aujourd'hui. Et c'est toujours ça ! « J'aime, songea-t-il, cette brève sensation de passage, la passe... *Il suffit de passer le pont*, c'est le titre d'une chanson stupide, je ne sais plus de qui... J'aime ça, le raccord, la collure, pas les choses : ce qu'il y a entre elles, entre deux, leur rapport. Deux idées, des images, le pont entre deux harmonies pour le joueur de jazz... » *He passed away*, dit aimablement l'américain de celui qui s'est éteint, a disparu... Le taxi « passa » au loin et deux motos apparurent dans les phares, filles à l'arrière cheveux au vent, jupes relevées sur les cuisses nues collées à la machine, le réservoir, le carburateur, les bielles, ça roulait très vite dans l'air de ce début de nuit romaine, les bolides dans le virage, sur fond d'antiques pierres roses, accélérèrent encore et les filles disparurent, *passed away*. Les ponts, les hôtels : sédentaire cosmopolite, il aurait bien passé sa vie entre des hôtels, reliés par des ponts... Voilà tout. D'un hôtel l'autre...

— Au A'Top The Bellevue à Philadelphie.
— Pourquoi pas ?
Elle chantait dans cet immense hôtel, trente-six étages, sans compter six de bureaux à la base et le toit-terrasse,

piscine, night-club, au sommet. Charles traînait dans les étages, c'était un samedi soir, toujours sa manie d'observer. Il s'arrêta devant un des vastes salons salles de fêtes : main potelée posée sur le bras de leur raide cavalier en habit noir, des dizaines de naines milliardaires et neurasthéniques faisaient leur entrée dans des bouillonnements de tulle et de mousseline et, sur un écran au fond de la salle, se projetait leur photo, souriante, une voix d'aboyeur les annonçait, aussi leur pedigree et leur âge, nom, profession du père, de la mère, revenu annuel brut, pourquoi pas ? C'était le bal des débutantes philippines, la communauté américano-philippine assise à de longues tables décorées de bougeoirs. Un ou deux étages plus haut, un autre salon, une fête de fin d'année des juniors de l'université du Massachusetts. Les types, athlétiques, portaient bien le smoking, avec leur girlfriend en robe du soir, ça picolait sec à 2 heures du matin. Ça rappelait l'époque de la prohibition où le samedi ça explosait. Ça n'avait pas tant changé de ce côté-là. Il devait y avoir sûrement une grosse poignée de fils et filles de billionnaires, et dans le rire des filles, tout au fond, le tintement de l'argent.

Ce qui fascinait Charles chez les types, c'était les mâchoires, le maxillaire inférieur, volontaire, le maxillaire américain, c'était celui du clan Kennedy, les hommes : Joseph, Joe, Jack, Bob, Ted, eux aussi du Massachusetts, peut-être était-ce le maxillaire de l'État, la mâchoire du Massachusetts, ça avait quelque chose d'une machine-outil. Là, tous rassemblés entre eux, avec ces mâchoires... on voyait mieux la pérennité biologique, les vies tracées, ressemblance d'espèce, clichés, stéréotypes, campus, asso-

173

ciations PhiBetaKapa, football, base-ball, futurs avocats, docteurs, architectes, politiques, des dirigeants. Et leurs girlfriends en robes du soir.

« *Are you with the party?* » Le gros type avec la pastille noire et le fil qui lui sortait de l'oreille se tenait tranquillement devant Charles dont il regardait la poche poitrine : pas de badge ? pas de photo ? Tout le monde avait une photo de lui-même sur lui, un signe d'identification. Puis l'homme, il faisait 30 centimètres de plus que Charles dans toutes les directions, baissa les yeux vers les chaussures, un lacet défait. « *Are you with the party?* » La voix était inexpressive. « *Euh, no...* », il n'était pas avec the party... il n'était pas de la partie, « *just looking... just looking!* », observateur étranger. Observer ! Observer quoi ? Y avait rien à observer... Il allait quand même pas dire qu'il observait des mâchoires ? Anthropologue, paléontologue déambulant dans les hôtels, les salons, salles de fête pour... Ça veut dire quoi *just looking*, regarder ? ou on travaille ou on s'amuse, on boit, on rigole, on parle, mais on regarde pas. L'autre lui prit le bras avec deux doigts, légers, sans serrer, à peine s'il le touchait et, aimablement, lui fit signe d'avancer avec lui. Sa clé ? Non, oubliée dans sa chambre. L'autre appela la réception : Charles n'était même pas enregistré. Miss Caven ? Non, pas là. À 2 heures du matin, au 36e étage du A'Top Hotel, ça cavalait de partout dans les corridors, les filles, bourrées, mèche sur l'œil, frénésie autour des salons, vers les toilettes, affalées sur les banquettes avant de repartir par deux, par trois, une bretelle de robe défaite, perdaient une chaussure, dans des rires d'entrailles, voix trépidantes, des cris. Au milieu de tout ça, ils se frayaient un passage, l'autre le tenait calmement de ses deux doigts, ils avançaient tranquilles, on aurait dit une paire d'amis, de relations d'affaires, lorsque l'un a pris l'autre de la main sous le coude. Maintenant, ils repassaient devant le salon des débutantes de Manille : les présentations étaient finies, elles ouvraient le bal avec leurs cavaliers, bal d'époque : costumes, cérémonial, génuflexions, figures imposées, temps arrêté, Versailles... Ils prirent l'ascenseur. « *I'm not alone...* Je ne suis pas seul dans l'hôtel, je suis avec quelqu'un... » Ça sonnait comme s'il avait voulu déjouer une tentative de drague, décourager l'autre. La porte de l'ascenseur s'ouvrit sur l'immense hall du rez-de-chaussée. « *And with whom ?* Et avec qui ça ? » fit le gros sans se démonter, en souriant un peu. Ils étaient sortis de l'ascenseur. « Elle ! » Plein d'assurance, Charles tendait son bras libre vers... Elle n'était plus là. Elle était pourtant là hier. L'affiche n'était plus là. On l'avait changée de place. « Ah ! oui... là-bas... » Il indiqua une autre direction. « Là... elle ! » Il n'avait peut-être pas sa photo sur la poitrine, mais il était avec quelqu'un qui avait la sienne en grand sur une affiche, et photo pour photo, ça pouvait peut-être faire l'affaire. Il avait l'index pointé vers la photo géante d'Ingrid dans sa robe noire, glamour, très star. L'autre eut à nouveau un soupçon de sourire, accentuant la pression de ses deux doigts sous le coude de Charles et d'un mouvement de menton lui fit signe d'avancer. Ça n'avait fait qu'aggraver son cas sans doute : peut-être ce traîne-savate voulait-il poignarder la chanteuse ? Aux USA, c'est monnaie courante un stalker, un harceleur, ou alors il était là pour l'enlèvement d'une naine débutante, du fils héritier gominé d'un magnat de l'électronique ? Le type ne le regardait même pas. Il avançait machinalement, bardé de fils qui partaient de son oreille, allaient vers sa poche et aboutissaient Dieu sait où. À quoi pouvait-il bien être relié, ce pantin ? Au commissariat central ? À un QG dans l'hôtel, à la réception ? À un satellite dans le ciel ? Charles à présent était inquiet : « Qu'on appelle M. Bialas, call Mister Bialas... Room 1051, Mister Martin Bialas... » C'était l'imprésario, l'agent, l'organisateur. Lui non plus pas dans sa chambre ? Charles eut un éclair : le Health Club, le gymnase, le spa, tout là-haut, au 37e ! « À 3 heures du matin ?! » Oui, c'est ça. Depuis cinq ans qu'il est l'agent et ami d'Ingrid, c'est, avec le fric, la seule chose qui l'intéresse : le corps remis à neuf, blindé, immortel, la musique il s'en fout, un corps sans faille, à l'épreuve du dehors : microbes, virus, corps étrangers, inconnus. Complètement bouché ! Il sait même pas ce qu'elle chante, il l'adore d'ailleurs, il fait des pompes pendant qu'elle chante, dans les coulisses si ça se trouve... Son obsession : une armure et des couilles en or. Au 37e, dans l'immense salle déserte, toute la baie vitrée au fond donnant sur la nuit étoilée, les tours au loin, des bureaux vides illuminés comme pour des fêtes, il était là : harnaché à des courroies, des sangles, solidement accroché à des poignées mobiles, boxer short et débardeur noirs, pectoraux, deltoïdes, face au mur de miroir, tête droite, il marchait sur place, il pédalait, s'observait fixement, se parlait à lui-même, à son reflet, à son image, il ne les avait pas vus venir... « Tu es le plus fort ! Tu es beau... le plus beau !... Invulnérable ! » Il les aperçut et, sans s'interrompre, fit un petit signe de la tête à Charles dans la glace. Ça suffisait : le gros bras relâcha la pression, laissa enfin tomber les deux doigts.

Elle tourne la grande page lentement comme si c'était un vieux manuscrit précieux, un ancien livre d'heures, on peut entendre le bruit cassé et bruissant du papier posé sur un lutrin d'acier et verre sablé. C'est une chanson où il s'agit de la drogue, des parties du corps humain, de l'anatomie, *Polaroïd Cocaïne* ça s'appelle, des mots au milieu de signes : clés, croches, barres, ronds, des oiseaux sur les fils. La feuille de musique éclaire le visage, c'est d'elle que vient la lumière : *Blanc sur blanc un peu de poudre sur ta peau / sur ce Po-la-roïd de ton corps livide /... ligne après ligne ton corps monte vers moi / des morceaux de ta peau, comme la photo qui se révèle dans l'eau /... la tombe sous la neige qui fond qui fond / l'homme qui sort doucement de l'ombre / le corps enseveli que l'on sort des décombres / J'aspire un peu de poudre : un tiers de tes cheveux blonds une clavicule deux rotules trois doigts et puis le genou droit / le coude la bite les dents l'orbite etcaetera etcaetera etcaetera...*

— Charles ! Ouvre-moi !
D'abord il ne répondit pas. C'était la voix de Jay, le pianiste.
— C'est in-croy-a-ble ! Je veux te parler, Charles !
Il continuait à taper à la porte de la chambre en riant.
— Laisse-moi tranquille !
— Il faut que je te raconte, c'est au sujet d'Ingrid !

177

Il rigolait beaucoup. Qu'est-ce qu'il y avait encore? La journée avait déjà drôlement commencé...

Rien que le ciel sans un nuage, la chaleur de plomb, la plaine déserte à perte de vue, la route toute droite.

— Combien de Caligari à Sassari?

— Pas Caligari, je t'ai déjà dit, Cagliari... Je sais pas, 200 kilomètres peut-être...

Le policier avait doublé et fait signe de se garer. Il est descendu de sa moto Guzzi 350 centimètres cubes et l'a calée sur la béquille. Il s'est approché et il est venu se découper dans le cadre de la fenêtre : Ray-Ban fumées, casquette, chemise bleu lavande, un film, tout à fait un film, pantalon noir, la série B américaine, bottes, même la crosse du colt, l'automatique, qui dépassait de l'étui en cuir... De la réalité fiction! « *Documenti*... papiers... », très gentiment, un visage jeune aux traits réguliers. Il parlait au chauffeur en italien, un accent sarde sûrement. Sous l'effet de la lumière éblouissante de midi et de la chaleur écrasante, l'air semblait vaguement onduler, rendu liquide.

— *Dove andate?* Vous allez où?

— Sassari, fit le chauffeur.

— *Per che fare?*

— *La signora è una cantante... uno recital questa sera...*

Le policier sembla soudain songeur, il réfléchissait, il hésitait, il eut un début de sourire... il avait une idée dans la tête... il soupesait quelque chose... ça durait un peu trop. À présent il semblait gêné là, sur la route filant droit au milieu des champs déserts jusqu'à l'horizon, le silence se prolongeait, que se passait-il? Dans la voiture ils étaient inquiets, et alors ils ont entendu une petite voix :

« *Anch'io canto un poco...* moi aussi je chante un peu... »
Le chauffeur traduisait. « Elvis, vous connaissez ? » Il ôta
ses Ray-Ban qu'il glissa dans la poche poitrine de sa chemise, son sourire s'est un peu déplacé sur le côté de sa
bouche, il avait gardé sa casquette noire à visière, ils se
sont penchés encore un peu plus, ont levé la tête pour
mieux le voir dans la fenêtre, il s'était reculé de deux pas,
ses yeux se sont baissés vers une guitare imaginaire et là,
comme ça, dans ce décor pelé, un chant : *Love me tender,
love me true...* il se déhanchait, tout y est passé, *Heartbreak
Hotel, King Creole...* Ils regardaient, sidérés, la réincarna-
tion en Sardaigne près de Caligari, « non, je te dis que
c'est Cagliari », de celui qui, au fond, était empreint de
catholicisme romain, la Madone, la mamma, la Vierge : il
s'était formé à douze, treize ans, il faisait pour ça l'école
buissonnière, dans les petites églises autour de Memphis,
Tennessee, et les soirs, les dimanches, les gospels dans la
chapelle... *By the chapel in the moonlight...* Son chant
venait de là : la Vierge. Après, il y a eu le coup du pelvis,
Elvis the Pelvis, le déhanchement en saccades d'avant en
arrière et en rotations circulaires : bien peu de chose, un
petit gadget érotique pour teenagers, le clin d'œil, qui a
affolé les ligues de vertu, mais ça, une petite partition du
diable jouée sans conviction, avec le sourire, comme s'il
s'en moquait, le sexe c'était pas son truc et c'est pour ça,
sans doute, que ça faisait tant d'effet, tout ce foin : c'était
joué ! Non, lui, son truc, c'était sensualité et religiosité
mêlées, musical jusqu'au bout des ongles, tout le corps, les
cheveux... Et c'est pour ça que c'était juste qu'il se réincar-
nât sur cette aride route de la campagne sarde au sud de
nulle part et sous la forme d'un gentil policier à moto, un

ange de la route... Et ça n'arrêtait pas, eux ils faisaient
« bravo! bravo! » et lui, il en remettait une dans ce désert,
eux étaient là, quatre, à l'arrière du break comme dans
une loge, une baignoire, ils ruisselaient de chaleur, ils
transpiraient, lui rien, impeccable, comme le King, le
cran, une mèche dans l'œil, pas une goutte de sueur, toujours le petit sourire canaille en coin. C'était bien beau
tout ça, mais maintenant ça devenait long, il faisait de
plus en plus chaud, une fournaise dans cette caisse, et
l'autre qui avait l'air parti pour un vrai concert, et ils pouvaient quand même pas démarrer, s'en aller comme ça, le
planter là tout seul à chanter *Don't be cruel* ou *Blue Moon*
sous le soleil exactement.

À la fin, il s'est quand même arrêté, eux continuaient à
faire « Bravo! bravo! » et il a dit : « *Grazie* », a remis ses
Ray-Ban, finie l'œillade de velours : « Il faut que j'y aille...
mon collègue m'attend plus loin sur la route... » C'est
alors que Charles, que l'alcool rendait vite, des fois, plutôt
de mauvais goût, même un peu trivial, il se laissait frôler
par l'aile de l'ange du bizarre, dit : « Vous faire, en partie, vedette américaine de la Signora Caven, *questa sera*,
ce soir... *Final part of the show... very good!* » Et là, l'autre
s'est mis à réfléchir à nouveau, à rouler, rerouler et
dérouler l'idée dans sa tête, longtemps : « *Vorrei
molto...* », il aimerait beaucoup, malheureusement il a
promis à sa maman, la mamma, de rentrer ce soir, et
puis même, ce serait juste juste, il habite loin, il faudrait
qu'il aille, après son service, chercher un vêtement de
scène, un costume... c'est un peu loin. « Venez comme
ça, vous chanterez comme ça », a fait Charles. Et l'autre,
un gentil sourire gêné : « Non, ça non, *mi dispiace ma no*

180

lo po. » Et Charles alors, en voyant ce sourire triste, se sentit vraiment de mauvais goût parce que le garçon semblait se demander tout à coup maintenant si tout ce temps on ne s'était pas moqué de lui sans en avoir l'air. La moto Guzzi s'arracha et Elvis réincarné en ange de la route fondit dans l'horizon et disparut.

Les autres, en arrivant à Sassari, étaient allés au théâtre pour répéter et Charles s'était enfermé à l'hôtel. « Qu'est-ce que je suis encore venu foutre là, plein Sud, à Sassari, dans le soleil... ce coin perdu... ? » il se demandait là, tout seul maintenant dans la chambre où la lumière, la chaleur entraient de partout... même pas de stores... Avec son côté huguenot, il aimait les austères villes froides du Nord, ascétiques et distantes, Bruges, Anvers, Hambourg, Londres, Saint-Pétersbourg, ciels bas plombés, uniformément gris, des ports, de loin entrevue une silhouette furtive, un pont là-bas, lourdes portes hermétiquement refermées, d'où rien ne transpire, gestes rares, empires des banques, l'homme un peu perdu là-dedans. Mais ces émotions d'entrailles en pleine lumière !...

Il se versa un cognac, ça le fit transpirer encore plus. Qu'est-ce qu'il allait faire jusqu'à demain, jusqu'au départ, jusqu'à ce soir, tard, en attendant Ingrid ? Il n'irait pas au concert, pas au dîner... Il allait rester là et penser à des pays froids ! Mais non, ce qui lui venait à l'esprit, c'était un autre guêpier tropical où il s'était fourré dix ans plus tôt, à Palerme cette fois, dans une ancienne citadelle isolée au bord de la mer. Un marquis De Seta avait passé les clés à son amie de l'époque, une exotique Asiatique. C'était un labyrinthe poussiéreux et infini, des pièces innombrables. Il avait tout de suite renoncé à même aller voir la pièce d'à côté. Elle est sortie de la chambre et est revenue une heure après. « J'ai un tout petit peu visité, avait fait la jeune fille, c'est immense, immense, je suis descendue en bas, dans les souterrains je crois, il y a une salle des armures grande comme... comme... — elle trouvait pas comme quoi — avec encore des heaumes, des lances, plein d'armes sur les murs écaillés. » Elle riait un peu, elle trouvait ça amusant. La citadelle à demi désaffectée était cernée de quartiers misérables. Les grosses clés leur avaient été remises dans un café de la ville par des hommes parlant un dialecte obscur. Après sa visite à la salle des armes, elle était allée réclamer quelque chose au gardien, à qui il manquait un œil. Il occupait avec sa femme, au centre de ce dédale de six mètres sous plafond, un coquet petit trois pièces-salle de bains, napperons, fleurs sur la TV : un modèle réduit collé là-dedans au milieu... Le cyclope, qui était seul à cette heure-là, lui avait, d'emblée, pincé un sein, racontait-elle à Charles en riant à nouveau quand elle fut de retour, toujours nimbée de cette fragrance, *L'Heure bleue* de Guerlain.

« Tu veux pas faire un tour ? » Non, il ne voulait pas faire un tour, pas bouger surtout, juste rester dans la chambre. L'effet conjugué de l'alcool et du dross d'opium que lui filait régulièrement à manger l'Asiatique lui faisait voir tout ça sous un angle très menaçant. Non merci, il ne voulait pas sortir de la chambre, si on pouvait appeler chambre ce grand espace vide de 5 ou 6 mètres de haut où il manquait une porte, ouvert sur des couloirs en enfilade, avec un vieux matelas jeté par terre. Il avait bien vu de l'extérieur, en arrivant par le front de mer désolé, l'immensité de cette citadelle. Les *ragazzi* misérables rôdaient tout autour, elle avait dû abriter des guerriers, des invasions de gens encore plus barbares venus de la mer par vaisseaux dans des temps très anciens. C'étaient de très épaisses murailles beigeasses délabrées, décrépies, avec des dizaines de petites fenêtres à barreaux, quelques rares à croisillons. Le marquis De Seta avait dit, très grand seigneur : « Vous pouvez si vous voulez habiter ma demeure quelque temps », et Charles s'était imaginé tout de suite une belle villa avec piscine ! C'était un marquis, après tout, mais il ne savait pas qu'il était presque ruiné. La jeune fille était allée au coucher du soleil faire quelques pas intrépides dehors, sur la promenade : « En levant les yeux, j'ai vu tout là-haut dans l'encadrement d'une fenêtre, assise sur le rebord, dans l'embrasure, la fille des gardiens qui se vernissait les ongles, peigne géant dans les cheveux, un éventail à côté d'elle, elle m'a adressé un petit sourire. »

Il était là, maintenant, dans ces mauvais souvenirs, allongé sur le lit, quand il vit apparaître une feuille de papier glissée sous la porte. Peut-être un mot de la part d'Ingrid ? Il alla ramasser la feuille, c'était un imprimé, un prospectus avec, au centre, juste DAEWOO. Ce mot, ces lettres lui rappelaient quelque chose, il y a longtemps, mais quoi ? Et ses pensées retournèrent à Palerme, « ... elle m'a adressé un petit sourire... » Et puis dans la nuit, sans arrêt, ça avait été le bruit de la grosse chaîne à cadenas venant frapper la grille en bas, dans ce quartier abandonné et misérable. Pourtant, il n'y avait pas de vent. « Je n'en peux plus, il avait dit au petit matin, allons-nous-en... J'aime pas les citadelles, je préfère les hôtels... »

Assis côte à côte mais en sens inverse dans deux canapés formant un S à double orientation, des messieurs en costumes devisaient avec des airs de comploteurs sans avoir l'air de s'adresser la parole. Le Grand Hôtel Et des Palmes ne manquait pas de fantômes : Wagner y avait composé *Tannhaüser,* un écrivain excentrique milliardaire reclus, génial et drogué, auteur d'une pièce en vers, *La Doublure,* s'y était donné ou fait donner la mort, le mystère restait entier, Cosa Nostra et mafia américaine y avaient tenu leurs assises fin années cinquante : fusions, holdings, prévisions à long terme, reconversions, dégraissages et suppressions d'emplois, nouvelles stratégies, abandon de la prostitution et des jeux, reconversion dans l'héroïne, plus propre, moins visible : entrée dans une autre époque, la nôtre. Toute la nuit, des bruits de pas nombreux dans la pièce d'à côté, la suite Wagner qui était d'ailleurs la même où s'étaient réunis Gambino et les autres. « Des bruits de pas ?! quels bruits de pas ? — Évidemment, avait maugré l'Asiatique, toi avec tes boules Quies tu n'entends jamais rien. Moi j'ai eu peur toute la nuit. » Ça suffirait comme ça, et le soir même, ils s'embarquaient pour Naples et le bateau, le *Kangourou rose,* venait juste d'appareiller qu'une explosion retentit dans le port, des lueurs d'incendie se mêlèrent aux couleurs flamboyantes du couchant : un final wagnérien. Après quoi il n'eut plus qu'une idée : Oublier Palerme !

— Charles, ouvre, c'est moi !

Il se leva et alla finalement ouvrir la porte fermée à clef. C'était Jay, le pianiste, il riait, parlait, et remuait en syncopes trépidantes, une pile électrique montée sur roulements à billes. Il était new-yorkais. Il gardait l'esprit léger de Gershwin et des saltimbanques de la Tin Pan Alley dans son jeu étincelant, mais plein de la rigueur apprise par la suite chez Nadia Boulanger. Ce qui attaquait le piano, c'était, faisant corps avec cette machine rivale, un terrible bloc d'énergie que prolongeaient des doigts sautillants de virtuose. On les eût dit greffés à un corps d'athlète, à l'inverse des *Mains d'Orlac*, le film avec Peter Lorre, où on coud à un délicat pianiste de concert qui a perdu ses mains dans un accident de train, celles, trop robustes, d'un assassin guillotiné le même jour. Quand il entrait vite sur scène, sur la gauche, d'un pas rapide décidé et s'approchait du Steinway, on eût dit qu'il allait lui tordre le cou et le débiter en morceaux de bois, mais ce qu'il en sortait, c'était des sons cristallins, tout simplement pleins, chacun à part, de gracieuse énergie. Il semblait toujours attelé à son instrument comme à une prothèse, même hors scène : un homme-piano. Il parlait un langage syncopé cartoonesque : « Chaaarles ! Wouahh ! (rire aigu crescendo) Tu aurais dû voir ça ! (staccato) L'oreille ! L'oreille ! (accord en *mi*) Ah ! Ah ! Ah ! (bruit de bouche divers, riff vocal) », toute une partition, assez déjantée, de musique, bruits, sons, pour Betty Boop.

Charles, d'humeur sombre, était là à l'écouter sans dire un mot. Après le concert, ils avaient descendu les ruelles en pente et une lente procession muette suivait, toute la jeunesse de la ville semblait là. Deux ou trois se sont approchés et ont donné à Ingrid des amulettes comme s'ils accueillaient une sainte germanique, Lorelei, l'or du Rhin, descendue des brumes du Nord pour chanter sur leur terre pelée. Sur une place, il y avait un restaurant qui était réservé pour l'occasion. C'était plein : les édiles, les organisateurs, d'autres aux attributions incertaines.

« Ingrid était placée entre moi et un drôle de type qui semblait important, à bouffer il nous avait donné de l'âne, ah ! ah ! ah ! elle avait bu un peu et elle se met à raconter l'histoire du petit-fils Getty, comme ça, pour voir : l'oreille expédiée par la poste au vieux Getty par la Camora, l'homme le plus riche du monde qui refuse de payer, quand on était invité chez lui, il fallait téléphoner du téléphone à pièces qu'il avait fait installer... Le type à côté d'elle, un des organisateurs, commence à la regarder avec un drôle d'œil, je lui ai fait du pied pour qu'elle arrête, mais elle continuait son histoire. »

Qui c'était, au fait, ces mystérieux organisateurs, ces commanditaires qui avaient payé très cher les frais de la tournée italienne : avions business class, grands hôtels first class, chauffeurs, fastoche ! à condition qu'elle vienne un soir à Caligari — « Non ! je te répète que c'est Ca-gli-a-ri » — et un soir à Sassari, dans ces coins reculés, salles à demi vides ? D'où venait tout cet argent ? C'est tout ça que se demandait Charles tandis que Jay continuait à plaquer ses drôles d'accords : « Et quand Ingrid a prononcé le mot "oreille", le type commence à tousser, à cracher, à devenir tout rouge, puis tout blanc, les processionnaires de la ville sont encore là, le nez collé à la vitre, le type va s'étouffer, ah ! ah ! ah ! ah ! ah ! in-croy-a-ble ! ah ! ah ! il crache tout, ces morceaux d'âne, l'œil lui sort de l'orbite, le mot "oreille" a fait tilt, effet foudroyant. Pour elle, avec tout ce vin blanc, c'était une petite blague, *private joke*, allusion. » Il lui arrive souvent ces histoires burlesques et plutôt risquées, alors que sur scène, c'est la rigueur, l'aisance, le contrôle. Le hasard aussi, c'est vrai, un peu, c'est ce qui est bien. Dans ces années-là, c'était monnaie courante, les petits bouts de corps expédiés par la poste aux familles riches, un doigt ou deux, même pas en recommandé. Aujourd'hui, c'est vrai, avec la mafia albanaise, russe, leurs putes, c'est toute la main d'un coup, ça a progressé. « Salut les mecs ! » C'était Roland, l'ingénieur du son qui passait par là en rentrant. Le mystérieux commanditaire devait être asthmatique. « Finalement, ah ! ah ! ah ! il a sorti d'un sac de sous la table un masque à oxygène et il se l'est coincé sur le visage, ah ! ah ! ah ! il ressemblait à un cochon ! » Normal, pensait Charles, on donne bien, c'est la règle de la Camora, ceux qui parlent trop à bouffer vivants aux cochons, dans cette Italie du Sud. Charles ne riait pas. Il se reversa un cognac. Son cœur battit un peu plus vite : oui, un enlèvement, pourquoi pas ? L'oreille d'Ingrid expédiée à Son Éminence ou à Fassbinder, ils avaient plein d'argent.

— Ah ! Tout le monde est là !

C'était Ingrid, très gaie, qui arrivait avec son habituel grand sac en plastique, elle adorait ça, des sacs Prisunic ou Duty Free où elle fourrait une ou deux pages de partition, une orange, une tablette de chocolat, un peigne : dans *Maman Kuster s'en va-t-au ciel*, le film de son ex-mari Fassbinder, on la voyait s'en aller avec un, deux, cinq, six sacs en plastique.

— Vous lui avez raconté l'oreille ?

— Oui, maintenant on va se coucher.

— Allez, aux fines herbes ! fit l'ingénieur du son, c'était pour dire *Auf wiedersehen*, au revoir, il adorait les à-peu-près.

— Ils t'ont aussi raconté la fin du concert, la fille sur scène, la rosière ?

— Non, c'est quoi ça encore ? Ça suffit pas comme ça ?

— À la fin du concert, une jeune fille est venue sur scène m'offrir un grand bouquet de fleurs et un des organisateurs a pris la parole : « Signora, en hommage à vous, cette jeune fille aimerait vous dédier une chanson... » Elle était tout près de moi, vingt ans peut-être, le visage assez beau, ovale, traits réguliers, toute de noir vêtue : robe en cotonnade boutonnée jusqu'au cou, foulard sur les épaules noué à la paysanne. Et un grand crucifix en or. Sans micro, sans musique, *a capella*, dans le silence, la voix s'est élevée, c'était un *Ave Maria* sarde, d'une totale, puissante ferveur, tellement sincère... Juste à côté de moi, dans une longue robe noire aussi mais décolletée, fendue dans le dos jusqu'au bassin, c'était ma réplique intègre. Elle était pure, croyante, le regard souffreteux, et sans manières.

Elle-même avait été comme ça, elle avait huit, dix ans, et même encore à quinze ou seize, devant l'autel à Marie qu'elle avait confectionné, garni de lilas, ses longues manches boutonnées serré jusqu'au bas du poignet, et l'aïeule spirite, et même le voyage à Lourdes, celui de la dernière chance, avec les bossus, les estropiés! Elle suppliait qu'on la délivre de ses plaies, ses douleurs, elle était très croyante.

La même tenue noire, la même prière : c'était son double intègre dont elle s'était débarrassé plus tard, son double antique, romain, méditerranéen, de la Sardaigne rocailleuse, primitive. Oui, il était là à ses côtés et, comme un reproche vivant, il semblait lui dire : « Tout ce que tu as fait avec ton *Ave Maria* de pacotille et de strass, de haute couture, de pute de luxe, fanfreluches, falbalas, préciosité, chichis, ton Yves Saint Laurent, tes

fameux cinéastes, tes beaux hôtels, ton Baron, ton Éminence, monde des premières et des magazines, tout le
chemin parcouru depuis ton enfance, la tendre jeunesse
de ton corps pétrifié, tout ce chemin te ramène ce soir à
moi, *à toi* il y a très longtemps. Regarde : je suis là ! Ton
double ? semblait dire l'autre, non : c'est toi le mien avec
tes fausses manières, tes sophistications. Tu es une
contrefaçon, la perversion dévergondée de celle que *tu* as
été. »

Il n'y avait rien de drôle mais cette apparition, ce sosie
grinçant, ironique et fatal, commençait à déclencher un
rire nerveux intérieur, rentré, de ceux qu'on a dans un
vieux château du Moyen Âge, rire horrible, menaçant, un
rire gothique. Elle restait immobile, inexpressive, raidie,
mais tous les muscles de son corps, faciaux, abdominaux,
fessiers, tendus, crispés, elle implosait de rire. Elle souf-
frait à cause de l'*Ave Maria*. Elle sentit un liquide tiède le
long de ses cuisses. Le visage imperturbable sous le
maquillage, le *Maske* impeccable, bien droite dans son
Saint Laurent, elle pissait.

— Oui, je pissais de rire...

— Écoute, fit Charles, qui s'était mis, on ne sait pourquoi, à parler à voix basse, lentement et en articulant bien,
tu fais ce que tu veux... Moi, je ne monte pas demain
dans leur voiture pour me faire accompagner. Au lever du
jour, peut-être même là tout de suite, j'appelle un taxi
— enfin, si c'est possible —, je me fais conduire à l'aéroport et je saute dans le premier avion pour Milan... ou
pour n'importe où d'ailleurs, je me fous de payer le ticket.
Et je pense à quelque chose : ne les attires-tu pas ces fantômes, ces doubles qui viennent à ta rencontre ?

189

— Tu n'avais qu'à rester à Caligari.

— Ca-gli-a-ri. Caligari, c'est un docteur de ton pays. Mais au fond... oui... c'est vrai... tu as raison, il y a peut-être du Caligari par là dans l'air...

Enfin, voilà! ça lui apprendrait de vivre avec, d'avoir suivi une chanteuse. Amusant, mais inquiétant, pas du plus grand calme, pas sans danger... Il y a bien sûr cette magnifique Lorelei assise tout là-haut sur un rocher, elle peigne ses longs cheveux d'or, elle a des parures dorées, elle chante au-dessus du Rhin, l'air est frais et il fait sombre, le navigateur dans son petit bateau ne regarde plus le récif, il est pris d'une *Sehnsucht* subite, un attrait irrésistible pour ce chant lointain, et les vagues dévorent son embarcation... C'est une célèbre légende, une mélodie connue de tous en Allemagne. C'est ça, le chant. Déjà à l'époque, le rusé Ulysse s'était fait attacher au mât de son navire pour ne pas succomber au chant lointain et beau des sirènes, ces êtres pas vraiment humains, entre femme et poisson, parfois même représentées sur des tombes égyptiennes avec des ailes d'oiseaux. La déesse Circé aux belles boucles l'avait bien prévenu sur son noir vaisseau. C'est dans le chant XII : il revient d'une visite chez les Morts. « Écoute tout ce que je vais te dire. Tu arriveras d'abord chez les Sirènes dont la voix charme tout homme qui vient vers elles... et le captivent de leur chant harmonieux. Elles résident dans une prairie, et tout alentour le rivage est rempli des ossements de corps qui se décomposent; sur les os la peau se dessèche. Passe sans t'arrêter; pétris de la cire douce comme le miel et bouche les oreilles de tes compagnons pour qu'aucun ne puisse entendre. Toi même, écoute, si tu veux; mais que sur ton vaisseau rapide on te lie les mains et les pieds. » Et c'est ce qui se passa : « La nef solide atteignit vite l'île des Sirènes. Alors le vent tomba aussitôt; le calme régna sans un souffle; une divinité endormit les flots. Mes compagnons aux belles jambières roulèrent les voiles du vaisseau... Ils frappaient de leurs rames la mer grise d'écume... mais la nef qui bondissait sur les flots ne resta pas inaperçue des Sirènes et elles entonnèrent un chant harmonieux : "Allons, viens ici, Ulysse, tant vanté, gloire illustre des Achéens; arrête ton vaisseau, pour écouter notre voix. Jamais nul encore ne vint par ici sur un vaisseau noir sans avoir entendu la voix aux doux sons qui sort de nos lèvres; on s'en va charmé et plus savant..." Elles chantèrent ainsi, en lançant leur belle voix... » Et là Ulysse n'en peut plus, il est complètement surexcité, il ordonne : « Détachez-moi! Détachez-moi, je vous en supplie! » Sous le coup de l'excitation, il avait oublié que ses hommes ont les oreilles bouchées, des boules Quies, ils ne peuvent l'entendre, alors il supplie « par un mouvement des sourcils »! Mais eux s'approchent et, au lieu de ça, le serrent encore plus fort, l'attachent encore plus serré, cordes, lanières, filins, chaînes, lui de plus en plus excité, ces voix, tout ça... Scène full bondage sado-maso sur un bateau en pleine mer juste au large de cette île au rivage jonché d'ossements.

N'empêche que lui, Ulysse, ne s'était pas mis de cire dans les oreilles, il était trop curieux d'entendre ce chant merveilleux, il a préféré — quel tableau! — écouter ça ligoté... Et sans remonter jusqu'à Ulysse, il y avait dans *Tintin* un autre marin, le capitaine Haddock, qui vivait tranquille dans la douceur du magnifique château de Moulinsart jusqu'à ce que la prima donna Bianca Casta-fiore vienne foutre le bordel avec son perroquet, ses bijoux, son prof de chant, M. Wagner, ses grandes manières, et la télé qui rapplique, plein de câbles, le professeur Tournesol s'y casse la figure, Haddock prend un projo sur la tête et la diva entonne son grand *Air des bijoux* : « Ooooh ! je riiis de me voi-oi-oir si be-e-elle en ce miroi-oir ! », c'est dans *Faust*, « s-i-i-i be-e-elle en ce miroi-oir, a-a-ah je r-i-is...! » Et d'ailleurs, pendant qu'elle chante l'aria, on lui vole pour de bon les siens, de bijoux, et rapplique Irma la bonne : « Madame, vos bi, vos bi-bi, vos jou-joux, vos bijoux... Disparus, Madame ! »

2
Sacrée nuit

La limousine noire roule lentement, à la tombée du soir, sur une route qui longe des terrains de banlieue déserts. Un homme et une femme sont assis à l'arrière. Lui, d'âge moyen, costume et cravate sombres. « J'ai senti que vous aviez besoin de moi. Me voilà. » Il a des traits réguliers, plutôt forts, bien marqués, une voix agréable. La femme est très belle. Trente-cinq ans environ, pommettes saillantes, sur les paupières, vers l'intérieur, une touche de blanc argenté, les cheveux blond-roux, une robe noire stricte en satin brillant, décolleté bateau.

Ils regardent devant au loin, on les sent cependant présents l'un à l'autre.

— On n'a jamais écouté de musique ensemble, reprend l'homme calmement.

— La musique aurait pu nous tromper.

— Et qui veut être trompé? Qui veut d'une illusion?

— Nous tous, fait-elle. — Sa voix est détimbrée, un peu voilée. — En illusions je m'y connais : on a besoin de chansons qui parlent d'amour.

Elle garde le buste droit mais sans raideur comme s'il ne tenait qu'à un point dans le dos. Sur son visage impassible, l'air vacant, des restes d'anciens étonnements, d'attentes mais aujourd'hui passés par une lassitude amusée, sans illusion et sans mépris.

Ils demeurent un temps en silence : deux êtres qui en savent trop long sur les choses et que cela rapproche. Il lui prend délicatement la main, l'effleure à peine des lèvres : « Vous êtes désespérée. » On entend une musique électronique qui cherche à copier les rouleaux perforés des pianos mécaniques, un air léger et lointain de bastringue. « Je veux mourir. » Elle dit cela comme le reste. Puis : « Voulez-vous le faire pour moi ? Cela ne vous retiendra pas longtemps. »

Le chauffeur a arrêté la voiture au bord de la route. Ils sont descendus, ils se font face, debout, sur le terre-plein, à la lisière d'un terrain vague à perte de vue.

— Je le fais pour vous.

— Merci. Je suis fatiguée et maintenant, je vais me reposer.

La voix a pris, dans cette phrase, un ton, un rythme de berceuse.

— Ne me faites pas attendre.

L'homme dénoue sa cravate, s'approche, tout près de son visage, comme s'il allait l'embrasser, la lui passe autour du cou. La musique bastringue désaccordée a repris. Il est penché sur elle, la tient encore par la taille, visage tout contre, elle basculée en arrière, tout se joue en souplesse : une figure de tango, puis soudain elle s'affaisse, désarticulée, un tas vide, une ordure. Dans le lointain, le mur métallique de l'usine moderne, le long pont si léger, ses câbles en arcs, filins d'acier, le firmament rouge, mauve, indigo, à la ligne de partage du terrain vague et du ciel.

— Tu es vraiment très belle, très bien, dans ce film, fait Charles, qui appuie sur la touche retour arrière de la télécommande du magnéstoscope. En accéléré, comme dans les premiers burlesques, la femme se réanime : elle se relève, comme quand on meurt « pour rire », l'homme lui ôte la cravate du cou et se la noue vite au sien, elle rentre, telle une poupée automate, à reculons, dans la limousine qui part, à toute allure cette fois, en marche arrière sur la route.

— C'est ton meilleur rôle, cette prostituée, Lily, au-delà du désespoir, que les notables payent pour qu'elle les écoute et c'est comme si tous les secrets, toutes les ordures de la ville se déversaient en elle.

Il appuie sur arrêt image et ce ballet mécanique s'immobilise sur le beau visage de la femme, son regard revenu de tout. Quelqu'un que le dégoût même a rendu souverain. L'image reste là au milieu du salon un peu en désordre. Il est minuit et demi, 1 heure et, après un moment :

— Tu sais, je repensais à cette histoire, la semaine dernière je me demandais vraiment une fois de plus ce que je foutais là à Berlin, à cette soirée spéciale gay, moi, hétéro qui n'aime pas la musique tant que ça, au milieu de ces deux mille pédés mélomanes, en plus j'ai horreur de ces fêtes bon enfant, enjouées, bonne humeur... Tu sais bien que je déteste les bons vivants, les plaisanteries humoristiques. En plus, qu'est-ce que c'était que ce type, ou est-ce que c'était une lesbienne ? en costume noir sur le côté de la scène, qui faisait ces gestes avec les mains pendant que tu chantais, j'ai d'abord cru que c'était un farceur. Mabel m'a dit que c'était un traducteur pour les sourds-muets... Alors comme ça, c'étaient des pédés sourds-muets ? Il y avait plein de sourds-muets ? Il m'a dit oui, un pourcentage important, on a constaté une sensibilité commune, on a fait des études, des statistiques en Californie, deux fois plus de pédés chez les sourds-muets que chez les bien-entendants... J'ai pas bien compris. « Est-ce que ça veut dire que beaucoup de sourds-muets sont de la jaquette, ou que beaucoup de pédés sont sourds-muets, qu'ils sont complètement bouchés ? » j'ai demandé à Mabel... « Tapettes et sourds-muets, même combat ? » Je me sentais un peu seul là-dedans, avec deux mille pédés mélomanes sourds-muets, pas tous peut-être, je sais pas...

— Tu as quelque chose contre les pédés... ?

On avait pas mal bu, c'était 1 heure, 1 heure et demie du matin...

— C'est pas ça. Je ne supporte physiquement pas ces communions, ces fêtes... Les associations, ça me rend malade, surtout en plus maintenant leur bonhomie, leur côté bon enfant, ils ont perdu toute agressivité... C'est le même dégoût que quand je rentre dans une librairie religieuse à Saint-Sulpice... Avec leurs ailes, leur gentil travestissement kitsch, leurs yeux humides, ils avaient l'air de s'être fait bénir.

— Les pédés en Allemagne pendant la guerre, ils portaient l'étoile rose.

— ... Ces histoires d'associations... quel rapport entre, mettons, Jean Genet et Roehm... Voilà, ils s'associent

entre eux et gomment les différences... Le plus petit déno-
minateur commun fait l'affaire et la fusion dans le grand
Tout s'opère, ça me dégoûte voilà tout...

— Non... Attends... Écoute...

— Et alors je me...

— Arrête... Si tu veux faire un monol...

— Je... laisse-moi par...

— Un monologue...

— Laisse-moi parler je t'...

— Tu as le mur... tu ent...

— Ils ont peur de la solitude et... Quel mur, celui des
lamentations ?

La soirée avait vite pris un rythme staccato.

— Tu me laisses pas par...

— Tu arrêtes pas... Tu écoutes...

— Hein ? quoi ?

— ... pas, jamais...

— Quoi ? Moi ?

— Toi... Et les autres d'ailleurs sauf quand je chante.
C'est comme quand j'étais petite... on m'écoutait pas... Et
d'ailleurs, c'est pour ça que je me suis mise à chanter très
tôt, à quatre ans et demi.

— Bon. Alors chante ce que tu as à me dire.

— Si tu veux faire un monologue, prends le mur.

— Je ne fais pas de monologue, c'est toi qui me coupe.

— Non, c'est toi.

— On ne sait jamais qui coupe qui, il y avait... enfin...
je... j'avais mis une virgule, pas un point... Tu as cru que
c'était un point, alors tu as parlé, or c'était une virgule,
donc tu m'as coupé. Moi alors j'ai continué, et tu as cru
que je te coupais.

— Je comprends rien à ce que tu racontes. Ponctue avec tes pieds pendant que tu parles, comme ça on saura si c'est un point ou une virgule.

— Oui, voilà, c'est ça : toi tu chantes pour te faire entendre, et moi je reprends en ponctuant avec mes pieds pour ne pas me faire couper... Je saute en l'air et retombe sur un pied : c'est un point. Même chose et l'autre pied qui esquisse un glissement comme s'il s'essuyait, c'est un point-virgule... Ça va ? Bon, allons-y...

— Écoute, Charles...

— Ou alors avec les mains, comme les sourds-muets... Oui, ce que tu aimes, c'est les exclus, les minorités... C'est comme cette fierté, cette joie que tu avais quand on t'a invitée, après un dîner, à chanter en plein air dans la Citadelle de David, à Jérusalem.

— Je n'étais pas fière, j'avais peur, j'étais troublée, impressionnée par le lieu, l'esprit du lieu, ces colonnes cassées, ce temple sacré cassé, les ruines à perte de vue, la nuit, les flambeaux qu'on avait allumés, les pierres roses, le sable, les lieux saints autour, le mont des Oliviers pas loin, le jardin de Gethsémani d'où parvenaient des voix, oui, l'acoustique surtout, incroyable, on entend d'un mont à l'autre comme si on chuchotait à côté... murmures, les voix flottant dans l'air... Tu sais bien, je t'ai déjà dit, je n'ai jamais eu peur sur scène, même devant deux mille personnes dans un auditorium glacial, même dans le vieux théâtre baroque à Sao Paulo, ni au Zoo Palast de Berlin où tout le monde était déchaîné et courait vers la scène... Mais là, oui, j'avais le trac pour la première fois, comme un frisson, un vertige, je me sentais perdue, interdite...

— C'est parce que tu étais sur la terre juive, que tu chantais devant tous ces Juifs... Toi Allemande à Jérusalem, tu te sentais réconciliée grâce à ton chant que tu offrais en pardon pour vos offenses, un acompte pour la grande réconciliation... comme une rétribution, un acompte sur la dette de guerre. Toi Allemande, fille d'officier de la Kriegsmarine, chantes là pour les Juifs assemblés, pour tout le peuple des Juifs... Toi seule, rien qu'avec ton chant, face à eux tous, vivants et morts, et tu apaises leur rancune par ton chant.

— Tu vois tout sous cet angle avec moi. Alors tu crois peut-être aussi que si je suis avec toi et que j'essaye de te faire du bien, c'est parce que tu es juif?

— Un peu.

— Et tu voudrais être aimé pour toi-même et pas parce que tu es juif?!

— Oui, voilà, c'est ça.

— Je te répète que c'était le lieu qui m'intimidait, pas les gens. De chanter là, dans cet endroit sacré, j'avais le frisson. D'ailleurs, pour être exacte, c'était un dîner dehors avec des tables, la soirée était donnée à la fin du Festival de cinéma de Jérusalem, où il y avait donc aussi des goyim, des metteurs en scène et acteurs d'un peu partout, et même De Niro, c'était en l'honneur du maire noir de New York, David Dinkins. Donc j'ai chanté pour des Juifs, c'est vrai, mais aussi pour un Nègre... À la fin, il m'a fait cadeau d'un tee-shirt I LOVE NEW YORK avec un cœur. Il faisait de la promo pour sa ville, la nouvelle Babylone, en Terre sainte.

— Un Nègre? Ça tombait bien. Encore une victime... Ça allait dans le tableau, ça ne nuisait pas à ton exercice de contrition...

— Tu es vraiment con, mon pauvre Charles.

— Je suis sûr que c'était parce que tu étais sur la terre juive : ça doit faire quand même un fameux raccourci pour la tête, un sacré court-circuit si tu raccordes ça, chanter dans la Citadelle de David, sur la Terre promise, avec ton chant de Noël, *Nuit sacrée*, quand tu avais quatre ans et demi, avec les marins, sous la photo d'Adolf Hitler, devant le sourire attendri de ton père officier du IIIe Reich. C'est un sacré télescopage, un drôle de voyage quand même. Et donc c'était une forme de rédemption... As-tu pensé à ce moment-là à cette autre nuit étoilée, d'autres flambeaux, d'autres ruines, là-haut sur la Baltique, quarante ans plus tôt ? Où tu avais pratiquement chanté pour le Führer ?

— Non, tu sais bien que je l'avais oublié...

— Tu l'avais oublié mais c'était là inscrit en toi. *Memories are made of this.* Tu pourrais t'arrêter de chanter, te dire : « J'ai commencé ma carrière à quatre ans et demi en chantant pour Adolf, je la termine en chantant pour les Juifs à Jérusalem. » D'Adolf à Jérusalem, la boucle est bouclée.

— C'est une formule comme tu en fais souvent, un bon mot, c'est tout. Tu parles, tu parles Charles, c'est tout c'que tu sais faire !

— Deux nuits sacrées... D'une nuit sacrée l'autre, l'une rachetant l'autre ! De Noël pendant la guerre à la Citadelle de David : l'itinéraire d'une vie...

— C'est un raccourci facile !

— Un raccourci qui me ramène à ces minorités que tu adores.

— Je pense plutôt que tu es un Juif honteux...

Charles se resservit encore un verre de vodka.

— Non, c'est l'histoire des communautés... Ce que je veux dire c'est : tu es systématiquement pour les minorités... Je sais qu'il y a toutes sortes de gens à tes spectacles mais ton spectateur idéal à toi, c'est un pédé juif sourd-muet...

C'est là, à « muet », que la table a commencé à bouger, et ce n'était pas les esprits. Charles a alors essayé de faire machine arrière, ou plutôt de continuer sa phrase en en changeant le sens, en masquant ce qu'il voulait dire, et ça aurait donné : « ... des Juifs pédés sourds-muets... parmi tous les autres, et je trouve d'ailleurs que c'est un public idéal, tu sais que j'adore les mélanges. » Mais c'était trop tard et de toute façon, elle était très subtile même avec le français, elle aurait saisi sa manœuvre. Elle avait bien vu qu'il y avait un point et pas une virgule, que la phrase était finie. Elle avait mis une main sous le plateau et ça tremblait un peu, elle la secouait à tout petits coups, et l'autre main tenait la nappe comme si elle hésitait encore entre deux solutions : soit renverser la table, soit tirer la nappe et foutre tout ce qu'il y avait dessus par terre.

Finalement, elle a tiré d'un coup sec sur la nappe et a poussé du pied la table qui est restée debout, mais il y a eu une avalanche de couteaux, cuillers qui sont tombés, pas les assiettes ni un vase en cristal qui a roulé et s'est arrêté juste au bord par miracle. Elle était arrivée à ne faire tomber que des choses incassables. Plein de papiers aussi.

Là, Charles a vite essayé autre chose, une sorte de botte secrète, un recours de la dernière chance, une manœuvre de diversion. C'était un as de la diversion, de la tangente, de la ligne de fuite, il avait même passé sa vie à faire diversion. Il adorait partir sur les côtés, sur les ailes. Dès que quelque chose était commencé, il passait à autre chose, il trouvait que tout n'était que prétexte à autre chose, à l'infini... Là, c'était plutôt idiot : « J'ai vu un cadavre dans la rue aujourd'hui, complètement mutilé, plein de sang, c'était horrible ! » C'était faux bien sûr, complètement inventé. Il espérait que ces grandes horreurs de la vie feraient passer au second plan ses petites turpitudes à lui, ses agressions. C'était une variation sur le thème : nos petites guérillas domestiques sont vraiment ridicules quand il y a toutes ces tragédies dans le monde. Après tout, c'est comme la télé, c'est à ça qu'elle sert : devant toutes ces horreurs, guerres, crashes, meurtres, les familles s'estiment un peu heureuses au fond, et elles font taire, elles rentrent leurs petites rancœurs. Ce que faisait Charles était aussi trivial que ça, il essayait en somme de la calmer, de se réconcilier avec elle sur le dos d'un cadavre imaginaire. Ça n'a pas pris : elle a fait comme si elle n'avait pas entendu, ou comme si ça ne comptait pas, ou alors peut-être avait-elle décelé la manœuvre. Et ça a recommencé crescendo, fortissimo.

C'était toujours pareil, ça commençait par la table qu'elle attrapait des deux mains, secouait un peu, mais ce qu'il y avait de stupéfiant, c'est qu'elle ne cassait jamais rien. Portes violemment claquées... objets miraculeusement rescapés, c'était magique, un don, un tour de passe-passe, un numéro du Lido, les tables tombaient, les assiettes tremblaient, basculaient mais juste à la limite de la casse, comme si c'était parfaitement calculé, qu'elle se soit entraînée des mois. Charles n'en revenait pas, il était pris entre la terreur et l'admiration devant un numéro parfaitement exécuté. Elle avait même une fois tiré la nappe brusquement. Dessus, il y avait encore tout et les verres s'étaient un peu renversés mais étaient restés sur la table sans nappe. On se serait cru dans un cabaret, un music-hall, le sourire de commande et la gracieuseté en moins. Charles aurait pu jurer qu'elle n'avait jamais, jamais rien cassé ni même ébréché. C'est lui plutôt qui cassait les objets. À côté, le jongleur du cirque acrobatique de Shanghai, c'était vraiment rien du tout, de la blague : ils font tournoyer des assiettes sur une tige posée sur leur tête, puis sur le front, le buste renversé en arrière, simple question de temps, d'entraînement, de savoir-faire. Rien de très surprenant, on en voit les ficelles, c'est ennuyeux. Pure virtuosité, ça devient routine. Elle, par contre, c'était magique, incompréhensible, sans grands effets, juste des petits gestes, rien de spectaculaire, on ne voyait pas le truc venir. C'était quand même renversant ce don, il n'y a pas d'autre mot, qu'elle avait, elle poussait la table, même fort, celle-ci basculait jusqu'à son point de déséquilibre, oscillait une seconde et revenait à son point de départ, et elle pouvait recommencer deux ou trois fois avec la même précision. À la fin, ça ne semblait plus dirigé contre quelqu'un en particulier, elle se mesurait au monde. C'est comme si elle avait eu avec les objets, les meubles surtout, un rapport de connivence, ils lui obéissaient, c'était proprement magique. De tant d'adresse, de délicatesse dans la violence, Charles était admiratif, et même c'est une des raisons pour lesquelles il l'aimait : elle charmait les objets, les accessoires, comme Orphée les bêtes, à la ville comme sur scène. Et tous ces débris par terre, cristaux de Bohême, porcelaine de Saxe, verres, cendriers, on va pas faire l'inventaire, c'était Charles.

— Tu dis du mal de tout, de tout le monde. Même...

— J'ai pas dit ça... j'ai dit...

— Je disais les associa...

— ... tu dis que les amis, ça n'existe pas... qu'il n'y a que des témoins et des complices...

— C'est déjà pas mal...

— ... que le mot ne veut rien dire. Et les femmes?

— Quoi, les femmes?

— Les mannequins peut-être?

— Quoi, les mannequins?

— Oui, tu as toujours aimé les mannequins... Tu dis toujours que tu aimes pas les femmes intelligentes...

— J'ai pas dit ça... « Intelligent », c'est comme « ami », ça veut rien dire.

— Tu cites toujours le vers de Baudelaire... c'est quoi déjà?

— « Qu'importe ta bêtise ou ton indifférence,
Masque ou décor salut, j'adore ta beauté! »

Il disait aussi qu'il ne comprenait pas ce qu'une femme pouvait faire dans une église.

— Oui, merci... je sais ce que j'y faisais quand j'y jouais de l'orgue...

— Tu étais pas une femme, tu étais une enfant, une nymphette.

— Toutes tes putes.

— Je n'...

— Et tes mannequins.

— Je n'...

Ça recommençait... C'était le tour d'horizon : après les pédés, les Juifs, le troisième mouvement de la soirée démarrait : les femmes. On allait pouvoir attaquer la coda, le point d'orgue de cette petite nuitée rock'n'roll.

— Attends, j'ai pas fini.

— Pourquoi tu me coupes ?

— Non, c'est toi.

— Non, j'avais pas fini, j'avais juste mis une virgule, tu as cru que c'était un point.

— ...?

— Écoute, j'en ai assez, des histoires de Juifs, sourds-muets, pédés, mannequins, et puis quoi encore ?... bègues, de points et de virgules...

Tout ça devenait plutôt chaotique.

— Tu as quelque chose contre les pédés ?

— Et toi contre les mannequins ?

Ils ne savaient plus trop ce qu'ils disaient.

— Contre les bègues ? Les pédés bègues ? Les sourds-muets ?

— Les bègues ?

Là, Charles a raconté une histoire, histoire d'alléger l'atmosphère.

— J'ai lu dans le journal, le porte-parole des bègues a demandé au ministre de la Santé ou des P et T, je ne sais pas au juste, de réduire le tarif de leur facture pour la raison qu'ils sont plus longs à faire passer leurs messages... Ça ne te fait pas rire ?

Ça la faisait pas rire.

— Tu ne m'écoutes pas, Charles.

— Si.

— J'ai trouvé ça qui traînait, des fiches de mannequins de l'agence Élite. Theresa, hauteur 1,80 mètre, poitrine 84, taille 61, hanches 92, chaussures 40, cheveux roux, yeux bleus. Christina... Sonia...

— C'est de la doc pour mon livre.

— Quel livre?... Tu écris jamais... Tu crois peut-être que je suis complètement *meshuga*, une *meshuga* schnock?!

— C'est quoi ça? Du yiddish? Pourquoi tu me parles en yiddish?

— Et les numéros de téléphone et les revues porno Hustler, Penthouse, la collection de photos de Michel Simon, c'est de la doc pour ton livre? Tu écris un porno peut-être ou quoi? Et les mots en abréviations sur les fiches des filles, écrites même sur leurs corps : in c., le z. dans 2 c., tu crois que je comprends pas les abréviations parce que je suis boche? Je comprends pas le français? Juif huguenot, tu parles! Une sainte-nitouche pornocrate, oui!

— Non, je t'assure, je ne fais presque rien. Qu'est-ce que je dis, presque rien? Rien du tout. C'est de la doc.

— Pardon? Qu'est-ce que tu racontes? Et tu les paies ces mannequins peut-être pour ça? Comme des putes?

— Non... enfin... oui... c'est-à-dire non...

— Et alors, attends un peu, peut-être aussi que tu couches avec elles pour te documenter pour ton fameux livre, d'ailleurs je ne sais pas quand tu... C'est ça? Pour voir les différences, peut-être? Les singularités? Pour... pour une enquête, quoi...? Comme le rapport Kinsey ou Master et Johnson ou le rapport Hite...? C'est bien ça, non? C'est pas ça?

— Un rapport? Y a pas de rapport... C'est du passé et je ne te demande pas ce que tu fabriquais au lit avec ton poseur de bombes de la bande à Baader...

— Il posait pas de bombes... il était étudiant en chimie et il s'est fait rouler dans la farine.

— Bon, OK, le chimiste que vous avez planqué un an, clandestin dans les souterrains de votre belle villa avec Peer et Rainer.

On a beau dire, il y a une certaine volupté à se laisser couler dans le désastre : quand il n'y a presque plus rien à perdre, autant tout perdre. Il eut un bref regard vers le poste. L'image était toujours là, arrêtée dans le temps : Ingrid dans la robe noire à col « barque » avec deux clips en jais et strass et ce regard fatal, revenu de tout. Il a poussé la TV, comme si une part de lui-même ne voulait pas être en reste, l'écran a explosé par terre et l'image fixe du beau visage las et impassible, une touche de blanc argenté aux paupières a soudain disparu comme si lui aussi se brisait en éclats et, après, un peu de calme est revenu après ces vitres, ces verres cassés.

— *Kristallnacht!* Nouvelle Nuit de cristal...

Il souriait tristement.

— Charles, tu es bête et trivial et vulgaire.

Il s'en fout, il n'est pas à ça près maintenant. En plus, on lui a toujours tellement dit qu'il était intelligent et fin qu'un peu de grosse bêtise, ça lui fait pas de mal.

— Tu es un vrai idiot!

Charles a souri un peu plus. Il ne savait pas pourquoi, mais ça l'amusait, ça lui faisait plaisir, « un vrai idiot ». Il s'est même mis à rire comme un idiot. Et là, alors, ça a recommencé fortissimo.

— Et le numéro de téléphone de Carole Bouquet?

— Carole, c'est pour « documenter » le personnage de Mazar, tu sais bien qu'elle était mariée avec lui.

— Oui, oui, bien sûr! Et Aurore Clément et les autres... À mon avis, je vais te dire, tu fais l'enquête, comme Bogart-Marlowe, tu repasses derrière, tu vois toutes celles qu'il a connues, toutes ses femmes, pour enquêter sur la mort du mec, et il y en a encore des tas, celles qui ne sont pas mortes d'overdose, devenues folles, disparues, et tu tentes ta chance, les restes de Mazar quinze ans après. Pas mal! Et ton enquête, c'est le prétexte, comme le privé détective... Journaliste, écrivain, détective, c'est un peu pareil, non?

— Bogart, Marlowe?... Merci, mais tu me fais trop d'honneur. J'ai rien ramassé du tout. Un peu espion, voyeur, ça d'accord. Je suis curieux, ça oui. Mais c'est tout. Et puis tu pourrais crier moins fort avec ton accent allemand, en fait elle avait très peu d'accent, ça réveille des souvenirs. N'oublie pas que j'ai exactement le même âge que toi.

— Oui, quoi, et alors?

— Alors, à quatre ans, quatre ans et demi, au moment où mademoiselle, la petite enfant à la voix d'or, chantait des chansons pour le Noël des amis de son père, officier de la Kriegsmarine, et où mademoiselle se promenait en traîneau en manteau de fourrure et où mademoiselle s'empiffrait de cailles rôties et d'oies, moi j'étais orphelin dans un camp pour enfants juifs.

Charles a dit ça avec le plus grand sérieux, il a pas mal bu et elle ne sait pas que penser de cette histoire. Vrai? Faux? Un bluff? Juif, bon, ça, c'est sûr, mais le reste?

Qu'en plus de ça, dans le camp, les autres Juifs ou enfants de résistants le brimaient, se moquaient de lui, de ses taches de rousseur, et même lui avaient cassé la figure parce qu'il était un rouquin, un poil-de-carotte... Un Juif rouquin : doublement maudit, le Juif des Juifs, le chien des Juifs, Juif au carré... C'est un peu fort mais... et s'il ne bluffait pas? Elle reste un peu interdite, elle s'est calmée. Elle se revoit dans ses fourrures, adulée par tous ces adultes, une star, et elle l'imagine lui, orphelin, se faisant malmener par d'autres enfants dans un camp, on le pousse en riant. L'argument, qui est de taille, fait diversion, et elle se calme un moment. Il était prêt, elle le sait, à raconter n'importe quelle énormité pour arrêter ce théâtre, cette scène. Qu'est-ce que c'était encore que cette histoire? Il se foutait de sa gueule ou quoi? Elle n'avait jamais entendu parler de ça par lui et ça faisait trois ans qu'ils vivaient ensemble... Il essaye de dissimuler un sourire sournois et elle comprend qu'il s'est moqué d'elle et que pour ça il s'est servi de l'holocauste, une minable supercherie sur le dos non plus d'un mort — celui, soi-disant, qui était étendu dans la rue — mais de huit millions. Alors là, c'est franchement dégueulasse, ce mensonge, de faire servir les enfants déportés des camps pour détourner l'attention de ses trucs de cul, faire servir les fours à ça! Et alors là ça repart de plus belle, la table a recommencé à bouger, ça a recommencé à valser, en pire... En fait, c'était faux, mais pas tant que ça, il avait juste forcé le trait : il était dans un village et juif, pour lui, c'était secondaire par rapport à ses cheveux rouges, c'est eux qui l'excluaient le plus, en faisaient un étranger. On lui criait «Sale rouquin, sale youpin! » Après tout, les Égyptiens noyaient les enfants roux à la naissance, et longtemps ça avait été considéré comme un attribut diabolique... Il en restait des traces de ces étranges archaïsmes dans nos campagnes. Pour lui, c'était ça sa différence. Et c'est vrai que des enfants, juifs entre autres, avaient trouvé le moyen de l'exclure pour ça. Il se sentait plus étranger à cause de sa couleur de cheveux et de ses taches de rousseur que d'être juif, c'était ainsi. Sa peau à lui aussi lui avait fait des problèmes, pas qu'à elle. Les filles, il se disait que ça marcherait jamais. Pas de chance d'ailleurs : ensuite, il était devenu châtain et la vogue anglo-saxonne, punky... avait déferlé, les cheveux rouges étaient du dernier chic. Trop tard. Mauvais timing! Enfin bref, ça a recommencé, le coup de la table, les cris. Ça a voltigé pas mal.

Et puis il y a eu l'instant d'accalmie, Dieu sait pourquoi, un break, la minute de repos. Charles s'est levé comme si la nuitée rock'n'roll c'était fini, les pédés mannequins sourds bègues juifs muets ça allait comme ça, « à chaque jour suffit sa peine! », il a pensé, « Je reviens », il a dit dans un souffle, il a ouvert tout doucement la porte de l'appartement sans la refermer, comme pour ne pas éveiller quelqu'un, quelque chose.

À cette heure-là, ça doit être 3 heures du matin, le café Bullier est fermé. Il prend le boulevard de Port-Royal, passe devant l'ancienne abbaye, la chapelle, le cloître des Jansénistes, puis l'hôpital Cochin... « Un cloître, un hôpital : voilà des endroits calmes, c'est ce qu'il me faudrait maintenant... » L'Observatoire aussi est juste là. « Ça aussi, très bien : observer le cosmos,

l'immensité des espaces infinis... ce serait parfait!...
Astrolabe, télescope, lorgnette!... » Il descend le boulevard, il n'y a personne, même pas de voitures, rien. Mais
sur l'autre trottoir, en face, dans une cabine téléphonique
allumée dans la nuit, une fille, en tenue de soirée. Elle se
tient très droite et parle avec sérieux, animation et
inquiétude, intense, préoccupée. Coupée du reste, elle
était ici et ailleurs, dans un temps, un espace qui serait le
nôtre et un autre. Il s'arrête et, depuis l'autre côté du
boulevard, l'observe, très légèrement en retrait mais de
face, elle de profil, il braque son œil sur elle. Ça lui plai-
sait toujours, voir parler quelqu'un sans l'entendre. Dans
cette cage de verre éclairée, seule la nuit, entre l'ancienne
abbaye janséniste et le vieil hôpital, ça faisait comme une
parenthèse. Il reste là longtemps à observer cette chose
banale : quelqu'un qui téléphone la nuit dans une
cabine, une banalité, artificielle quand même, éphémère... Des mots venus de loin dans son oreille lui
faisaient par moments secouer la tête, agiter l'avant-
bras, tapoter le sol de la pointe de sa chaussure, comme
une petite décharge, chaque fois la même. Vient-on,
quelqu'un lointain, à cette heure, de lui faire une
annonce cruciale? Elle semble... c'est pas clair du tout,
sidérée ou perplexe, non, pleine d'espoir... intriguée plutôt... voilà, c'est ça! Dans le silence du boulevard, cette
femme seule prise dans du verre, cadrée, découpée par
l'armature de la cage, secoue tête, bras, pied... Elle
semble dire : « Je comprends! », à moins que ce ne soit :
« Comprends-moi! » Une scène, il appelait ça pour lui-
même : un air étrange d'entrevu déjà vu jamais vu. C'est
quand les choses lui faisaient un clin d'œil, sans trop de

maquillage, en toute banalité. Un laps de temps où le calme lui fit oublier l'autre scène, la grande, là-bas dans l'appartement. Il aimait ce tremblé, cette vacillation dans le banal, surtout pas l'extraordinaire, l'irréel, le surréel, le fantastique, le bizarre, non, juste une réalité même pas déformée, plutôt... comment dire?... peut-être un petit peu décollée, découpée, et même plus ordinaire, c'était, mieux c'était... ça se remarquait à peine, c'était presque rien, peut-être un lapsus, le lambeau d'un rêve sans fantaisie, nul. La réalité d'elle-même, à brûle-pourpoint, fondait, mine de rien, un instant faussée, pas trop, dans un très léger artifice, ça ne durait jamais, il ne fallait pas que ça dure. D'elle-même, elle devenait autre en restant elle-même, sans éclat, trois fois rien. Parfois juste quelques secondes... même pas, il lui arrivait de n'être pas sûr de ce qu'il avait vu, ça s'impressionnait quand même, une vision stroboscopique, dans un laps, un glissement. Ça devait rester banal et rapide. La réalité passait à la « fiction » insensiblement et pour peu de temps, mais cette fiction était réelle. Cette réalité faisait un petit prélèvement sur elle-même, sur sa part obscure, un prélèvement sur l'obscur, c'était fugitif, accidentel, comme un lapsus, un lambeau de rêve minable. Ça le remontait pour un bout de temps.

Du déjà-vu prenait un air jamais vu : du déjà-vu jamais vu, entrevu. Ça lui arrivait des fois, rarement, quand il n'avait pas dormi, une nuit de tohu-bohu, de grabuge, de désordre, comme cette nuit-là, ou en arrivant le premier jour dans une grande ville, jamais les jours d'après, il l'avait noté, mais surtout en état de grande fatigue, d'abandon, quand il baissait la garde, se retrouvait sans défense, c'est là que ça clignotait. D'ailleurs, depuis quel-

214

que temps, ça ne lui arrivait plus... Il fixa encore un peu la fille au bout du fil dans sa cage puis s'éloigna lentement et remonta à l'appartement dont la porte était restée ouverte...

— Rainer est mort!?
C'était dit doucement, avec calme (elle était calme), comme si elle se parlait à elle-même. L'annonce baignait dans un halo interrogatif. Cette nuance d'interrogation, si souvent présente dans son regard étonné, était, là, passée dans la voix [1].

Il était 4 h 10 du matin. Les objets étaient toujours par terre, renversés [2]. Elle était là debout, tranquille, au milieu de ce séisme.

Et c'était comme si les ondes de choc de cette mort, qui avait eu lieu juste à la même heure que ce charivari, 1 500 kilomètres plus à l'est, se fussent instantanément propagées jusqu'ici, à moins que ce ne fût en sens inverse.

1. Tout au fond de la voix, telle une mélodie incertaine, il y avait le fantôme d'un point d'interrogation, comme si vraiment affirmer eût scellé le sort et que les mots, une façon de les dire, une musique, aient eu pouvoir de le retenir encore, surseoir un peu, reste de croyance en leur magie.
2. Il régnait soudain une grande douceur dans la pièce comme si c'était un ordre naturel, la façon qu'avaient les objets de se recueillir, s'incliner. Tout avait l'air suspendu par la grâce de trois mots *.
* Et l'écrivain décroche en note, exprès, ces phrases, les fait à son tour par suggestion contagieuse dégringoler en bas de page.

Il faisait un temps pluvieux en ce début de juin, comme souvent l'été en Bavière. Elle était un peu en retard : elle entra dans la chapelle, traversa tranquillement, les mains dans les poches du trench-coat, et alla s'asseoir, seule, vers le fond, légèrement sur le côté. Au premier rang, elles étaient toutes là, alignées, ses actrices, qui l'avaient suivi depuis les débuts un peu minables dans les arrière-salles de restaurants et les petits théâtres, jusqu'au succès, les prix, interviews, photos, flashes sur les marches du Palais du Festival, Cannes, Venise, dans les magazines du monde entier, et les acteurs aussi, et d'autres metteurs en scène, et plein de journalistes, et les photographes qui attendaient dehors. Là-bas, tout devant, sur une petite estrade, elle aperçut le cercueil et, tout autour, un amoncellement de bouquets, gerbes, couronnes. Après tout, c'était son mari qui était là-dedans ! Son ex-mari si on veut, mais lui, lui avait dit : « Devant Dieu, tu es toujours ma femme. » Et il lui avait envoyé deux malabars pour l'enlever et la ramener en Allemagne. Elle s'était cachée une heure ou deux dans une armoire !

Et c'est le même type, qui parlait comme ça, qui, quand ce n'était pas les petites annonces — il avait même une fois correspondu avec un certain « Ramses » —, allait draguer dans les back-rooms, les saunas parisiens, y faire des rencontres exotiques, plutôt des Arabes. C'était quand même pas mal! Il lui donnait rendez-vous tout de suite après pour faire l'amour. Par une sorte de perversion? ou pour annuler le coup d'avant?

Oui, elles étaient toutes là, comme pour une première, ses actrices, ses femmes, car toutes avaient été amoureuses de lui, d'une façon ou d'une autre. Il aurait d'ailleurs pu séduire n'importe qui, homme ou femme. Et après tout, il les avait fait parler, bouger, remuer un peu, dire parfois quelque chose de piquant, d'amusant, il les avait manipulées, en bon marionnettiste, elles qui autrement n'étaient que des masochistes sans emploi, attendant leur maître, mais il les avait choisies pour ça, justement, pour leur ridicule fatuité, leur mièvrerie empotée, leurs grands airs faussement tragiques, pleines de certitudes, faisant tout sans poser de questions, *no problem,* la carrière d'abord, froides et calculatrices au fond : la femme allemande d'après-guerre, l'Allemagne, avec qui il n'arrêtait pas de régler ses comptes. Et il n'avait pas eu le dessus. La preuve : il était là où il était maintenant, c'est elles qui l'avaient eu! Le dompteur avait succombé en premier. Il voyait l'Allemagne, le monde, comme une ménagerie de verre géante. Et lui en était le dresseur. « Mesdames, messieurs... *Meine Damen und Herren...* », et il faisait une sorte de démonstration, en Monsieur Loyal sardonique. Un : il parait ses monstres des couleurs, des lumières, des habits les plus flatteurs, les plus beaux atours. Des gens comme vous et moi, mais en mieux. Le public était séduit. Deux : il se tourne vers la salle, tombe les masques : « Et voilà ! Vous voyez, la voilà l'Allemagne, voilà ses femmes, voilà le monde ! » Des monstres... que des rapports de force, le maître et l'esclave, le droit du plus fort, que des cochons. « Et toi ? », lui demandait toujours Ingrid en souriant. « Moi ? Le super cochon, le cochon en chef ! *Das Überschwein !* Le chef des cochons ! »

Animal cérébral, il avait poussé l'œuvre au noir, puis, dégoûté à la fin par l'objet de son tableau, il y avait laissé sa peau. Ça avait fini par déteindre et comment se retrouve le dompteur ? En habit de fauve ! C'est sa dernière apparition : grotesque ! Un mauvais film policier, il joue le rôle d'un flic, ça s'appelle *Kamikaze,* il recherche des truands dans un introuvable trente et unième étage qui n'existe peut-être pas. Ce film de série Z, on dirait une parabole de sa vie. Il est vêtu d'un costume à motif panthère, le chapeau aussi, le slip, même les fauteuils de la voiture... Le plus beau, c'est qu'il insiste pour montrer ce film à Ingrid, la dernière fois qu'il la voit ! Kamikaze ? ! C'est bien ce qu'il avait été, par dégoût de tout, de lui-même aussi à la fin. Donc finalement le dompteur devient la panthère, une fausse panthère, kamikaze en peau de panthère en nylon.

Mazar aussi, en fait, était kamikaze, mais lui, sa dernière production s'appelait *Dagobert,* culotte à l'envers, il pensait se refaire avec, et lui aussi il voulait à tout prix qu'on voie ce film idiot où il avait mis ses derniers kopeks. C'était avenue de Suffren dans la petite maison, ils étaient dans la chambre à regarder *Roi Dagobert* culotte à l'envers sur la vidéo. Mazar avait insisté, une fois de plus, c'était très tard le soir et au bout de dix minutes, Charles en avait eu marre : « Ciao, je rentre », et l'autre en caleçon long, comme il adorait toujours être partout, l'avait poursuivi dans la cour, c'était 1 heure du matin : « Charles... Charles, tu es un pauvre type, espèce de connard, tu as rien compris... pauvre Juif! » Ça y est, il était devenu radioactif, et finalement il s'est désintégré! Il a fallu que ces deux monstres qui, royalement, régnaient sur leur cour, finissent chacun brièvement dans le rôle du bouffon : le dompteur revenait saluer en clown!

Ladies and gentlemen, mesdames et messieurs, *meine Damen und meine Herren,* applaudissez, s'il vous plaît, dans cette ultime fugitive posture avant la sortie finale, la suprême élégance!

Et le comique est qu'elles étaient toutes là, « héritières », reines mères, glorieuses. Ses actrices! Il y en avait trois côte à côte, tout en noir, se tenant par le bras, assises puis debout, assises puis debout, bras dessus bras dessous, et alors leurs tailles inégales provoquaient du tirage, ça manquait un peu d'unisson. Elles ne se levaient pas comme un seul homme, les trois *Mädchen* endeuillées. Des corps si raides, des troncs, le contraire de lui qui pouvait être très souple, mobile, à moins qu'il ne devienne brusquement pétrifié, les derniers temps surtout.

Il y avait celle qui avait versé des larmes amères et qui s'était soûlée avec les autres quand c'est Ingrid que le *Wunderkind* avait épousée : une aux airs de tragédienne envapée qui se pavane, ce côté ingrat aux articulations, dans le coude surtout, mais aussi aux genoux, et les omoplates saillantes qu'ont les « débutantes », les jeunes filles à sang bleu. Elle vivait seule avec un coq dans un appartement!

« Il comprend tout ce que je lui dis, il y a vraiment une entente entre nous. Quand je tapote mon œuf coque le matin, il fait "Cocorico!" » (*kikiriki* en allemand).

Les coqs allemands et français ne parlent pas pareil, c'est comme les vaches, elles font : Mououh!, les chats par contre, c'est pareil, le loup aussi, idem le chien : Miaou, Ouhouhouh, Ouah! ouah!

« Le coq, ajoutait-elle, symbolise les cinq vertus : l'étude par le port de la crête, le courage, indiqué par les ergots, qu'il montre dans les combats, la bonté — il partage sa nourriture avec les poules —, la confiance car il annonce sans se tromper le lever du jour. Et puis, la patte de coq bouillie est une image du microcosme. »

Une idée avait traversé la tête de Rainer : « Il faudrait que tu prennes des leçons de violon pour ton prochain rôle. » Et quelques mois plus tard, chez elle, à Brême, il regardait, impassible dans un fauteuil, cette grande fille raide qui faisait grincer les cordes du violon bien calé sous son large menton. Elle y allait de l'archet virtuosissimo, en en pinçant une pour faire chic, le coq l'accompagnait de ses cocorico. Ou kikiriki, c'est selon.

La plus connue d'entre elles était un avatar de Christina Suderbaum, la vedette kitsch du IIIe Reich, qui roucoulait sourire aux lèvres parmi les edelweiss. La tragédienne au coq était une face de la femme allemande : la sèche surveillante, l'infirmière sado-maso. Celle-là, c'était la face souriante, plutôt suisse, poupée rose, bonne santé, la carrière quand même. Il l'avait traitée, très gentiment d'ailleurs, comme de la merde. Jamais, après une dure journée de tournage mal payée, il l'aurait invitée à dîner ou même pour un verre avec eux. Elle devait aimer ça de son guide, seigneur et maître, parce que qu'est-ce qu'elle faisait là maintenant ? Elle lui récitait un poème ! En toute simplicité ! À la fortune du pot ! Avec une voix innocente, immaculée, de petite fille. Tout en émotion contenue, pleine de soi-disant fines nuances. Digne. Une simplicité ostentatoire, du cœur sans le montrer, tout ce que le monstre haïssait ! Lui qui avait écrit : « L'amour est plus froid que la mort. »

L'écoutait-il encore ? Hedi le Berbère aux dix dents en or exilé dans le Nord, Gunther le videur noir à la voix de velours et de soie, Armin le *Lebensborn,* cobaye de l'eugénisme nazi qui se prenait pour James Dean, il les écoutait, il aimait leur langage impur. À travers Hedi El Salem, c'était l'envers du monde allemand, du monde blanc européen qu'il détestait, qui le ravissait. Ils se savaient tous, toutes écoutés par lui, tout leur corps, même quand il n'était pas là, une vraie drogue, l'amour quoi. Il les tenait par l'oreille. Eux que personne n'avait jamais écoutés, n'écouterait jamais, les femmes, ses actrices, toutes plus ou moins petites-bourgeoises, arrivistes, *no problem,* pas de questions, il leur disait qu'elles étaient les plus belles, les plus intelligentes. Elles pouvaient dire n'importe quoi, c'était sanctifié, *Amen,* par l'oreille du maître, du génie. Moyennant quoi, les voilà couchées tôt levées tôt, bonnes travailleuses à la chaîne, vite redevenues vierges, comme disait Oscar Levant, un pianiste qui avait de l'humour : « Oh ! mais j'ai connu Doris Day bien avant qu'elle ne soit vierge ! » Un champ magnétique s'instaurait autour de lui où ils étaient invisiblement reliés à lui par l'oreille. Tous finissaient par dire les mots que lui avait dans la tête, faire les gestes auxquels il avait pensé sans le dire, toute une télépathie.

221

Et puis il y avait Lilo : la mère. Ah ! Lilo ! Elle s'était fait maquiller très pâle pour l'occasion, mais quand elle avait vu tous les photographes, elle s'était passé en douce, vite fait, un rapide coup de peigne, sans oublier le petit raccord sous les paupières. Raccord ou pas, l'expression était dure, hautaine. Regard glacial, deux fentes, accusateur. Fine bouche. Elle avait les traits tout en arêtes et parois, méplats saillants, à la Conrad Veidt, ou non, plutôt à la Konrad Adenauer... une Prussienne... très Potsdam *nicht wahr!*... Elle parlait couramment le sanscrit, avait traduit *La Harpe d'herbes*, de Truman Capote, sa dureté n'empêchait pas qu'elle s'intéressât à cette verroterie un peu mièvre et les petits monstres solitaires du romancier qui avait commencé danseur de claquettes lui rappelaient peut-être Rainer enfant...

Elle avait eu vingt ans au moment de la Conférence de Wannsee, où fut décidée la solution finale, et, jusqu'à ce qu'il soit célèbre, elle avait eu honte de son fils parce qu'elle le trouvait laid et très mal cultivé, il ne parlait pas le bel allemand, il ne parlait pas d'ailleurs... Parfois, vêtue d'une robe moulante à impressions rayures tigre, elle avait essayé de voler un de ses amants à son fils. « Ingrid, je ne te comprends pas... tu pourrais le manipuler, Rainer, en faire ce que tu veux et devenir une grande vedette... Et puis, on pourrait toutes les deux écrire un scénario et faire un film meilleur que les siens : son cinéma est tellement froid ! » Et après, elle allait lui raconter qu'elle avait vu Ingrid avec un autre homme. Elle n'était pas venue au mariage, les deux autres non plus d'ailleurs, et les avait reçus après, alanguie avec migraine, en robe « tigre » sur l'ottomane, un petit sourire aux lèvres. « Tu sais, ma femme, je l'aime ! » Il était là, jeune marié, debout, en blanc, Ingrid à côté dans la longue robe en soie verte boutonnée jusqu'au cou qu'il avait lui-même fait faire longtemps à l'avance, exprès pour le mariage et il avait bien insisté pour que surtout les petits boutons bombés soient recouverts de la même soie, tout un long travail à la main. Mais même ce jour-là, c'était Lilo, là, la vedette.

Au moins, c'était clair. Ça valait mieux que les autres, les grandes divas frissonnantes, aux émotions bien tempérées, poulardes demi-deuil. Celle-là, c'était écrit sur son visage : c'était une méchante, une vrai de vrai, Lilo. Elle avait voulu être chanteuse dans sa jeunesse, espoir interrompu par la guerre. Elle était à présent programmatrice en chef d'ordinateurs dernier cri : un lobe dans le vieux sanscrit, un autre dans les nouvelles technologies. Son fils pédé drogué en cuir, pour la programmatrice de données chez Siemens, c'était pas facile vis-à-vis de ses collègues, cette donnée-là, elle l'avait pas programmée. Les deux actrices avaient fini, de dépit, par partir pour l'Inde, avec Lilo en plus, et le coq par-dessus le marché, Fassbinder s'était un temps désintéressé d'elles, il leur fallait un autre gourou, un nouveau guide, tout le bon vieux bazar. Elles ont donc pris l'avion avec le fier animal. Un coq en Inde, ça tombait bien : symbole d'énergie solaire !

Le cercueil était placé juste au centre. « Pourquoi toujours le centre, songeait Ingrid, ça me gêne, mon assistante s'amuse avec ça aux répétitions. Elle fait exprès de mettre le pied de micro au centre, pour voir. Même si c'est une très grande scène, je m'en aperçois tout de suite et je le décale immédiatement de 10 centimètres à droite ou à gauche. C'est ce qu'on appelle excentrique ? un peu excentrique ? »

Pendant que l'autre récitait son poème, elle revoyait Rainer en maillot et culotte de footballeur, n° 10, ailier droit, courir le long de la touche. Il se faisait tacler par-derrière. Pourquoi avoir choisi justement ce poste de n° 10, attribué normalement à un sprinter, lui qui avait de petites jambes et ne pouvait pas courir vite ? Ce n'était pas une si mauvaise question, même dans les circonstances présentes. C'est un poste où il faut beaucoup de souffle et il fumait quand même trois paquets par jour...

Il aurait pu jouer demi-latéral ou libero, c'est ce qui ressemble le plus à la mise en scène : il faut coordonner le jeu des autres, il faut avoir la *vista*, et ça, il l'avait. Non. Il avait insisté pour n° 10, le poste pour lequel il était le moins fait, hormis peut-être goal. Il pouvait dribbler, deux, trois adversaires, le dribble est souvent l'apanage des joueurs petits, Maradona, presque un nain, était un formidable dribbleur, l'assise est meilleure, le corps basculé un peu en avant, faisant mine de vouloir faire un crochet, il lui arrivait même de faire le « petit pont » entre les jambes d'un défenseur ou le « grand pont » : glisser la balle sur la droite du joueur, passer à gauche et récupérer très vite la balle derrière l'adversaire, pris à contre-pied, pour continuer sa course folle.

Pas assez folle pourtant : il courait le long de la touche, mais avant de pouvoir centrer ou se rabattre, il se faisait la plupart du temps tacler ou renverser d'un coup d'épaule par un défenseur athlétique. Dieu sait pourquoi il insistait pour qu'elle vienne sur les gradins du stade le voir jouer et tomber tout le temps, même, des fois, sans avoir le ballon.

Et à la fin du match, épuisé, en sueur, tête baissée, souf-flant comme un phoque, les genoux couronnés, il revenait vers elle, sa femme, en quête d'un réconfort, il avait dû voir ça dans un film américain?

Après tout, c'était pareil qu'avec le reste : il choisissait souvent ce qui lui était étranger, l'étranger, l'arabe, le nègre, dans les saunas ou ailleurs, ou bien l'idiot bouffon. Longtemps sobre, il s'était mis à boire plus que les autres, prendre de la cocaïne comme personne. « Je peux être un autre, je suis aussi un autre », semblait-il vouloir dire. Il était du genre « Rien de ce qui m'est étranger ne m'est trop inhumain. » Et c'est comme ça qu'avec son dossard n° 10 il se retrouvait le nez dans la pelouse à mordre la poussière.

Pendant qu'elle le revoyait balle au pied, elle n'avait pas quitté le cercueil des yeux. Elle décida d'aller fumer une cigarette dehors. Elle se leva et sortit discrètement par l'arrière, mains dans les poches de l'imper mastic.

Un photographe de *Bild* fit quelques pas vers elle, la mitrailla quatre ou cinq fois de près, en silence, en reculant lentement, et s'écarta enfin pour la laisser passer. Elle venait d'allumer sa Marlboro Light quand un homme discret, sobrement vêtu d'un costume, sortit à son tour et s'approcha, d'allure ordinaire, elle ne l'avait plus vu depuis un certain temps mais elle le reconnut : Alexander Klüge, le plus théoricien du groupe des jeunes cinéastes allemands de l'époque, Rainer l'aimait beaucoup, un de ses films s'appelait *Artistes sous le chapiteau perplexes*.

— Ne pleure pas, Ingrid, et de toute façon il n'est pas là!

— Hein? Qu'est-ce que tu dis?

— Il n'est pas dans le cercueil! Permis d'inhumer refusé... le labo médico-légal garde le corps... supplément d'autopsie... Analyse des viscères... veulent savoir s'il n'y aurait pas autre chose que cocaïne, alcool, barbituriques... De l'héro, peut-être...

— Alors, ils déposent des fleurs, ils pleurent, le saluent, font des discours, s'adressent à lui devant un cercueil vide, devant personne?

Perplexe, elle l'était.

— Oui, c'est ça. Et Lilo et ceux qui ont arrangé ce truc le savent et ils font comme si!

Elle eut un petit sourire.

— On dirait une mise en scène de lui... qu'il a réglé lui-même cette grotesque cérémonie funèbre, cette farce macabre.

Ça l'amusait plutôt un peu à présent. La représentation est maintenue et a lieu sans l'acteur principal, et le public est venu, certains de très loin. Il avait déjà fait un peu le même coup : il invitait plein de gens à une soirée chez lui — meilleurs vins, meilleurs plats, et, pour les amateurs, grande coupe en argent, pleine de coco, placée dans les toilettes au milieu des poudres à maquillage — et, pour une raison ou pour une autre, il n'apparaissait pas.

« Ça avait dû lui coûter bonbon », comme disait Charles, et il n'était même pas là pour voir. Évidemment, cette fois-ci, ce n'était pas entièrement sa faute, mais il adorait les jeux, les blagues un peu cruelles. Ça n'en faisait jamais qu'une de plus. Là non plus il n'était pas venu! De toute façon, il aimait ça, faire de sa vie et de celle des autres une mise en scène. Il n'aimait rien faire n'importe comment. Il se donnait un mal de chien pour la moindre chose, pour sauver la moindre chose, du chaotique et fade ordre naturel.

Elle ne put s'empêcher de se dire la phrase de circonstance : « Il doit bien se fendre la pêche, s'il peut nous voir de là où il est ! » Mais elle se demandait aussi pourquoi les « veuves-d'un-jour » avaient précipité la cérémonie où manquait l'acteur principal. Ça avait été proprement exécuté, elles avaient monté leur coup vite fait bien fait. En un sens, sans lui, que même sa mère ne trouvait pas net, c'était plus propre. Non seulement c'était sensible dès qu'on entrait, l'âme n'était pas là, mais en plus il n'y avait pas le corps : l'idéal, juste une grand-messe glaciale dans la chapelle ardente ! Elles l'avaient escamoté !

À tous points de vue, c'était mieux comme ça. Attendre, remettre la cérémonie, aurait suscité des questions, entraîné plus de vigilance, le corps serait devenu chaque jour plus encombrant. Mieux valait accélérer les choses. Qui sait, au juste, ce qui s'était passé la dernière nuit ? Qui était avec lui ? Quelle était cette voix, cette étrange voix qui répondait : « Allô ! ici c'est Wolfy, non, Rainer n'est pas là », à Ingrid qui justement — pure intuition ? — téléphonait de Paris à 1 h 30, alors qu'il était sans doute en train d'agoniser — à 2 heures, 2 h 30, il était mort — dans la pièce à côté, sous l'effet de quel produit ? Et qui lui fournissait en connaissance de cause ces drogues frelatées contenant même, lui dirait Daisy par la suite, de la mort-aux-rats ? Et qui avait laissé faire et n'avait pas assisté une personne en danger de mort ?

Elle avait son idée là-dessus. Les grands hommes sont plus intéressants financièrement morts que vivants. Pourquoi, avant l'arrivée de la police, quelqu'un avait-il, comme elle l'avait appris, fait disparaître plein de choses de la chambre, y compris de l'argent ? Ses esclaves, peut-être moins sous le charme, avaient-ils pris leur revanche ? Ils en avaient sans doute assez du montreur de foire, du dompteur sardonique : « Mesdames et messieurs, voici l'Allemagne, voici ses monstres ! Voici le monde ! » Sa période de séduction était terminée, il semblait au bout du rouleau, il avait sans doute perdu de son ascendant sur eux, saisis alors de vertige, de la délectation morbide de laisser glisser ce monstre sacré, ce féodal anachronique, vers sa fin. Lui-même avait dû s'en apercevoir et, dégoûté de tout, laissé faire, il ne se faisait d'illusions sur rien depuis toujours et chaque jour un peu moins. Le docteur K., avec qui Ingrid était restée en bons termes depuis l'époque, lui avait téléphoné quand il avait appris : « Tu es sûre qu'ils ne l'ont pas aidé un peu... un peu beaucoup ? »

Elle revint dans la chapelle. La farce continuait : elle entendit un bruit de bottes. Le Nègre à la voix de velours s'était levé et s'approchait du cercueil. Il était bavarois ! Il avait joué un rôle dans la vie de Rainer et quelques-uns dans ses films. Il l'avait rencontré alors qu'il était videur dans un night-club. Il avait une voix très douce. Au fait, c'est lui qui devait, avec un autre, enlever Ingrid à Paris et la ramener au maître !

C'était le fils d'une *Gretchen* munichoise et d'un G.I. Les guerres font de ces trucs : au début, il y a le bon et le méchant, noir ou blanc, et à la fin la confusion est à son comble, tout se mélange, c'est ça qui est bien ! Et on se retrouve quelques années après, au pays de Sissi, avec un

Nègre qui vote pour Franz Josef Strauss, il aime l'ordre, même un nouvel Adolf peut-être.

C'était de grosses bottes bien cirées montant jusqu'aux genoux. Il écarta la jambe, claqua des talons en portant brusquement sa main à la tempe : le bon soldat allemand faisait ses adieux à son chef. Devant un cercueil vide!

Elle ne put s'empêcher de sourire.

« Bon sang! Cette plaisanterie ressemble tellement à Rainer, à ses films, que jamais il n'a été aussi présent! »

— Où sont mes fleurs? Trois douzaines de roses, j'ai fait expédier, et de chez Moulié-Savart, encore!

C'était la voix de ténor du fameux producteur Bergstrom, avec toute sa superbe opulence, fine barbe bien taillée, dans une de ses habituelles chemises-vareuses en soie à grand col à la Tom Jones sur laquelle pendait, en sautoir, une grande croix, on aurait dit un compagnon du Graal.

Il avait été son producteur des débuts, son protecteur même, c'est lui qui, par plaisir aussi, avait pris des risques. Le vrai producteur : grosses voitures, femmes, table ouverte tard dans la nuit dans les clubs à la mode de Schwabing, champagne, jeunes actrices, jusqu'à l'aube, promesse de l'aube, lever de soleil, on ne s'ennuyait pas avec eux. Bof! Autre époque, voilà tout! Il n'était plus rien... un dinosaure. Les exécutifs, ou plutôt exécuteurs, au service de Coca-Cola et Disney, l'avaient remplacé. Ils ne dépensaient pas l'argent de leur société en fêtes au bord de piscines, mais en « enveloppes » et « voyages d'information », tous frais payés, petit cadeau-souvenir en prime, aux critiques de journaux et de TV peu fortunés. Les

Américains ont bien sûr un mot pour ça : *junket*. C'est eux qui faisaient les films, en fait, le metteur en scène les exécutait proprement et sans bavures, et sans laisser de traces! Les termes avaient été intervertis. C'était une erreur. À part ça, pourquoi travaillaient-ils dix heures par jour? Pas pour faire un beau film évidemment. Pas pour avoir du plaisir les six heures restantes. Les dix millions de dollars de revenus par an ne sont pas là pour rigoler, ils servent à s'acheter un Jackson Pollock plus grand que celui du collègue.

Quant aux vedettes, qui elles-mêmes d'ailleurs étaient des businessmen, idiots ou bodybuildés, elles ne se déplaçaient plus, sinon pour ouvrir un Planet Hollywood rentable, ou juste vingt-quatre heures entre deux Concorde « pour la photo ». Bergstrom vivait dans un petit appartement du Trastevere à Rome, comme un chevalier en exil. C'était ses toutes dernières chemises de soie : il mettait dessus une serviette quand il dînait à la trattoria de la place Santa Maria del Trastevere. Mais pas nouée autour du cou ni un coin glissé dans la chemise : une chaîne d'argent autour du cou la retenait au moyen de deux petits clips! Ça lui faisait une nouvelle parure. Majestueux jusque dans l'épargne : Noblesse oblige!

Maintenant que la cérémonie était finie, il déplaçait de la main et des pieds les énormes bouquets, secouait les gerbes, se faufilait au milieu des montagnes de fleurs, renversant tout. Il cherchait son nom sur les cartons : où est le sien, où est son nom? Il se baisse, regarde, lit les autres noms :

« *In remembrance of* Despair. *Dirk Bogarde*. »

« Merci, Rainer. Jeanne Moreau. » Elle a envoyé plein

de petites fleurs des champs, renoncules, marguerites, ané-
mones.

« Adieu et sans rancune ! Elizabeth Taylor. » Elle avait
boycotté le Festival de Cannes parce qu'elle trouvait un
film de lui antisémite.

« Fan club Tokyo » : un bonzaï, un idéogramme.

Et l'autre qui continue de vérifier les cartons :

— Mais où sont mes fleurs ?

Il a l'air désespéré, il pourrait presque pleurer. C'est le
producteur des débuts, celui qui a pris les risques, celui
qui ensuite le protégeait pendant les tournages quand il y
avait trop d'électricité dans l'air.

Pendant ce temps, pas très loin, dans la ville, sur une
table de dissection, dans la froide et pâle lueur des sunlights, des doigts gantés de latex s'introduisent entre les
dents, deux hommes en blouse blanche, ciseaux et pinces
à la main, pratiquent des incisions dans les viscères : ils
coupent, tailladent, font des scanners du cerveau, exa-
minent un cheveu agrandi cinquante mille fois, prélèvent
1 milligramme de moelle dans le corps du défunt, extrai-
ent des bouts de foie, de rein avec une « carotte », essayent
de faire parler ce cadavre.

Une gerbe avec juste un nom : « Eddie Constantine. » Ils
jouaient au poker ensemble. Bien entendu, Eddie gagnait
toujours. Puis une rose rouge en vinyle — 10 dollars — à
laquelle est épinglé un carton et juste imprimé dessus :
« Andy Warhol. » « C'est incroyable, fait un type à côté
d'elle, cinquante-cinq films, vingt pièces de théâtre, des
poésies, des manifestes et il n'avait que trente-huit ans ! »

Ce matin-là, avant de venir, elle était tombée, dans *Bild*,
sur une double page — avec chapeau et manchette — de
photos de lui. Elle s'était arrêtée sur l'une d'elles : ils

sont là tous les deux, très jeunes, elle en robe imprimée à fleurs, lui, juvénile, cheveux très courts, ses yeux fendus, un visage un peu rond d'adolescent doucement réfractaire, un peu chinois, avec sa fiancée, œillet piqué dans les cheveux, le jeune Chinois de Shanghai et sa jolie fiancée occidentale, entre attente et étonnement, interrogation. Pleins de fraîcheur mais pas dupes, attention ! aucune naïveté, un peu filous, prêts à jouer un bon coup, un drôle de coup, un brin de malice. C'est incroyable ce qu'ils font jeunes, pas du tout sur leurs gardes encore, la photo n'est pas bien cadrée, ils sont pris de loin, comme une photo-souvenir de voyage, l'été ou le printemps, il y a des milliers de gens comme ça, comme eux, à un moment ou à un autre, quelque part. Ils regardent ailleurs, le sourire aux yeux, ils ne sont pas côte à côte vraiment, pas tout à fait à la même hauteur, ni enlacés, ils ne se tiennent pas par la main, ni par la taille, ni par le cou, non, c'est mieux que ça : ils regardent chacun de son côté, ailleurs, dans des directions légèrement différentes, mais ils ont le même regard : on dirait qu'ils ont vu la même chose. La photo a peut-être été prise à un petit festival de cinéma de cette époque : Pesaro ou Taormine, ils descendaient en Italie dans la grosse corvette Stingray USA, lunettes Ray-Ban, tous les deux, elle conduisait, le coude dehors, à fond la musique, Adriano Celentano :

> *Tu voi fare l'Americano*
> *mericano mericano mericano*

Ils voyageaient souvent comme ça, même après le divorce. Elle avait gardé cette carte routière de la taille d'une feuille machine, pliée en deux, c'était un cadeau-réclame de Hertz, location de voitures, elle était un peu froissée, déchirée à force de traîner n'importe comment dans des cartons, des valises, c'était les routes de Californie où ils étaient allés après New York et, au dos de la carte, il y avait les paroles d'une chanson qu'il avait écrite pour elle pendant qu'elle conduisait et, comme toujours, c'était sans une seule rature, aucun ajout, en couplets de quatre vers et un refrain de deux.

Elle conduisait, il écrivait : *Santa Maria Santa Barbara Santa Monica*. Elle disait : « C'est vers où maintenant ? » Il s'arrêtait d'écrire au dos, retournait la petite carte en papier : « À droite... » Death Valley, China Lake, c'est incroyable cet État, ce méli-mélo, ce *hodgepodge*, le Tijuana, les Indiens mexicains, vallée de la Mort... La chanson s'appelait *Carnaval* : *C'était un soir de carnaval il était vieux elle était pâle*. Et sur la carte on peut lire NAVAL AIR MISSILE TEST CENTER et sur une tache blanche : LES ROUTES DE CETTE RÉGION SONT FERMÉES AU PUBLIC, ils voyageaient tous les deux. C'était marqué BASE DE L'ARMÉE DE L'AIR et STATION DE TEST DES FORCES NAVALES. Il écrivait d'un trait, au dos : *Quand il lui a souri elle a souri elle avait faim c'est ça la vie*. Et au nord, King City, et encore plus au nord, San Juan Bautista, et lui pendant ce temps écrit une chanson sur une femme, et ils étaient arrivés dans cette petite ville morte qui avait été fondée par des chercheurs d'or, et Lola Montes avait fini là dans un petit théâtre. Et lui il écrivait sa chanson au verso. Et sur une zone blanche était inscrit : NE QUITTEZ PAS LA ROUTE PRINCIPALE POUR LES ROUTES DU DÉSERT SANS VOUS RENSEIGNER.

Ce petit bruit métallique, huit jours plus tard, le long du crématoire, c'était, au milieu des cendres du blouson

Perfecto acheté aux Puces de Clignancourt il y avait plusieurs années et du borsalino en feutre de chez Motsch, cadeau de Charles, « souvenir de Paris », les boutons de cuivre du blouson venant tapoter les parois de l'urne que portait, sous le bras, l'air plein de componction, d'un petit pas pressé, l'employé des pompes funèbres, hermétique et mystérieux jouet, clic clac des tuiles de mah-jong ou peut-être type inconnu de maracas.

      — Alors, comment c'était ? avait fait Charles comme s'il s'était agi d'un spectacle, ce que ça avait été d'ailleurs.

      — Des gens, comme toujours dans ces occasions, qui se trouvent réunis, qui ne se connaissaient pas avant, le défunt n'avait pas voulu probablement qu'ils se rencontrent de son vivant et c'est au fond une indiscrétion qui se produit, comme un viol de sa volonté. Toujours est-il, à la fin... un vieux monsieur s'est approché, mince, bouquet de fleurs à la main : c'était le père de Rainer. « Bonjour, madame, j'admire votre talent », et il m'a tendu le bouquet, l'avait-il amené pour son fils ? Ce petit bouquet, c'était celui exactement que je tenais à la main dans une scène du *Marchand de quatre-saisons,* le film de Rainer où je me trouve un peu à l'écart, une scène d'enterrement, c'était un clin d'œil, un accessoire de son film venait dans la vie. C'était un monsieur distingué, charmant, un moment il était médecin et, pendant la guerre, sympathisant d'un petit groupe clandestin antinazi à Munich : la Rose blanche. Rainer m'en avait bien sûr parlé : d'origine grande bourgeoisie, haute culture, il parlait et écrivait couramment le français, même des poèmes, il avait obligé son fils à lire le *Faust* de Goethe en entier à cinq ans. Résultat : ce qui sortait, à cet âge, de ses petits doigts, en guise de dessin d'enfant, c'était Moïse brandissant un glaive dans la main droite, la Table de la Loi dans la main gauche. Il avait honte de Rainer en fait, il le trouvait très laid, manquant de classe, changeait de trottoir quand il le voyait, « Regarde ton cousin comme il est beau et bien éduqué et joue bien du piano... » Quand Rainer lui avait dit à seize, dix-sept ans qu'il voulait devenir peintre : « Eh bien, voilà, tu as qu'à peindre les murs de mon appartement ! » Lorsqu'il s'aperçut des tendances inverties de son fils, il l'enferma à clé dans une chambre avec la bonne. Rainer depuis ce temps ne le voyait plus. « Un jour, m'avait-il dit au début, les gens diront à mon père : "Êtes-vous le père de M. Fassbinder ?" »

Elle raconte encore à Charles qu'il y avait une fille, une sculptrice qui habitait Rome, ça faisait trois ans qu'elle voulait un rendez-vous pour faire son visage. Et pour finir, il y a quinze jours, Rainer avait dit : « *Gut !* OK ! Venez lundi prochain. » Elle est donc venue avec sa glaise et ses spatules. Pas de chance, il venait de mourir dans la nuit ! Qu'à cela ne tienne, *no problem,* elle ferait son masque quand même, funéraire celui-là, et elle avait tout de suite pris l'empreinte, voilà ce qui resterait de lui bientôt, ce prélèvement de cire qui serait vendu chez Christie's 10 000 dollars : comme ça quelqu'un se ferait sa tête pour aller à un bal masqué, comme d'autres s'étaient fait sa voix, ses gestes à elle, sa dégaine, y en avait deux à Berlin qui se disputaient : « C'est moi le vrai faux ! » Ça fait des fantômes ironiques et fatals, qui traînent. Après tout, nous voilà à l'époque des clones, doubles, revenants, imposture planétaire générale, et ça culmine avec le HIV, qui se fait passer auprès des gardiens de nos cellules pour un de nos agents!

— Et cette rose de Warhol, pourquoi? demanda Charles.

— Il avait dessiné l'affiche de son dernier film, *Querelle de Brest.* » Une fois de plus, c'était très banal et étrange, un déjà-vu jamais-vu, *unheimlich* : demi-visage en longueur avec calot de marin à pompon blanc, langue rose dardée dans le pavillon de l'oreille. « Est-il possible... ? ai-je pensé, j'avais vu l'affiche, plus tard, par la suite... Est-il possible... » C'est Rainer qui le lui avait fait commander [1], il adorait Warhol, « un artiste qui a compris le vide et le froid, et puis il est tellement célèbre... », disait-il, un peu jaloux. En voilà un, aussi, qui s'était fabriqué, refabriqué lui-même... même son physique, si artificiel, mais lui était allé jusqu'au robot — une image vidéo — alors que Rainer n'était allé que jusqu'à l'ouvrier-maquereau, juste une image de cinéma. « Bon, alors, la dernière fois que je l'ai vu avant la fin, c'était à

1. Il avait aussi fait commander un commentaire de *Querelle* à Genet, en vain. Celui-ci avait répondu dans une lettre : « Paris, le 31 mars 82. Cher monsieur, écrit il y a quarante ans, le livre *Querelle de Brest* est très loin en arrière. Je l'ai oublié, comme le reste de mes livres. Dites cela à M. Fassbinder, il me comprendra, vous aussi. Amicalement. Jean Genet. » Il avait aussi envoyé une réponse pour une notice biographique : « Son acte de naissance porte ceci : né le 19.12.18 à 10 heures du matin. De Gabrielle Genet. De père inconnu. Sauf ses livres, on ne sait rien de lui, non plus que la date de sa mort, qu'il suppose prochaine. Jean Genet. » Autrement dit, dans la première lettre, il dit avoir oublié ses livres et dans la seconde, il se situe uniquement dans ses livres : donc tout ce qu'on sait de lui, c'est une chose que lui-même a oubliée!

Munich pour son anniversaire, et le soir, tous les deux seuls dans la rue, il... c'était curieux... il était si lent, si lent... si fatigué, il parlait lentement : "Reste! Reste un peu avec moi... tu es la seule femme que j'ai..." Il avait toujours mal su exprimer ses désirs. Et alors que... enfin, en général, ses modèles, ils étaient dans les films, James Cagney, des choses comme ça. Après tout, imiter le cinéma... mais la peinture, c'est rare, dans *Vertigo*, une femme copie la coiffure en chignon d'un tableau, mais c'est du cinéma! et lui, si lent et fatigué, il avait sorti sa langue, comme quelque chose qu'il faudrait faire, comme s'il copiait quelqu'un, et après, m'avait prise dans ses bras et avait voulu m'embrasser, "comme au cinéma", j'ai pensé; mais peut-être c'était comme dans cette affiche de Warhol?... comme dans la peinture... c'était... c'était triste et ridicule... et touchant, il essayait de faire comme il avait vu dans les films ou bien le baiser "à la française", me faire "une langue"... on avait été mariés assez longtemps auparavant et il était le très fameux metteur en scène et il était là, près de ce parking, la nuit, costume blanc pochette noire, la langue tirée, le feutre borsalino de travers, voilà... il était devenu un gros objet macabre, trop gros : il puait par tous les pores l'alcool et la drogue, et cette odeur caractéristique qui envahit, suinte, baigne imperceptiblement l'air de toute une pièce, tout un appartement et peut-être au-delà, quand un grand drogué est là, et eux qui continuaient à le fournir et lui, le matin, retrouvé devant sa porte dans son vomi, ses immondices. Il avait mis le chapeau que tu lui avais offert, c'était même le seul paquet cadeau de son anniversaire qu'il avait ouvert, que je lui avais amené de ta part, oui, il l'avait mis, mais à l'envers, devant derrière, et il m'a prise dans ses bras et il a sorti sa langue comme s'il décomposait une action ; c'était pas dans l'ordre, mal coordonné, trop décomposé, comme si c'était un cours de baisers.

« C'était un peu touchant, ridicule et obscène, le chapeau de chez Motsch devant derrière et cette langue tendue, tirée dans la nuit exactement comme dans le dessin de Warhol sauf que c'était borsalino au lieu de calot et vers la bouche au lieu de l'oreille, mais parmi les dessins préparatoires, il y en avait un où un jeune marin, calot à pompon basculé sur la nuque, tendait la langue vers la bouche d'un garçon tête nue. Il se trompait d'ordre : il avait sorti sa langue d'abord, puis m'avait prise dans ses bras comme un modèle copié avec application, un film au ralenti. Mais comme s'il ne pouvait pas faire les deux à la fois, non, c'était plutôt en ordre inverse... Il aurait dû en premier... Voilà ce que j'ai vu, à la fin, de lui. Il essayait une dernière fois de faire comme on fait au cinéma, comme il l'avait vu faire, c'était charmant en un sens. Voilà, tu vois, je peux dire, la dernière image que j'ai de lui, avant sa mort, c'est cette langue qu'il sortait un peu risiblement, cette langue, la nuit, au milieu des voitures, c'était un peu ridicule et triste, mon Dieu, Charles, si triste, c'était vraiment à rire et à pleurer, lui qui avait toujours été si agile et malin, et un peu méchant, Dieu merci... dans ce quartier où on avait été si souvent dans les bars, la nuit, nous amuser à écouter le langage des putes, des voyous, leur langage petit-bourgeois, qui le fascinait et le dégoûtait, il était là, totalement perdu, ralenti, un bibendum hagard, qui sortait la langue, un idiot demeuré, dans sa bulle, triste mais pas mécontent, était-ce la

238

drogue, l'héroïne? J'étais comme ça enfant avec ma maladie, ces allergies. On n'était pas loin du Casanova, le bar de nuit où on allait toujours, il avait sa place réservée là où le comptoir fait un angle, il pouvait mieux observer les gens sans en avoir l'air, les écouter surtout, c'était là aussi où j'avais chanté la première fois, dans un film, c'était un film de lui, *Le Soldat américain*, j'étais vêtue d'une robe rose couleur chair, en dentelle, très serrée au corps, j'étais très très mince alors, avec grand décolleté et une petite traîne, la chanson s'appelait *I'm sitting by the river with my tears*. Maintenant, tout à coup, je l'imagine, ça me fait rire, ça me rend triste, au lieu du feutre de chez Motsch, le calot à pompon du marin, une figure d'imagerie mythique qu'il aurait sans doute tout autant aimé incarner que gangster américain. Il s'était amusé à le mettre, le calot, entre deux prises de *Querelle de Brest...* »

Alors, dans l'esprit volage, volatile de Charles, tout comme le petit tambourin de Halston était passé de la tête de Bette Davis à celle de Jackie K. pour revenir un soir venteux de festival sur sa propriétaire d'origine, cet accessoire : un pompon, vagabondait, passait de la boutonnière du manteau en fourrure de la fillette dans le traîneau, un conte d'Andersen, aux marins de la Baltique du soir de Noël, chœur pour une liturgie chrétienne, glissait ensuite sur les belles et angéliques crapules portuaires pour finir, avec dérision, sur la tête, renversé sur la nuque du célèbre cinéaste tirant la langue dans la nuit.

Mais, drôle et triste, l'image suggérée du calot blanc renversé sur la nuque, langue tirée dans la nuit, gestes au ralenti, dernière image de quelqu'un qui va finir, ça, c'était le pompon!

3
La feuille de papier

C'est une feuille de papier format 21 × 29,7 froissée, maculée de taches de vin, de café, peut-être de nicotine. On l'a trouvée par terre, à côté du lit du mort. Elle traînait là, quelqu'un l'a ramassée, le flic, la femme de ménage ou le médecin. La page est couverte d'une écriture jetée d'un seul trait, sans ponctuation, avec une seule vraie rature, deux mots devenus illisibles, à la suite d'une correction et une petite flèche de renvoi. C'est dix-huit paragraphes à la suite comme s'il avait eu le texte inscrit dans le cerveau, qu'il n'ait fait que le transcrire sans chercher, que les mots eussent été marqués en lui depuis une éternité, qu'il n'ait eu qu'à les recopier, mais aussi c'était des mots qui ne faisaient pas de phrases, un style télégraphique pas très correct. Des signes durs, entailles, escarres, encoches : stylet plus que stylo, une chose sauvage, crue. L'écriture était décidée, mais tremblée comme sous le bras d'un sismographe, également bousculée, biscornue, mots penchés ; enfantine et vieille, chaque lettre tracée avec force et application, impression que l'écriture lui échappe en même temps que la vie et qu'il a essayé de dessiner les lettres, les majuscules surtout [1]. Écriture brisée, vivante, pas de phrases alignées, plutôt des mots jetés sur le papier, comme on écrit un mot urgent, une page de bloc-note arrachée, face au danger, pas pris le temps de ponctuer, de souffler, quelqu'un vous suit, une menace. Numérotés de 1 à 18, c'étaient les étapes, chapitres, tableaux, scènes, synopsis, qui sait — c'était sans titre — , de la vie d'Ingrid Caven. En voici la traduction littérale en français, avec la ponctuation et la syntaxe de l'original :

1   Naissance + haine de la mère + début de l'allergie (Allemagne a besoin de chair à canon)

2   Premier chant, douce nuit nuit sacrée

3   Allergie bien aimée

4   Université + augmentation de l'allergie, décision pour psychiatrie on a besoin de courage pour vivre

5   Stop d'allergie, amour avec psychiatre, femme de luxe dans palissandre, fin de l'amour

6   Fuite habile très découragée pour la terrible chic Révolution [*sic*]

7   Brève vie seule avec beaucoup d'histoires d'hommes

8   Jouer au théâtre, vivre en commune et un amour électronique (GVH)

1.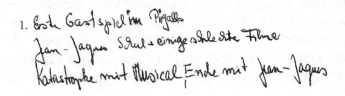

9 Mariage, effraiement du mariage, divorce
10 Africa
11 Politique deuxième
12 Première apparition au Pigall's
13 Jean-Jaques Schul + quelques mauvais films
14 Catastrophe avec music-hall, fin avec Jean-Jaques
15 Temps de solitude, désir de suicide, drogues schnaps et des garçons et les cafards dans le Chelsea H
16 Attaque en salle d'attente, connaissance du grand amour
17 *Sex and crime* et yeux au beurre noir
18 Dispute bagarre amour haine bonheur larmes cachets mort + un sourire

C'est juste une pauvre feuille de papier trouvée et conservée par hasard, on aurait pu la jeter, d'autant que ces lignes sont griffonnées au dos. De l'autre côté de la page, le « bon » côté, il y a la dactylographie électronique, très propre, d'un script dialogué, un film déjà un peu ancien que Rainer avait tourné, très gros budget, six, sept millions de dollars, grande reconstitution historique, décors et costumes d'époque, la Seconde Guerre mondiale, et il a dû se servir de cette feuille qui traînait là parce qu'il n'en avait pas d'autre sous la main, tout de suite dans l'urgence, il n'avait sans doute plus tellement la force de se lever, il vivait très seul à la fin. Et c'est au verso, en fait, de ce grand film historique que Rainer a écrit ses derniers mots : la vie de sa femme, réelle, imaginée.

Mais à présent, cachée, reléguée dans l'ombre de la feuille, c'est cette espèce de chose à gros budget, ce genre de production dont il se plaignait à la fin d'être le prisonnier, et, devenu recto : ces mots griffonnés, griffés même, tracés avec application et force sur la vie de celle qu'il aimait. Presque rien. Presque! une pauvre feuille de papier... et encore! Comme quinze ans plus tôt, avec la coupe de la robe de Yves Saint Laurent, c'est au revers qu'elle a droit, la part accessoire, le verso pour l'étoffe de satin noir et maintenant le papier, l'envers, la face secrète retournée, l'envers des choses, leur part obscure, négligée, l'accessoire, la doublure venue sur le devant. C'est là où il a écrit sa « vie » à elle, là où, elle aussi, elle a « écrit » la sienne, pas dans la partie noble des choses, plutôt dans leur part « émigrée » qu'elle annoblit de son chant. Cette femme est sous le signe du verso.

Oui, une fois de plus, l'envers, comme on retourne le coupon et c'est le revers qui compte, et on ne sait plus alors ce qu'est le revers et l'avers, ruban de Moebius, tout ce qui, versatile, se retourne, le noble passe au vulgaire et retour, l'étoffe travaillée dans la doublure, les drapeaux qui battent dans le vent. Sur ce qui fut et n'est plus le côté noble de la page, ce bout de dialogue : « *But, tonight, in front of the men, it will work, I am sure, and then I will realize something you desire.* » Une chose que tu désires.

C'était plutôt troublant car, si les épisodes, de 1 à 13 inclus, se référaient à des faits bien réels, ceux de 14 à 18 étaient tout à fait imaginaires. De plus, cette vie qu'il voyait mélodramatiquement tragique, comme dans un roman de gare, il l'avait parachevée. Il faisait comme si elle était finie, en décidant même la fin violente, ignominieuse, infamante, alors que c'était lui qui était en train, qui allait mourir ainsi, on l'avait parfois retrouvé seul, sur le palier, dehors, devant sa porte, endormi, plein d'alcool, drogues, somnifères, dans ses excréments nu au sommet de sa gloire. Dans 14 à 18, était-ce prophéties vengeresses ou roueries et ficelles d'un scénariste efficace ? Plutôt d'un sort qu'il jetait par les mots. Elle lui avait échappé, il la convoquait, l'évoquait, la reprenait par le langage, près de son lit de mort, à travers cette squelettique histoire d'une vie. C'était incroyable : il avait écrit la vie elliptique, réelle et imaginaire de la femme qu'il avait aimée, y faisant au passage son propre portrait, et puis il s'était éteint.

Intrigant, troublant, très même : en y réfléchissant bien, il ne pouvait sûrement pas s'agir d'un projet de film. Comment en effet tourner, réaliser cette fin calamiteuse, cette dégringolade, cette mort ignominieuse d'Ingrid puisqu'elle était vivante et bien vivante, très vivante, plutôt plus que beaucoup d'autres, plus vitale, très vitale ? Tout au plus aurait-il pu tourner les points 1 à 13 inclus, mais pas 14 à 18. Ça non. Alors, c'était quoi, ce truc ? Plutôt une prédiction maléfique, sort jeté comme l'envoûteur perce la poupée d'aiguilles, là, l'aiguille c'est le stylo.

Restaient des mots énigmatiques, les derniers surtout, dans leur rapprochement accentué par le signe + : la mort + un sourire, ce chapelet de tristesses et d'horreurs s'achevait sur un sourire !

Plus que l'histoire de sa vie se dessinait dans ce maigre synopsis son propre portrait à lui, tout de noirceur et de détresse. Écrire sur elle avait été une façon de l'avoir près de lui. Il avait encore voulu la retenir quelques jours plus tôt, il lui avait dit : « Reste... reste ! » mais elle lui avait échappé et il avait alors essayé d'attraper des traces d'elle, l'ossature de sa vie transcrite en signes, à défaut de son corps, avant de disparaître, et c'était bien sûr une marque d'amour. Mais après avoir refait cette vie à sa manière : d'abord pas rose du tout, difficile, puis une dégringolade : échecs, maladie, fuites, alcoolisme, coups, amours funestes, mauvais films, mort abjecte dans le caniveau, comme Lulu, la « femme sans âme », un vrai roman de quatre sous, les derniers mots assez étonnants, « la mort + un sourire ». Il la faisait donc mourir, et d'horrible façon, autant dire qu'il la tuait, imaginairement bien sûr, mais il savait très bien... l'un comme l'autre avaient un rapport magique, superstitieux au cinéma et, par exemple, elle ne supportait pas, elle avait même refusé un rôle, de tirer avec un revolver sur un acteur et lui ne l'aurait jamais fait mourir sous les caméras et même, dans *Le Marchand des quatre-saisons,* elle avait une scène avec un bouquet de fleurs à côté d'une tombe et il n'avait pas voulu en diriger le tournage, il avait laissé faire l'opérateur... il s'était éloigné.

C'était en effet étonnant les correspondances, les osmoses entre ce qui est un rôle et ce qu'on appelle la réalité, la vie. La liste est longue des acteurs dont les rôles ont été prémonitoires ou cause de choses qui leur sont arrivées. Jayne Mansfield, qu'on surnommait le Buste est morte en voiture, la tête tranchée par un camion venant en sens inverse. Les rôles souvent vampirisent celui qui les tient. En plus, écrit par quelqu'un avant l'instant fatal, ça prend une tournure un peu inquiétante, testament, prophétie... vouant quelqu'un aux pires horreurs.

Pensait-il que cette mort sur le papier aurait valeur exécutoire, avait-il à ce point confiance dans la magie des mots et... il lui avait à deux reprises, par le passé, proposé le suicide à deux, le suicide à la Kleist [1], très en vogue début XIXe et quand il lui avait dit : « Reste... reste ! » la dernière fois, à Munich, elle avait eu un peu peur, c'était une drôle de voix qu'elle ne connaissait pas, une *autre* voix, si lente, douce, anormalement, déjà un peu désincarnée, au-dessus du sol, voix d'ailleurs, de quelqu'un d'autre qu'on a emmené de l'autre côté et qui voulait l'y entraîner elle aussi.

Heinrich von Kleist l'avait déjà proposé auparavant à une autre, ce genre de petit voyage, et Rainer deux fois aussi, mais à la même, une fois rue Cortot, près du Sacré-Cœur, à Paris, une fois en Allemagne ! N'ayant pas réussi comme Heinrich avec Henriette, il l'envoyait semble-t-il à la mort « sur le papier » en même temps qu'il était lui en train de disparaître pour de bon, sur son lit.

Donc, de 14 à 18, il réalisait de façon primitive, imaginaire, un désir : la voir prendre le même chemin tragique que lui et mourir pareil, ne pas lui survivre, bien qu'il l'aimât tant, parce qu'il l'aimait tant. C'était bien lui,

1. Le 20 novembre 1811, Kleist, il a trente-quatre ans, se rend avec son amante Henriette, la femme d'un trésorier du roi, dans une auberge des environs de Berlin, au bord du lac de Wannsee. Là, ils passent la nuit. Le lendemain, ils déjeunent tranquillement, très gais, boivent le café. Il rédige des lettres dans sa chambre, commande un coursier pour les porter, paye la note d'hôtel. Ils s'éloignent vers le lac de cinquante pas et on entend deux coups de revolver. C'était un Prussien un peu triste, famille de grands officiers, plutôt versé, lui, dans l'étude du somnambulisme et de l'art des marionnettes. Écrivain reconnu, il avait peu de temps avant brûlé des lettres et des manuscrits, dont un roman en deux volumes, *Histoire de mon âme*. Il parlait alors de se consacrer désormais à la musique. « Je regarde cet art comme la racine ou plutôt la formule algébrique de tous les autres. »

non, qui était allé trouver ce poème dans Oscar Wilde et le faisait chanter à Jeanne Moreau en tenancière de bordel dans *Querelle de Brest*, le film, son dernier, sur un air de bastringue, une charmante ritournelle : « *Each man kills the thing he loves / Each man kills the thing he loves / La la la la la la / Some do it with a bitter look / Some with a flattering word / The coward does it with a kiss / The brave man with a sword, with a sword.* »

Some do it with a pen, with a pen, Certains s'y prennent avec un stylo ? Charles en cet instant tient cette feuille de papier dans les mains et son premier sentiment est qu'il touche à quelque chose, précieux parchemin, qu'il ne devrait pas toucher, pose les yeux sur des mots qu'il ne devrait pas voir. C'est tout ce qu'il savait faire, observer, scruter, détailler... sous tous les angles, les plus petits, et les obliques, les tordus, même un angle mort faisait son affaire, scrutateur, un peu flic, au fond... voyeur.

Il était là maintenant, comme un releveur de traces, vampire sur la dépouille, la relique de quelqu'un qui, lui, s'était généreusement dépensé, n'était pas avare de son travail et de son amour, s'était exposé... « Qu'ai-je à farfouiller, analyser, chercher le sens dans ce synopsis d'une vie qui est en fait un poème d'amour crypté, si on sait le lire, d'un type généreux, amoureux fou d'une femme ? De quoi je me mêle ? C'est une histoire entre elle et lui. Je suis là comme un vieux maniaque avec ce manuscrit à étudier ces signes abandonnés, dans l'oubli de tout, par quelqu'un qui avait aimé, été malheureux et était mort. Ces choses, les mots qui lui avaient échappé, ces prolongements de quelqu'un, ce qui émane de lui, si fragile, une émulsion, son esprit, et je m'acharne sur quelque chose qui ne m'appartient pas.

« Ce manuscrit, c'est pire, plus tabou que de toucher au corps en un sens, c'est dans son esprit, passé dans la feuille, que je farfouille et dissèque, un poème écrit pour elle, crypté, en forme de synopsis, poème noir, une évocation, une possession par les mots. Je suis lord Carnavon dans la tombe et sur la dépouille sacrée des dignitaires égyptiens, mort mystérieusement juste après. Malédiction...! Et que ce fût des débris de phrases, et des débris ramassés par terre, des déchets bons pour l'égout, conférait à ces restes un côté plus sacré encore, et moi je voulais même les faire analyser, la feuille dans un labo, les taches, tout ce qui se cache dans les fibres du papier. Héro? Coco? Il y en a, paraît-il, dans 90 % des billets de 10 et 50 dollars circulant dans les grandes villes des États-Unis. Je le ferais radiographier, radioscoper, bain chimique, carbone 14, ce manuscrit, je ferais parler la feuille..."Et vous là-bas, vous écoutez, vous observez, c'est ça?", elle avait fait, la fille sur le yacht, à Cannes, il y a longtemps. »

Mais l'instant d'après, il lut dans ces notes, au travers, une demande de ne pas les laisser perdues, une suggestion à les commenter, même les développer et, pourquoi pas, broder sur les épisodes de la vie d'une femme actrice, chanteuse, entre l'Allemagne et Paris; dans la seconde moitié du xxᵉ siècle.

Une autre attitude, en effet, était de considérer que cet abrégé d'une vie, ce vague plan trouvé par terre appelait une suite, demandait à être relayé par quelqu'un d'autre tout comme, dans la vie de cette femme, Charles avait en quelque sorte relayé Rainer, que tout ce qui s'écrit n'est qu'un seul grand livre dont chacun écrit un chapitre, et, de voir ces titres de paragraphes d'une vie comme une invite à les développer, essayer de célébrer une chanteuse en nuançant cette noirceur, pas facile d'ailleurs, vu le mauvais esprit de Charles, son penchant à la morbidité. Mais aussitôt il resongeait à ces bribes de phrases sans but bien discernable, mais ayant un aspect nécessaire, urgent, et, qu'on les lise comme bouteille à la mer, testament, mots d'envoûtement ou encore rêve ou poème, portant, du fait des circonstances, le poinçon, le sceau d'une vérité, même aux passages « faux ». « Je crois le voir sur le ventre, bras ballants, main pendante ouverte, la feuille qui lui a échappé... et ce que je pourrais écrire moi, si juste et précis que ce soit, prendrait par contraste une allure d'exercice gratuit, petit jeu littéraire, belles phrases. Et, sur cette feuille, même les points 14 à 18, si imaginaires, fantasmatiques soient-ils dans leur incomplétude et leur fragmentation, sonnent plus vrai que toute littérature. Et que pourrais-je faire d'autre qu'acrobaties stylistiques comme un chien de cirque dactylographe, approximations et belles phrases plus ou moins exagérées, méditations d'un bel effet sans nécessité, me payer de mots si talentueux et brillants soient-ils ? Tandis que lui, avec ce misérable papier, c'était plutôt vital : il la faisait être là, l'évoquant, conjurant son absence puis la vouait magiquement par des mots, des formules, à un destin funeste, lui jetait un sort... Il y avait là quelque chose d'irréfutable, comme une pièce à conviction, du simple fait qu'elle témoignait de la passion de quelqu'un dans ses derniers moments, où tout est moins menti, et même si c'est un délire, c'est un délire vrai. Face à ça : ce manuscrit trouvé au pied d'un lit, misérable envers d'une feuille de papier froissée, maculée, la biographie que je m'aviserais d'écrire aurait un air d'imposture.

« Je la vois déjà, tapée impec' sur ordinateur Macintosh à écran 14 pouces, comme le script du gros film commercial qui est au recto, puis imprimée par la société Firmin-Didot sur presse Cameron, le livre, relié, édité par Gallimard, en piles bien rangées dans les librairies, la belle bande papier glacé rouge enroulée autour comme une parure, puis servi sur un site Internet en petits signes désincarnés, aseptisés. Face à ce torchon de papier par terre, ça ne fait pas le poids.

« Que pèseraient mes mots face à un mort et à ses dix-huit lignes sur le même sujet, la même femme, un mort qui l'avait tant aimée? Trafiquer, m'affairer sur l'objet sacré d'un défunt, presque un parchemin, presque tripoter un cadavre, le faire parler, bouger, lui et d'autres, voilà tout ce que je sais faire. Faire revenir les morts, exercice macabre de ventriloque ou de marionnettiste manipulateur, et croire que je suis ce marionnettiste alors que je ne suis que la marionnette, le scribe qui bouge le bras, la plume, sous la dictée, composite de faraud et de snob dilettante entiché de gens célèbres, *ghost writer* qui profite de la célébrité des autres, écrivain fantôme ou plutôt fantôme d'écrivain qui a cessé d'écrire et maintenant s'affaire sur un manuscrit trouvé au lieu de parler de lui à la première personne, oser dire "je", abattre son jeu ou se taire.

« Non, décidément, la seule chose qui tienne devant ce mince manuscrit trouvé au pied du lit et retraçant cette vie, qui puisse y faire écho, lui répondre, c'est son chant à elle, son chant, pas sa vie, des mots trouvant forme dans l'air. Cela seul ferait écho à ce condamné qui a émis des signes dans la langue impure, morcelée, obscure et furtive du désir et du rêve. »

4
44 W. 44

— Voilà!...

— Voilà quoi?

— Rien. C'est comme si on était après.

— Après quoi?

— Le jour d'après.

— D'après quoi?

C'était une journée d'octobre, une journée comme une autre, et en bas, à travers les derniers feuillages de marronniers, on devinait, au bout du parc, la vaste façade de la vieille ambassade devenue centre d'archives. Le chat au collier rouge qui sautait dans les arbres et effrayait les corneilles avait disparu depuis quelques mois, et aussi les trois petites filles aux queues-de-cheval blond, brun, roux, nouées de rubans noirs, qui, l'année d'avant, riaient et s'appliquaient en russe à des jeux énigmatiques, remplacés par un gardien qui promène un chien en laisse. Mais il y avait toujours les grands réverbères en fer forgé très François-Joseph, qui donnaient le sentiment que le temps s'était arrêté là juste devant la grille.

Charles, qui d'ailleurs ne s'appelait pas vraiment Charles, mais un soir il s'était retrouvé assis à une espèce de dîner avec, sur le petit carton devant lui, son vrai nom de famille, mais Charles comme prénom. « Charles ? Bof, pourquoi pas ? Va pour Charles ! », et pendant le dîner puis les quatre jours suivants, c'était à un petit festival de province où il accompagnait Ingrid, il avait répondu à ce prénom. De retour à Paris, il s'était un peu amusé avec ça et depuis, de temps à autre, il se présentait comme Charles : « Comment vous appelez-vous ? » « Charles ! », et des fois, il rencontrait quelqu'un qui, à la stupéfaction d'Ingrid ou d'un ami présent, lui disait : « Ah ! Charles, comment ça va ? », une petite supercherie, ça l'amusait, c'était un tout début de métamorphose, un début, comme tout ce qu'il entreprenait. Il n'avait pas le courage de se métamorphoser beaucoup, même les drogues, il avait peur. Mais qui sait ? on commence par vous changer le prénom et, de fil en aiguille, on s'éveille un matin, au sortir d'un rêve agité, transformé dans son lit en un véritable cloporte. Donc Charles ne répond pas tout de suite, reste silencieux, on entend les aboiements du chien en bas dans le parc puis : « ... tout a l'air d'avoir déjà eu lieu... et ce qui arrive, ça n'a pas l'air pour de bon... même les guerres ça a l'air pour du beurre... pareil pour tout : voix électronisées... — Oui, propres et lisses. — Pareil les images haute définition. On oublie le modèle, et que ce sont juste des images : une vieille dame promène un landau dans une allée, une autre dame s'approche, "comme vous avez une jolie petite-fille", la vieille dame farfouille dans son portefeuille : "Attendez, vous n'avez pas vu sa photo !" »

Et puis il dit qu'il avait réfléchi : « J'ai réfléchi. À faire quelque chose. J'ai changé d'avis : écrire sur toi peut-être, finalement, une biographie, mais je suis pas sûr. » En fait, il en est à peu près aussi sûr qu'il s'appelle Charles !

Il ne s'agirait que de broder à partir des dix-huit points de ce manuscrit trouvé au pied du lit : prendre les derniers mots d'un homme et les interpréter, les commenter, les annoter, comme pour un texte sacré. « Ça c'est pas mal : je n'y touche pas, j'écris autour des mots d'un autre, en face du même modèle. » Et puis, surtout, ce serait commode : « Archives vivantes sous la main ! Mon modèle devant moi, à domicile, vingt-quatre heures sur vingt-quatre, sept jours sur sept ! » Et il avait un peu commencé, juste de temps à autre : « S'il te plaît, montre-moi comment tu salues, à la fin, en faisant ce grand mouvement demi-circulaire du bras, avec la main qui s'ouvre. » Et elle s'exécutait de bonne grâce, quand même avec un petit sourire. « Encore une fois, s'il te plaît. Voilà ! Merci. Maintenant tu peux me rechanter le début de cette chanson qu'Hans Magnus t'a écrite ? — *La Femme en noir* ? — Oui c'est ça. » Et elle s'était mise à chanter doucement, comme pour elle-même, ils étaient dans la cuisine, sans le regarder : « Ich habe keinen fehler gemacht / Um viertel nach eins binis aufgewacht. — Qu'est-ce que c'est ? Arrête, tu sais bien que je ne comprends pas un mot d'allemand à part Achtung et Kaputt. » Et elle avait alors improvisé tant bien que mal en français, et bien sûr sans rythme ni rimes il restait pas grand-chose :

« Je n'ai pas fait de faute / À une heure et quart je me suis réveillée / J'ai senti le vent sur ma peau nue / J'ai regardé sa montre : elle brillait, verte dans le noir / Je le savais : maintenant c'était fini / Dans le taxi j'ai encore pleuré / L'amour est un terrible ennemi. »

« Et refais-moi comment se tenait Rainer la première fois que tu l'as rencontré à l'Action Theatre, tu sais, quand il était de dos. » Elle s'était alors mise contre le mur du salon, dos à Charles, la tête rentrée et penchée, une main sur la hanche : ça ressemblait à une attitude de Fassbinder qui, une seconde, aurait fait un show.

« C'était quoi, je me rappelle plus, cette pièce de lui où tu as joué, tout au début ? — *Katzelmucher* : j'étais la fille du village, j'avais des hauts talons, un petticoat, cheveux noirs coiffure Farah Dibah, et je faisais mon entrée sur scène avec la chanson d'Harry Belafonte *Island in the Sun*. » Charles avait eu droit à quelques mesures et à deux ou trois pas de calypso. « À propos de talons hauts, je ne t'ai jamais raconté ce rêve ? Je suis avec Rainer dans un magasin de chaussures dans une galerie en sous-sol et parmi toutes les paires il m'en désigne une qu'il veut m'acheter : le talon de la chaussure est à l'avant, donc le talon du pied est en bas et les orteils vers le haut, le contraire de la ballerine sur les pointes. » Elle racontait, elle répétait pour Charles, lui il notait.

Ce petit numéro du peintre et son modèle dura quelque temps mais assez vite il eut des doutes : « C'est un peu idiot, je sais, mais ces portraits biographies j'aime pas trop ça, j'ai l'impression d'un bilan, dépôt de bilan, le mouvement n'est plus là, ta vie est achevée, caillée dans les mots, coagulée dans l'encre sèche, rigidifiée dans la blancheur de marbre de la page, une statue coulée dans tout ça. » Et il ajouta que de la dépeindre lui enlevait même de la vie à elle-même, il lui cita un adage anglais : « What you can't do it, paint it. » « Je peux l'inverser : If I paint it, you shall

260

not do it! Si je dépeins ton chant tu ne chanteras plus! »
Malgré tout — il savait pas trop ce qu'il voulait —, il
avait encore continué un peu. C'était trop bête de ne rien
écrire sur cette femme! Ça ferait un beau portrait, une
biographie et aussi une chronique de l'époque, parce que
quelle époque! Quelle histoire! Un demi-siècle : la guerre,
père officier de marine, premier chant à quatre ans et
demi devant des soldats, l'enfant à demi infirme, une voix
d'or, musicienne très douée, presque aveugle, guérison,
rencontre avec le plus célèbre et tumultueux cinéaste
d'Europe, mariage, devient le chouchou du plus grand
couturier, triomphe à Paris sur scène, tam-tam dans la
ville, les films en même temps : un formidable mélo suc-
cess story. En plus, il y avait plein de détails piquants, iro-
nies de l'Histoire. Il repensait, en particulier, à ce chant, à
quatre ans et demi, là-haut, dans le terrible hiver de la
mer du Nord, devant tous ces soldats, à la course, juste
avant, en traîneau, la neige, la fillette enveloppée de fourrure blanche, les pompons, le petit son argenté des clochettes : une image droit sortie d'une opérette un brin
trop kitsch en ces temps de guerre, féerie pour un mas-
sacre. Et il venait à l'esprit de Charles qu'au même
moment, bien plus au sud, aussi devant des soldats, une
autre femme allemande avait chanté : Marlene, pommettes saillantes, nez à l'arête estompée, aux narines évasées, l'esquisse d'un masque de chat. Ce serait idiot de
passer à côté de tout ça. Il avait donc essayé de noter
encore des choses. Et elle, un jour : « Charles, tu ne
t'occupes plus de moi, je ne t'intéresse plus, tu ne
t'occupes plus que d'elle! — ...?! — Ingrid Caven!
— Il me semble entendre un conte, une histoire d'Edgar

Poe que j'ai lue il y a longtemps. Le livre doit traîner là quelque part, attends, voilà, ça s'appelle *Le Portrait ovale*, ça se passe dans un château : "C'était une très jeune fille d'une très rare beauté et qui n'était pas moins aimable que pleine de gaieté, rien que lumière et sourire. Et maudite fut l'heure où elle vit, aima et épousa ce peintre... un homme étrange et pensif qui se perdait en rêveries... il travaillait nuit et jour pour peindre celle qui l'aimait si fort mais qui devenait de jour en jour plus languissante et plus pâle... elle s'assit pendant de longues semaines dans la sombre et haute chambre de la tour où la lumière filtrait sur la pâle toile seulement par le plafond. Lui détournait rarement ses yeux de la toile même pour regarder la figure de sa femme. Et il ne voulait pas voir que les couleurs qu'il étalait sur la toile étaient tirées des joues de celle qui était assise près de lui. Et quand bien des semaines furent passées et qu'il ne restait plus que peu de chose à faire, rien qu'une touche sur la bouche et un glacis sur l'œil, l'esprit de la dame palpita encore comme la flamme dans le bec d'une lampe. Et alors la touche fut donnée, et alors le glacis fut placé ; et pendant un moment le peintre se tint en extase devant le travail qu'il avait exécuté ; mais une minute après, comme il contemplait encore, il trembla, et il devint très pâle — et il fut frappé d'effroi ; et criant d'une voix éclatante : En vérité, c'est la *Vie* elle-même ! il se retourna brusquement pour regarder sa bien-aimée : — elle était morte !" »

Et, de fait, de petits signes s'étaient produits : elle s'était remise à tousser davantage, son emphysème, un récital ou deux avaient été annulés dans des conditions invraisemblables, tout ça pendant qu'il essayait d'écrire. Peu de chose, on était encore loin des épisodes 14 à 18 du script : le ruisseau, l'œil au beurre noir, l'alcool, la drogue... Mais Charles, lui, toujours, imaginait le pire... Il restait préoccupé par les prédictions maléfiques du manuscrit trouvé, ce climat de sortilège, *Mane Thecel Pharès*, formule de menace prophétique écrite par une main mystérieuse, c'est dans le Livre de Daniel chapitre v. Et il y avait autre chose : bien après coup, car ça faisait plusieurs années maintenant, il réalisait qu'il avait peut-être, passivement, eu une part de responsabilité dans... Bon ! Rainer avait dit à Ingrid une fois de plus, mais là c'était dix jours avant la fin : « Reste !... Reste...! », ces deux simples mots, les plus simples du monde, qui, maintenant encore, la perturbaient parfois dans la nuit, assortis de la vieille, l'éternelle question : « Et si j'étais restée, est-ce que...? » Mais si elle n'était pas restée, c'est aussi parce que quelqu'un l'attendait à Paris : Charles ! Celui-ci n'y pouvait rien, il était innocent, mais il se disait que... Toujours il avait cette attitude, cet air d'innocence, le type qui n'intervient pas, neutre, n'empêche, il est là, il joue un rôle. Et maintenant il prétendait parachever, ou paraphraser, ou gloser sur ce manuscrit laissé par quelqu'un dont il était peut-être, peut-être, un peu, en partie, responsable de la mort !

« J'arrête tout ça, toutes ces conneries. Ça m'inquiète ! — Tes superstitions, tes grandes phrases, Edgar Poe et le reste, ton histoire de manuscrit prophétique maléfique, la main, détachée du corps, qui écrit toute seule dans le noir, c'est un alibi à ta paresse. Maintenant, mon cher Charles, il est grand temps de te mettre au travail ! — Non ! Et je n'ai pas besoin d'alibi. Je ne me sens pas coupable de ne rien faire. »

Il était content de sa décision car il pensait aussi que le mystère, très rare, de certaines présences sur une scène était la chose la plus importante, beaucoup plus que ce qu'on nomme une vie, et ça, les mots, tous les mots du monde, sont impuissants à le raconter, ils capitulent, interdits, même Hemingway n'a pu décrire le mystère de la *suerte* d'Ordonez. Et lui Charles serait incapable, bien sûr, de rendre avec des mots la magie de ce corps devenu musique...

Mit einem phantastischen Lichtstrahl

Ça avait été long et difficile et là, maintenant, le public restait attentif mais sans grande réaction sur le coup : à cette musique au timbre si nouveau, esquisse de la composition à douze tons aux rythmes irréguliers, ni chantée ni parlée ni criée, juste l'articulation de l'innommé, il préférait, bien sûr, quand elle donnait de la voix dans *Ave Maria* ou faisait des acrobaties le long de l'échelle chromatique dans *Shanghai,* une jolie petite chinoiserie musicale des années vingt, sur un air de fox-trot :

Shanghai, near your sunny sky / I see you now / Soft music on the breeze / Singing through the cherry trees / Dreaming of delight / You and the tropic night.

Elle maniait parfaitement le langage des signes, les ficelles de la séduction et pouvait charmer, faire pleurer ou rire à sa guise d'un petit geste ou d'une intonation, ainsi le torero qui amuse ou fait frissonner à peu de frais la galerie en s'agenouillant dos au taureau fatigué ou même

264

prend sa corne comme un téléphone — « Allô! taureau? » — facilités qui exaspéraient Hemingway chez Luis Miguel, il préférait la ligne pure d'Ordonez, de toute façon, il n'aimait nulle part les grâces, les fioritures du baroque. Mais là, il s'agissait d'autre chose : éviter tout lyrisme sans surtout, comme c'est souvent le cas, tomber dans une ascétique sécheresse d'épure.

Oui, ça avait été difficile : la recherche d'un son nouveau, de maintenant, une autre voix. Le début d'une aventure, comme si ça devait la transformer, et pas juste sa voix, aussi une autre tournure d'esprit, *Geist,* une nouvelle forme. Une aventure, par les chemins des écoliers, des chemins de traverse cailouteux et pleins d'ornières, des choses apparemment sans importance, ainsi, dans un roman, des digressions, dans une phrase des dérives, rencontres de hasard, même un peu interlopes ou du troisième type, les déboussolés de la ligne droite appellent ça désordre.

Elle savait ce qu'elle cherchait sans bien en connaître les contours : un son pour elle, un son d'aujourd'hui, comme pour un autre, le ton, le mouvement, la tournure d'une phrase que l'on pressent quelque part à l'horizon de sa conscience : minuscules utopies, les toutes dernières, spéciales, des sur-mesure, pour quelques-uns. Peut-être passe-t-on sa vie à ça, à la recherche de quelque chose qui est déjà là et à se transcrire soi-même en sons, en mots et n'être plus que ça : quelques sons, quelques mots qui s'évadent de nous.

Ça avait commencé sur les planches, le long de l'océan, à Trouville, elle marchait là chaque après-midi, en répétant les mêmes notes, les mêmes mots : *Mit ei-nem phan-ta-sti-schen Lichtstrahl*, dans une lumière fantastique, c'était le *Pierrot lunaire* d'Arnold Schoenberg, une musique sans filet : défaite des corsets des vieilles tonalités.

C'était pas loin du mont Canisi, à Deauville, où — il y avait vingt ans — elle avait rencontré Yves pour la première fois. Puis à Sarrebruck. Les mêmes notes, près d'une balançoire, dans les terrains vagues, les rocailles, les murailles, un décor qu'on aurait dit fait pour cette musique. Et pour finir, à New York, la même chose toujours, sur la Sixième, la Cinquième Avenue.

La musique avait fait le lien entre ces trois endroits disparates, sans rapport : la mer, la banlieue pauvre, la rue la plus luxueuse du monde. Elle les rapprochait.

Le chant avait plusieurs décors en toile de fond, très divers. « C'est comme le projet qu'avait Rainer... Il avait dit : "J'ai une idée"... » Plan général du Champ-de-Mars : la tour Eiffel. Plan suivant : Ingrid Caven est sur la galerie du 2ᵉ étage. Elle chante un passage d'une chanson de Piaf. Pendant qu'elle chante, panoramique sur : une jeune fille enjambe la rambarde et se jette dans le vide... « On filmera à New York... », avait-il ajouté. Plan de Brooklyn Bridge à une heure d'affluence : Ingrid roule en voiture parmi les gens et chante une strophe d'une chanson américaine connue... puis une autre strophe, mais dans les abattoirs, au Meat Market... « Et puis, poursuivait-il, on fera le tour du monde... On filmera à Tanger, à Istanbul... » Plan d'Ingrid qui chante dans la basilique Sainte-Sophie. « En même temps, concluait-il, on composera une chanson nouvelle. J'écrirai les paroles... »

Plan rapproché de Fassbinder écrivant « ... Et toi, tu la travailleras, et il y aura tous les problèmes qu'on rencontre... — on les voit se disputer avec des gens puis entre eux — et à la fin, on aura la chanson en entier. Son thème sera tout ce qui nous est arrivé... Le tour du monde en une chanson. »

« Un long métrage, moi comme seule vedette! Un rôle de rêve! En or, même. J'ai hésité beaucoup : je savais que le film était un prétexte pour être à nouveau avec moi. Si j'avais voulu faire carrière — mais le chant m'avait été donné au départ, dès l'enfance, comme une grâce, très très jeune, retournée, en offrande, à Dieu —, j'aurais accepté, il était déjà célèbre à ce moment-là, mais je sais, à Las Vegas, il m'aurait demandé d'être à nouveau sa femme et, à un moment ou à un autre, en un point du globe, je l'aurais quitté au milieu de la chanson, ou alors peut-être à la fin de la chanson, et je ne voulais pas me servir de lui, nos rapports n'avaient jamais été de cet ordre, nous aimions l'artifice et la drôlerie, pas la carrière.
« Il ne voulait pas que je sois son actrice mais sa femme, pour lui toutes les actrices étaient des putes stupides, des vaches, il avait aussi ce côté petit-bourgeois qu'ont souvent les homosexuels. Tout en cuir... mais derrière... "Ma femme, disait-il, met un chapeau, des lunettes de soleil et va lire un livre sur la plage" — il avait dû voir ça au cinéma ou le lire dans un roman de Simmel. Mais là, il pensait que c'était sa dernière chance! À Las Vegas, ç'aurait été à nouveau la petite robe de mariée. Je ne voulais pas l'abuser, l'utiliser. Tu sais, Charles, avant moi, il ne parlait à personne, il était totalement muré. »
Elle longeait le bord de la mer à marée haute, en chantant

des notes, en sandales, parfois pieds nus, les vagues venaient et semblaient se vouloir, rien que pour elle, métronome incertain et désinvolte, le grand vacarme de l'océan l'empêchait d'entendre sa voix avec les oreilles. Elle n'en avait plus l'écho, l'« image », et pouvait mieux essayer des sons inouïs.

L'océan, le Vieil Océan, recouvrait sa voix, elle ne s'entendait plus chanter, elle ne s'écoutait plus. Sans repères. Sa voix à elle ne passait plus par les oreilles et elle entendait des sons, venus du larynx, qu'elle ne reconnaissait pas.

Et puis elle était allée à Sarrebruck voir sa mère : celle-ci vivait seule à présent dans l'appartement désormais trop grand. L'ensemble de la maison, ce qui avait été, du temps de Mat's, la maison-de-la-musique, rue de la Fontaine, accordéons, banjos, tubas, flûtes à tous les étages, avait été vendu à la Banque. Ses mains pourtant, graciles et joueuses encore, semblaient conserver, dans leurs mouvements, la mémoire de détails amusants, malins plaisirs, mais aussi parfois, sagement croisées, peut-être se rappelaient-elles avoir été mains d'adolescente avec application posées sur la longue jupe plissée de l'uniforme de l'ordre des Ursulines : bleu marine avec une blouse blanche à liseré bleu, coiffe bleu marine, avec derrière deux rubans blancs. « Je suis allée me promener, écrivait Ingrid à Charles, et répéter, comme j'ai toujours aimé faire, en me baladant. J'ai marché vers le fleuve, je suis allée vers les terrains vagues, là où il y avait après guerre les usines, les usines de Sarrebruck, leurs brutales carcasses, les hautes et longues cheminées et leurs ombres fines découpées dans la nuit comme dans les églises, ces ossatures, je les vois encore, le bruit de fer des wagonnets, je l'entends encore, je l'ai dans l'oreille », et elle disait que

Schoenberg, c'est cete vitalité-là. Ombres fines, découpées comme dans von Sternberg, comme dans les églises, dentelles d'ombres, rien de compact, de massif, et les bruits de fer des wagonnets. « Oui, je les entends encore. »

Les usines de Sarrebruck fer et feu
                    ciel jaune
                              bruit de fonte des wagonnets
                                        freins
                                              et ruines avec
              des vides
                    et structures
                              squelettiques

              la suie sur les fenêtres
              de la maison
              propre à déclencher la peur
              ce grand espace presque désert
              et presque mort
              éléments séparés

              univers morcelé

              l'envers des choses

              un squelette?
                    l'ossature
                    carcasse

              étranger et froid
              cristaux durs

« Je ne cherchais pas forcément l'agréable, mais ce qui est au-delà du déplaisir et du plaisir, du beau et du laid. »

Ce passage brusque, envol brutal, d'un prosaïque presque parlé — quotidien, à un chant, les tumultes, sautes, contrastes violents semblaient correspondre à aujourd'hui : soudain un Mirage 2000, un missile Tomahawk s'arrache, file, et de nouveau le calme, puis un cratère, des filaments rougeâtres dans la nuit, et le calme à nouveau d'un hôpital : des blessés bandagés, un monde dévasté où ne subsistent que ruines. Musique intergalactique, science-fiction ou très quotidienne, ou faisant entrevoir l'une sous les dehors de l'autre. Ça s'approchait d'un monde sans l'homme, sans son regard. Terre perdue.

« C'est là où j'avais joué, les mauvais quartiers, les quartiers pauvres. J'ai marché parmi les monticules de charbon, les carcasses de voitures, les hautes cheminées, un univers morcelé, étrange et froid, je refaisais ce chemin avec Schoenberg, j'y retrouvais un peu des sensations que j'avais eues enfant : à nouveau l'odeur inquiétante de la fleur de salpêtre, une peur mêlée d'érotisme diffus, un vague suspense, ce que je cherche plus ou moins encore et trouve de plus en plus rarement dans un monde devenu clair et propre. J'essayais des sons purs, les voyelles, pas bien articulés, je croyais être seule dans ce triste jardin d'enfants, sur la balançoire, au milieu du terrain vague désert.

« Et puis j'ai vu qu'ils m'observaient. Ils étaient côte à côte, muets, immobiles, impassibles, à une cinquantaine de mètres sur le côté, un peu en retrait, un peu penchés, le petit garçon et la petite fille, ils devaient avoir six, sept ans, ils avaient l'âge que j'avais quand je venais jouer ici, ils m'observaient avec sérieux et étonnement comme un animal ou un samouraï poussant des cris. J'ai continué encore un peu pour la forme en essayant de ne pas me soucier d'eux. C'était des sons pas beaux, ingrats, je reprenais le même de façon différente, proche du cri animal ou des sonorités japonaises, sèches, nasales, ooonnh! ou gutturales. Animal, et aussi j'imaginais ce qu'aurait pu être le son d'un minéral s'il avait pu chanter, ça n'avait plus qu'un rapport lointain avec ce qu'on appelle musique, point trop humain. Ils ont peut-être cru à une accro à un jeu à thème d'ordinateur Nintendo : l'Empereur Kong ou un samouraï? ou à une BD, un manga. Ooonngh! Aiiinng! Hoooh! »

Ce décor de carcasses de voitures, de monticules charbonneux, encore de la houille? Ce grand espace presque désert et presque mort s'accordait bien à ces éléments musicaux isolés par les ravines qui les entourent, une musique galactique étrangère et froide propre à déclencher la peur, sans agrément, oui, une carcasse. Puis, écrivait-elle à Charles, elle était descendue de la balançoire et avait pris le chemin du retour, elle marchait tranquillement, l'esprit vacant, détendue, à travers les monticules et elle arriva du boulevard avec ses petites maisons propres correctement repeintes en clair. « Mais les deux enfants m'avaient suivie, ils étaient intrigués, jusqu'à la boucherie.

— On t'a vue hier déjà, a fait la petite fille, comme nos regards se croisaient et que je leur adressais un sourire quand je suis sortie avec la viande rouge, une côte de bœuf.

— Oui, on t'a vue déjà hier, a repris le garçon, tu faisais de drôles de sons, tu faisais aohhnng comme dans les BD mangas japonais... On t'avait remarquée... tu faisais de drôles de sons avec ta bouche.

« — C'est sur notre balançoire que tu t'es assise, a fait la petite fille. Tu fais quoi ici ? Pourquoi tu pousses toute seule des cris comme Bruce Lee ?

— Non, fit le petit garçon, pas Bruce Lee, Jacky Chang.

— Oui, et comme dans les jeux électroniques.

— Je répète...

— Tu es chanteuse ?

— Oui.

— Tu es à la TV ?

— Pas souvent... Des fois...

— Mais ça ressemble pas à des chansons ce que tu fais...

— Non, c'est un exercice. »

Elle s'est éloignée avec la côte de bœuf dans le papier boucher à la main, elle a continué ses sons encore un petit peu, juste plus bas, ses exercices, sa recherche, pour donner un corps d'aujourd'hui à cette musique si pleine d'énergie et qui évoquait pourtant aussi une terre dévastée, qui s'approchait d'un monde sans l'homme.

Et ça s'enchaîne, les exercices, à New York maintenant. Elle va lentement dans cette ville à la nervosité électrique et puis elle est trop petite, trop petite, trop lente, trop curieuse, trop attentive, elle regarde trop les gens, il va lui arriver des histoires, elle ne respecte pas les lois de la jungle : ne pas s'attarder, ne pas fixer les autres animaux, surtout pas dans les yeux. La plus petite, sans doute, à cet endroit de la Sixième Avenue. Elle y disparaît.

Sous son chapeau, elle disparaît un peu plus encore : c'est un chapeau au cylindre assez haut, un peu avachi, velours et coton, marron et jaune, impressions d'Afrique, acheté 20 dollars, même pas, à un éventaire des surplus de Canal Street, un clin d'œil aux nègres Broadway Melody, Minstrels et Cotton Club.

Sur sa chemise à carreaux de couleur en voile de coton Yoshi Yamamoto, elle a mis une veste militaire kaki en laine bouillie. Les chaussures sont un peu trop grosses : il est difficile, avec, de faire de petits pas, un peu trop hauts les talons pour courir.

Des feuilles de vieux fax toutes froissées dépassent de la grande poche plaquée des partitions photocopiées — c'est plus souple comme ça, ça se manipule mieux. Des taches de café, de crème de beauté, de pluie, ont effacé ici ou là une note. Sur une, à l'envers, en haut à droite, finenement manuscrites à l'encre noire, six lettres : P. Raben. Elles signifient : ancienne complicité musique.

Millimétrée, chiffrée, croches, doubles croches, clés de sol, tracés courbes en diagonales, à l'horizontale, un vrai chiffon. Parfois, elle la sort pour l'étudier brièvement, elle s'arrête alors de marcher, puis la refourre dans sa poche et se remet en route en chantant à voix basse, et même seulement dans sa tête, les cordes vocales vibrent en silence, deux degrés vers l'est puis plein nord, en avant! Quelle fraîcheur! Quelle irresponsabilité! Elle a oublié la guerre, et l'après-guerre surtout, car la guerre, comme pour tout enfant, avait aussi eu quelque chose d'une fête et elle avait aimé jouer dans les ruines de l'Allemagne année zéro, mais la reconstruction en silence, un silence buté, déjà sans mémoire, atmosphère de plomb...

Pourquoi n'a-t-elle pas vécu ici plus tôt, plus longtemps? Elle chante sur la Sixième Avenue, puis elle tourne et avance vers cette trouée bleue, là-bas, en bas, vers l'East River, dans une si légère lumière. Elle se sent comme Joséphine, non, pas celle à la ceinture de bananes que son grand-père venait applaudir au Casino de Paris, l'autre Joséphine, la reine des souris, de Kafka, celle qui était toujours un peu triste et étrangère parce qu'on adorait son chant, mais personne ne savait dire pourquoi, et d'ailleurs « était-ce vraiment un chant? ». Rapides enjambées, tout d'un coup, en trois bonds, elle est loin.

La voici sur la Sixième Avenue, Avenue of the Americas, une avenue pour trois Amériques, au pied du Rockefeller Building. Elle traverse Rockefeller Plaza et son arbre de Noël de 50 mètres; là-haut, le restaurant-cabaret Rainbow and Stars, en plein ciel, au 36e étage, et là, juste à l'angle, le Radio City Music Hall avec son éternelle attraction : les Rockettes.

Les Ro-o-o-cke-e-e-ettes!!!... Cinquante impeccables paires de jambes, tout en muscles, nerfs, tendons, ces jambes américaines qui rendaient fou Bardamu — lui aussi préférait les danseuses —, le mettaient dans tous ses états, l'empêchaient de dormir à l'hôtel Lodge Cabin, cent hauts talons effleurent à peine le sol et cliquettent en mécanique *tap dance* sur l'immense scène, le bruit emplit tout l'espace de cette gigantesque nef Art déco, le temple du music-hall, un vaisseau : c'est le même, il est toujours là, ce bruit, une petite rafale d'énergie légère, stimulante, une douche, depuis Flo Ziegfield, excitant, si gai, jeune, il a traversé les décennies, un sec cliquetis, on aurait pu écouter ça pendant longtemps, une vraie drogue au fond, sur le moment ça vous lavait les oreilles de bien des sales bruits, de bien des cacophonies sérieuses, importantes, dures et amorphes, et il y avait en plus cette collective machinerie humaine qui semblait télécommandée, le sourire vide, cinquante fois le même, sans expression, peint. Ça rappelait les mémoires de Bebe Daniels : « Quand je dansais dans les Bathing Beauties de Mack Sennett, j'étais à la droite de Mary Pickford et elle me marchait toujours sur le pied gauche ! »

Un bruit aussi beau que celui à trois temps des rotatives — un peu plus haut, dans la ville, 45ᵉ Rue, un peu plus tard, minuit et demi, 1 heure — du *Times* d'où sortaient trois millions d'exemplaires, page après page, clac-ca-lac, clac-ca-lac, berceuse et bruit sauvage, et les camions blancs NEW YORK TIMES en lettres noires, attendent dehors.

Les deux mécaniques : des jambes de filles, des rotatives propulsant les nouvelles du monde entier, s'enchaînaient en quelque sorte, tout ça au cœur nocturne de la ville, là où, raconte-t-on, un roc magnétique enfoui sous l'eau donne à la cité son énergie trépidante, c'est une légende peut-être. « Alors ? Réalité ou légende ? Qu'est-ce qu'on fait, chef ? » demande le journaliste néophyte. Et le vieux rédacteur . « *Print the legend!* »

Au Radio City, Judy Garland a chanté, même gabarit qu'elle, comme elle traversée par le chant. Une voix instrumentale aussi forte qui habite ce corps d'enfant, semble un don du ciel, les parents, les voisins s'extasiaient du prodige. Elle continue sa marche vers le nord sans jamais perdre de vue qu'à sa droite il y a l'East River, à sa gauche le fleuve Hudson, elle est sur une île ! Tous ces trésors sur une île ! Le port en bas, les mouettes. Dommage que Baudelaire ne puisse plus venir faire un tour : « L'enivrante

275

monotonie / Du métal, Du marbre et de l'eau. / Et des cataractes pesantes, / Comme des rideaux de cristal, / Se suspendaient, éblouissantes, / À des murailles de métal » dans la nuit « *passementée d'or fin* », lui, l'homme des foules. À la sortie du Radio City, à l'angle de la Sixième Avenue et de la 54e Rue, il aurait été servi ! Des Négresses, plein de Négresses ! Des créoles qui sortent ce soir de là, un programme sud-américain. Des drogues, toutes les drogues ! Et, un peu moins aujourd'hui, c'est vrai, le type de maquillage qu'il aimait. Charles Baudelaire in New York City ! Charles sur l'Île aux trésors !

Elle était déjà venue là, c'était avec Rainer, mais des bruits se sont tus : cette musique dans les années soixante-dix et l'underground, le sous-terrain, on peut toujours bien se moquer, était alors avec ses ombres sûrement bien plus près du ciel que ne l'est la terre, on dit bien « métro aérien », n'est-ce pas, underground aérien, et le Velvet Underground, ses bruits de tôle et d'orgue d'église, avait inspiré, le président Václav Havel le rappelait sans cesse, la révolution de velours tchèque. Lou Reed chantait alors *Walk on the Wild Side* et *I'll Be your Mirror* : elle aussi, et Rainer, avaient marché un peu, un temps, du côté dangereux de la vie et ils avaient été le miroir l'un de l'autre, ça donnait du courage.

Dans les vitrines des magasins, sur le stuc des marquises, les auvents, les grands sapins disposés de loin en loin, ce sont les éternelles décorations de Noël, encore là au mois de janvier, une rhapsodie de guirlandes, boules dorées, petites couronnes de houx, ruissellements en cascades de filaments de minuscules ampoules comme une chevelure argentée en dreadlocks électriques, une fragile pâtisserie en sucre filé phosphorescent. Mais, ainsi que dans une partition musicale, un nouveau thème s'annonce d'abord discrètement par un petit leitmotiv, un bref accord, quatre ou cinq notes, qu'est-ce que ce ruban gansé rouge qui apparaît, au milieu, sur la branche d'un arbre d'abord, ce motif décoratif inédit, s'intercalant, insinueux, dans la fête? Il revient maintenant, un peu plus haut, dans l'avenue, devant les fourrures de chez Saks, ce ruban comme une ponctuation un peu funèbre dans ces pacotilles kitsch, puis il éclate carrément en thème principal, il n'y a plus que ça, ces petits papillons rouge sang envolés des boutonnières et venus s'accrocher sur les sapins du parvis, au fronton, tout autour des lourdes portes ouvertes de Saint-Patrick d'où s'échappent, la messe pour les morts a commencé, les accords d'une musique d'orgue.

Cette musique se mêlait aux bruits de l'avenue, les trépidations des voitures mal suspendues sur le bitume éclaté, leurs roues déglinguées sur la chaussée mal pavée, avec dos-d'âne, un vrai toboggan, et aux autres bruits de la ville : un sourd roulement perpétuel, une rumeur lointaine suspendue, le bruit même de l'abîme.

« La 5e Avenue a avalé ma voiture! » : *Fifth Ave. Swallowed My Car*, c'était un titre, la veille, en première page du *Post*, quand une explosion des canalisations de gaz avait provoqué un effondrement dans l'avenue; au même moment d'ailleurs un ou deux immeubles s'écroulaient dans Broadway. Le Corbusier avait vu juste : « New York est une catastrophe, mais une belle catastrophe. » On était sur une île au bord d'un abîme. Fumées sortant du sol, émanations eût-on dit, d'une sorcellerie souterraine, et d'autres, plus denses, venues d'une énorme cavité cyclopéenne en haut d'une tour.

Elle entra dans la cathédrale, et, la variation de lumière et l'odeur, elle eut comme un petit éblouissement, elle s'agenouilla dans un demi-automatisme, un geste oublié qui revenait un peu malgré elle, et, à nouveau, immanquablement, ce fut le rappel d'enfance, cette continuelle rumeur sans origine, traversée de frêles bruits, des tintements sporadiques, l'impression de perpétuels petits préparatifs, elle, près de l'abside, ajustant ses pieds sur les pédales, jambes un peu trop courtes, elle avait six, sept ans, c'était à l'aube d'une vie, elle jouait pour Dieu. Beaucoup de voix autour d'elle sont parties, des rires, et pas seulement de ceux que Charles, un peu grinçant, avait appelés sa *velvet mafia,* sa garde rose, c'est pour eux que s'élève maintenant le son des orgues. Elle essaye de se recueillir. Depuis longtemps, elle n'est plus croyante, c'est juste une petite communion qu'elle cherche, qu'ils lui donnent un peu de leur esprit. Des touristes vont et viennent le long des travées latérales, regardent les photos des saintes, le programme paroissial de la semaine, appareils photos en bandoulière et Nike, après une journée de shopping.

D'ailleurs elle ne supporte plus les odeurs d'église. La communion avec les amis, ce sera pour ailleurs. Allonsnous-en, se dit-elle, ils ne sont pas venus, leur esprit n'est pas là.

Elle en a marre des souvenirs, l'enfance, et de l'avenir, la mort, elle préfère l'aujourd'hui, juste ça, quel qu'il soit, même avec sa laideur, c'est une laideur plus belle que le beau passé mort... En avant la musique ! Et on reprend : dans la tête, telle une rampe de lancement, une mesure de quatre du piano, c'est le tracé du motif... 1... petite syncope... et hop!... la voix prend le relais et décolle 1 2 3 4 – 1. *Phan-tas-tischen Lichtstrahl*. Entre deux auvents, deux dais, suspendus au bord d'une marquise, des drapeaux flottent, claquent dans le vent, s'enroulent un peu autour des mâts et se redéploient, secoués, on ne distingue plus l'avers du revers, ça passe vite de l'un à l'autre.

Autour d'elle, les passants avançaient, le buste très droit, ils regardaient loin devant eux, comme s'ils devaient juste traverser la ville et aller au-delà, à l'océan, aux immenses plaines... Elle chante dans la rue, *She is sin-ging in-the-street / She is happy again, She walks in the town, She is sin-ging in-the-street*, en silence elles font leur travail quand même, elles pulsent au rythme de cette partition, les cordes : ces *deux fils de soie impalpables*, c'est comme ça que Leopold Bloom qui lui aussi aimait se promener dans la ville et était marié à une chanteuse les qualifiait un peu joliment. Mais elle, elle était allée récemment chez le docteur Erkki, son spécialiste de la voix, il lui avait fait une fibroscopie : il avait introduit une fibre optique souple qui, de là, filmait la trachée, la fibre est reliée à une caméra de 5 centimètres, et elle avait un peu chanté et elle avait vu en même temps sur un écran le film de ses *deux fils de soie* : deux petites lèvres, en fait, des muqueuses renflées, irriguées de filaments de sang, c'était blanc et rouge et ça pulsait, oui, et elle avait vu ce qui donnait à sa voix cette caractéristique que tant de gens aimaient, ce ton rauque, *husky*, en plus de la cigarette, c'était une couche de gélatine déposée sur les cordes.

Schoenberg voulait « sentir enfin le souffle des autres planètes », pour l'instant, la planète Manhattan lui suffisait, à elle... *Mit einem phantastischen...*

Elle veut un son où passeraient les bruits d'aujourd'hui, ceux de la rue aussi, les plus bêtes, les plus vulgaires, comme, à l'époque, Lotte Lenya, pas les sons purs de l'opéra... Elle reprend sans arrêt la même phrase, elle aime ces exercices toujours recommencés, déjà, il y a longtemps, enfant, les *Inventions* de Bach, d'abord les exercices, la grâce vient après...

Elle ne sait pas bien où elle va mais, comme lui dit parfois Charles : « La meilleure façon de ne pas se perdre, c'est de ne pas savoir où on va... »

Un peu plus haut dans l'avenue, Gucci, puis le Disney Building : à la hauteur du 2e étage, comme deux gargouilles néogothiques funky, deux Mickey Mouse en pierre sombre, presque noire. Justement, telle une souris électronique et la ville serait un gigantesque écran de computer, elle tourne maintenant brusquement vers l'est de deux degrés puis va plein nord sur Madison Avenue. Là, elle respire un peu plus, reprend la phrase sur le drôle de rythme : *Lichtstrahl...*

Et juste là, sur *Lichtstrahl,* un point dans son dos se relâche — entre la quatrième et la cinquième lombaire —, à ce point, elle le sait, correspondent certains sons, et au moment où ce point se relâche, une voix sort d'elle qui ne lui est pas habituelle, qu'elle ne reconnaît pas mais qui, quand même, lui rappelle quelque chose, quelqu'un plutôt. Qui est-ce ? Elle rechante la même phrase, elle relâche à nouveau le point. Voilà ! Ça y est, elle sait, mais oui, bien sûr : Candy Darling ! C'est comme si c'était aujourd'hui... Cette voix de falsetto brisée, venue d'une très grande poupée blonde à la large bouche bien dessinée, rouge. Mais fragile, la plus fragile, du verre, pleine de givre, fines, oui, du papier de verre, crissante, et aussi un tout petit peu fausse. Elle chantait, lumineuse, yeux renversés, chavirés en arrière, à la Jésus, la ballade de Bobby McGee, que Janis Joplin avait créée. Le Baron tournait en Bavière *La Mort de Maria Malibran* et il lui avait mis des lys dans les cheveux. Elle-même un lys : décidément, il adorait ça, le Baron, les lys. « À cette soirée au Lido à Venise, *soft music on the breeze*, comme dans la chanson, il en avait mis plein dans le long décolleté de sa robe en chiffon de soie rouge, c'était le Festival et lui qui, exprès, à ce grand dîner d'ouverture, laissait sans arrêt tomber ses verres de contact par terre pour se retrouver à les chercher sous la table, *dreaming of delight,* à quatre pattes avec les jeunes et beaux serveurs vénitiens pour l'aider, soi-disant! »

C'est ce son-là qu'elle cherchait, du chant sans en être, sans caractère, sans oripeaux, avec des accents marqués par la ville, estampillés par l'époque, ni opéra ni cabaret ni music-hall, l'air de cette fin de siècle chaotique passait dans ce corps et ressortait par la bouche, une traversée.

Et maintenant, sur l'avenue, juste comme ce point entre la quatrième et la cinquième lombaire se relâche, c'est cette voix qui vient relayer la sienne, un fantôme de voix qui vient l'habiter un peu. Comme la sienne avait habité le corps de Linda Lovelace, la reine du porno, dans la version allemande de *The Devil in Miss Jones,* qu'elle avait doublée, voix qui passent d'un corps à un autre, s'incarnent ailleurs, comme le *pill-box hat,* le petit chapeau d'Oleg Cassini, d'une tête à une autre. Les gens s'en vont, restent les voix. Et les chapeaux...

De retour à l'hôtel, elle raconte sa promenade à Charles.

— C'est curieux, fait-il, tu cherches un ton, un son pour la musique galactique d'un pur prophète, une sorte de Moïse avec ses Tables de la Loi en forme de partition, qui a même écrit un morceau intitulé *Psaume 128*, qui trouve que Webern était un Aaron sacrifiant à la mode, Kurt Weill n'en parlons pas, il avait vendu son âme *for a song*. Il a refusé un livret parce qu'il y avait des scènes un peu érotiques... Et chez qui tu trouves finalement ce ton qui fait le déclic? Chez une espèce de trav' furieusement décadent, pourri par les drogues, kitsch dégénéré, monstrueux ange préraphaélite en dentelle de givre...

— Les voies du Seigneur...

— Et tu écris « voies » comment? avec un *x*?

— Il doit bien y avoir un lien entre Moïse et Candy Darling, entre le sombre prophète et la poupée de givre!

— Oui, toi! fit-il en riant. C'est quoi ce parfum que tu as, c'est nouveau?

Elle alla au minibar et prit une barre de chocolat Hershey.

— *Eau d'Issey*, d'Issey Miyake.

— J'ai oublié de te demander. C'était bien, hier soir, au 999?

— Pravda 999. Pas mal, beaucoup de monde, un peu trop. La Russie revient à la mode...

— Le décor?

— Le baroque d'ici downtown : kitsch et moderne, mélange de pompe vaticanesque et de McDo. Velours et métal. Dans la pénombre, en arrivant, j'ai vu de très belles bottes à une table et une voix venait de là, en allemand, mais un allemand léger, acéré, sans racines.

— Wolfgang!

Wolfgang Joop! Un Prussien à New York! *Todtchic*, le corps, même en jeans et T-shirt : question d'esprit une fois de plus. De bonnes bribes, *samplings* du Potsdam années vingt se réinventaient, à travers lui, mixées à Manhattan de manière rapide, insolente, rythmée, sarcastique, au présent toujours. Un bon spécimen.

— Jim était là?

— Oui, mais il n'est pas resté longtemps, il est rentré travailler à son scénario. Le film s'appellera *Dog's Ghost – The Samourai Way*.

— Avec qui?

— Encore Johnny Depp, je crois.

— Qui y avait d'autre? demande Charles, toujours un peu snob et qui aime bien entendre des noms.

— Des mannequins, ça t'aurait plu, et quelqu'un que j'ai pris pour Cindy Sherman et quand je me suis approchée pour lui dire bonjour, ce n'était pas elle, mais quelqu'un m'a dit que finalement c'était elle. Juste un peu retouchée, elle en double d'elle, Monica Vitti relookée Madonna... Tu me suis?

— Non...

— Un type m'a dit : « C'est terrible, maintenant tout rappelle quelque chose, tout le monde vous rappelle quelqu'un, on ne sait plus bien quoi appartient à qui ni qui est qui!

« Et alors? j'ai dit.

« Et alors, il y a plus que des remakes, des *sequels*, des répliques!

« Et alors? j'ai dit.

« Et alors, rien... » Et il a bruyamment sniffé une ligne qu'il a sortie je ne sais d'où...

Après, elle avait pensé aller prendre un peu l'air dehors. À la porte, le videur avait voulu lui tamponner l'avant-bras au pochoir, à l'encre, avec le nom de la boîte, Pravda 999, comme une contremarque, pour qu'elle puisse rerentrer et elle, un peu bêtement, elle n'avait pas voulu, ces chiffres sur un avant-bras, ça devait vaguement lui rappeler quelque chose. Elle s'était retrouvée dehors, dans le froid glacial, et elle était rentrée seule.

— Et toi, qu'est-ce que tu as fait?

— Je suis resté là. Moi aussi j'ai écouté les bruits de la ville. Et les voix des gens au bar de l'hôtel. Tu sais, j'aime la façon de parler des New-Yorkais, c'est amusant, on dirait qu'ils se lancent des balles, des projectiles... Et puis, c'est reposant, je comprends assez les mots pour ne pas me sentir trop isolé, mais pas vraiment tout, alors le sens m'échappe un peu et j'entends mieux leur musique.

— Paroles ou musique, il faut choisir?

— Pas avec toi! D'abord, tu es étrangère, tu ne parles pas très bien le français...

— Ah bon!

— Et, de plus, tu es une musicienne... une étrangère musicienne...

— Si on allait prendre un verre au bar en bas?

— OK...

Dans les couloirs de cet hôtel, on se perdait toujours. Ils avançaient, revenaient sur leurs pas, repassèrent devant la chambre.

— ... et j'avais oublié... quand je suis sortie de la cathédrale Saint-Patrick...

Elle revenait là aussi en pensée sur ses pas.

— ... de la cathédrale Saint-Patrick, j'avais vu tout en haut du building d'en face, au 35ᵉ ou 40ᵉ étage, ces trois chiffres que l'on aperçoit...

— Merde, qu'est-ce que cet ascenseur est long...

— ... la nuit de très loin dans la Cinquième Avenue : 666, dans le ciel, tu le vois de partout, et figure-toi qu'on m'a dit que ces trois 6 sont le signe correspondant à la Bête de l'Apocalypse de saint Jean. C'est un dragon qui a sept têtes et dix cornes.

— J'aime beaucoup ces longs voilages blancs tombant de là-haut, dans ce hall... Non, c'est là à gauche le bar... vas-y, passe... non, mettons-nous là dans la terrasse vitrée.

— ... et le soir donc je vais dans ce club : le 999, les trois mêmes chiffres inversés !

— ... Coke !... Scotch !

— *Ice ?*

— *No !*

— Oui... et alors ? Ce sont les réfugiés dans les catacombes ? En fait d'apocalypse, je vais te dire une chose : elle est en train, depuis quelque temps, d'avoir lieu, mais c'est une apocalypse sans dragons, sans anges, sans cavaliers et sans trompettes. Elle est tellement diffuse et dans un tel ralenti ou à une telle vitesse, c'est pareil, qu'on ne la voit pas. C'est un virus transmis par tubes cathodiques, méga sociétés civiles, et surtout leurs sons, leurs langages, c'est un virus qui passe par l'oreille ! Et bien sûr c'est un virus masqué, une mascarade, comme tout le reste, virus plus subtil, plus dangereux que le gaz ZX, CX, gaz moutarde, sarin, au moins ça, ça vous tue net...

— Tu as vu le barman... il ressemble à...

— Oui... de plus en plus de doubles... plus ça va, plus il y en a... Et c'est ce virus qui fait disparaître des crevasses du temps, des pans de l'Histoire, la fin des sixties, début des seventies par exemple. Elles se sont volatilisées, et, de certains corps, de l'esprit des villes, on ne se rappelle plus, moins que de l'après-guerre... ou que de 1900 où je n'étais pas...

— On dit ça quand soi-même... allô maman bobo... c'est peut-être une apocalypse perso?

— Non, je vais plutôt bien, merci... Donc je continue : ça passe dans l'oreille qui, comme tu sais, est reliée à tous les muscles du corps, les sons, le langage, et après, le corps et la pensée. C'est tout. Il y en a qui résistent, toi par exemple, c'est même avec de bonnes armes : tu émets des contre-sons, d'autres musiques, comme des antivirus, c'est la guerre des sons, mais tu es très minoritaire... Tout le monde semble désincarné. D'autant plus bizarre d'ailleurs qu'il y a surtout des présences encombrantes, massives. Oui, voilà, massif et désincarné, curieux non? Et tous tellement humains. Tantôt le temps s'accélère, tantôt il ralentit. Et maintenant que c'est le calme plat, et même une sorte de nouvelle ère glaciaire, on a peine à comprendre des périodes passées : celles où le temps s'accélère, des mouvements se produisent. Ça produit Rainer, Mazar et d'autres, et à présent on pense à eux comme à d'improbables personnages excentriques de cartoons alors qu'ils étaient les meilleurs représentants de l'époque, les plus vivants.

— C'est bien que nous on en parle, non? J'ai l'impression qu'on veut étouffer, oublier, éliminer, nettoyer certaines parties du siècle pour s'ennuyer plus tranquillement.

— Oui, les religieux juifs disent qu'on meurt deux fois : une fois physiquement et la deuxième lorsqu'on ne parle plus de vous.

Mais d'où viennent ces voix ? « Chef ! Chef ! *Damned !* Je veux bien être pendu !... Je n'y comprends rien, chef, toute l'équipe de l'expédition a disparu des radars... Elle s'est évaporée ! volatilisée ! (il claque des doigts, pouce et majeur) comme ça ! Mystère et boule de gomme... Plus la moindre trace... une faille, une crevasse invisible du temps... C'est déjà arrivé parfois dans le passé : un certain laps de temps est soustrait du Temps... Il a existé mais c'est comme s'il n'avait pas de rapport de continuité avec ce qui a suivi...

— Faa-scinant ! comme dit en levant un sourcil Mr. Spock dans *Star Trek*... Non, plus sérieusement, arrêtez de déconner, Spielvogel, avec votre triangle des Bermudes temporel...

— ... et, comme il y a des continents perdus, il y a des époques dont on retrouve des traces, mais mortes, elles ne parlent pas, elles ne nous disent plus rien. Les espèces qui vivaient alors ont disparu sans mot dire, peut-être déportées sur une autre planète. On pense qu'on les a connues, vues, mais elles ont si peu de rapports avec aujourd'hui... on ne trouve plus les mots. Peut-être sont-elles dans un autre continuum temporel, tout proche du nôtre mais ailleurs...

— "Téléportation Scottie !" c'est ça ? fit, en rigolant, Arbogast.

— ... et non seulement disparues, mais difficile, impossible de s'en rappeler... Je parle d'une mémoire vivante...

287

Chef! chef! Je n'y comprends rien, sept années ont disparu des radars. Volatilisées. Sept années de perdues, glissées dans une faille du temps qui s'est refermé sur elles comme sables mouvants, ces continents engloutis dont parlent les légendes, l'Atlantide...

— Quelques survivants quand même, mon cher Spielvogel?

— Oui, chef, plein à vrai dire, mais dans un triste état : presque tous malades de la peste, tous l'air absent comme s'ils vivaient dans le passé ou l'avenir, ils sont là, plein d'eux, mais ils sont pas là, plongés dans une nostalgie rêveuse ou d'un optimisme idiot. La cervelle pleine de vieux champignons du passé, ils s'agenouillent pour baiser le cul de l'Avenir, figurants d'un vieux film usé qui passe en boucle, la gueule un peu décomposée par les nitrates d'argent. Des choses restent de ces années mais mortes, surgelées, prises dans la glace.

— Oui, je sais, il y a des théories comme ça : des failles spatio-temporelles, mais arrêtez de rêver avec votre espace-temps, de faire le poète, ça ne sert à rien...

— Quelqu'un a dit, Mr. Arbogast : "C'est ce qui ne sert à rien qu'il faut sauver..."

— Revenez sur terre, Spielvogel, à la vraie vie...

— Quelqu'un d'autre a dit : "Vivre? Nos domestiques s'en chargent!"

— Vous commencez à me fatiguer. Surveillez plutôt avec vos radars, vos sonars, vos quasars...

— L'Alcazar?

— ... l'œil vers l'avenir, et arrêtez de vous préoccuper du passé, et aussi du présent d'ailleurs, c'est clair? Vu? »

Et une image passa dans la tête de Charles, elle vint se poser sur cette rue de New York, elle avait un air des anciens temps : la rue de Ponthieu tard dans la nuit, un carrefour, deux grandes portières arrière qui s'ouvrent, un genou, une jambe qui pivotent, une autre jambe, filles qui sortent, portières claquées, Mazar agité, sa mèche en virevolte avec son pâle ambulancier hagard, lunaire, sous narcolepsie, l'un en accéléré, l'autre au ralenti, mais ensemble, semblant bien savoir où ils vont, comme attirés. Et puis une grande voiture noire passe, une limousine, elle s'arrête juste un instant au croisement : à l'arrière, allongé, endormi, un petit bonhomme chauve, les bretelles qui pendent par terre. Mazar le connaissait, il avait dit à Charles : « C'est Pierre Lazareff. La nuit, quand il ne dort pas, dans son hôtel particulier, il appelle son chauffeur : "Allez, roule, Coco!" À Paris, il appelle tout le monde Coco, il connaît tout le monde. » On roule longtemps, longtemps dans la ville, très lentement, et il finit par s'endormir un peu, il dort dans la voiture en roulant. À l'heure où les rotatives de son journal, qui n'arrêtent jamais, trépident, tournent à toute vitesse, sur ce rythme à trois temps : *tchac-a-tchac, tchac-à-tchac,* lui, endormi, roule tout doucement. Charles aimait l'idée, l'image, la mécanique ultra-rapide et la lenteur hypnotique des roues de la limo, ces deux rythmes simultanés et totalement distincts, on a ça dans la samba, la musique brésilienne, et même dans leur football : Garrincha le n° 7 aux jambes torses, disgracieux et sublime, Garrincha semblait jouer sur deux *tempi* à la fois, il était vite et lent, comme une drogue. Et l'image disparaît.

— Qu'est-ce que c'est que ça?

— Je sais pas. Tu entends ce cri ?

C'était entre le cri, le hurlement et le signal sonore d'un véhicule prioritaire, entre l'homme, la bête et la machine... Ça se rapprochait... Et puis la fille apparut : quinze, seize ans, mince, un bonnet, des rollers, un foulard lui masquait le bas du visage, elle était accrochée à l'arrière du camion qu'elle tenait d'une main, et de l'autre, brandie en avant, elle faisait signe au chauffeur, à son image dans le rétro, de filer, de fendre l'air... Le camion, pressé par la circulation, ne pouvait ralentir. Il roulait à grande vitesse... Elle imitait le son d'une ambulance, elle était une sirène... d'ambulance. Pointant deux doigts de sa main libre pour désigner l'espace loin devant, tout l'espace, tout à elle, toute la ville, l'univers entier, croit-elle, la fille machine. Ta-tan ! Ta-tan ! Deux sons stridents... elle est une ambulance... elle est devenue une machine, une guerrière, Diane chasseresse.

Il y en a plein comme ça dans cette ville qui elle-même ressemble tant à une machine. Déjà, vue d'avion, si compacte, ramassée, hermétique : monstrueuse. Si belle ! Ta-tan ! Ta-tan ! Plus fort, plus strident que la vraie sirène d'ambulance. Dans le flot des voitures, le chauffeur du camion ne peut ralentir. Il se penche, effrayé, par la fenêtre, elle brandit deux doigts désignant l'horizon et au-delà. Ta-tan ! Ta-tan !

Un cri inhumain sortit d'elle dans cette partie ultra-chic de Madison Avenue. À son passage, les gens s'étaient figés dans la rue comme quand passent un cortège présidentiel et son escorte policière. Durant ces quelques secondes, tout s'était arrêté. Personne ne riait, ne souriait : chacun avait obscurément reconnu un son de folie enfoui dont il aurait été capable aussi. C'est elle qui l'exprimait comme, dans le bunraku japonais, les grands sons de la marionnette centrale encapuchonnée sont à la charge du récitant de côté. Ça avait sa beauté. C'était, mais poussé à l'extrême, ce que nos voix, nos musiques étaient en train de devenir.

— Tu as entendu ça?

— Ouais... une voix, un corps de demain peut-être...

Il avait les yeux dans son journal.

— Elle aimerait être une machine!

— Pas toi?

— Non!

De là où ils étaient, pourtant au milieu de la ville, 44ᵉ Ouest 44, on apercevait un petit bout de bleu. « C'est quoi ce bleu? » se demandait Charles. Il mit quelques secondes à réaliser qu'il s'agissait de la rivière là-bas au loin, ça devait faire quelques centimètres carrés à peine mais ce petit rectangle bleu donnait à tout le reste un autre éclairage, spécial. C'était un échantillon collé là, élément rapporté, surajouté dans le décor, un élément étranger éclatant fiché au bas des hautes tours aux couleurs sombres. Par une illusion d'optique, la petite bande bleue semblait tout près, non, ailleurs, on aurait dit qu'il n'y avait pas de profondeur de champ, pas de perspective, et que tout était sur le même plan. Et grâce à ce morceau bleu de rivière, on réalisait bien qu'on était sur une île, et, aussi, c'était l'ailleurs qui faisait un clin d'œil, et d'ailleurs le bleu, sous l'angle qu'avait maintenant pris la lumière, ne mit pas longtemps à scintiller comme un morceau de mica.

« Tiens! Vente aux enchères chez Christie's. La série, il y en a quatre, des autoportraits de Warhol d'après Holbein : deux millions de dollars... » Sur le journal, on voyait côte à côte Holbein en magnifique habit, velours, soieries, et il tenait un crâne dans la main ouverte renversée au-dessus de l'épaule, et les remakes par Warhol. « C'est curieux parce que lui-même a la peau blafarde, les pommettes en saillie, orbites enfoncées, œil vide fixe... on dirait... Enfin... il tient un crâne et lui-même... Maintenant, vers la fin, il dévoilait l'envers, là depuis toujours, l'autre face, la doublure du charmant prince des nuits jet-set de Manhattan : c'est une tête de mort, et qui en tient une autre! Double crâne...! C'est le pompon! C'est le verso!... Un jour, on m'avait amené à Montauk, c'était chez Peter Beard, le photographe, dans sa maison de campagne, un ancien moulin, dans les Hamptons, au bord de la mer, un week-end. Warhol était là un soir, complètement décoiffé, chemise ouverte, pas celui qu'on voit dans les magazines, le jet-setter chic, non, en jeans dans un fauteuil, il tenait un crâne sur les genoux, par en dessous, comme un cendrier, une boule de bowling, sans en faire une histoire, comme il savait faire pour tout : ce type-là, il aurait pu descendre la Cinquième Avenue en faisant des claquettes avec en laisse trois léopards blancs, on aurait eu l'impression que... enfin, personne n'aurait tourné la tête. Tout d'un coup, cette tête de mort semblait aussi naturelle, là, que... Jamais rien de forcé, l'air de juste venir de trouver ça là... Un visiteur, une sorte d'absence, de demi-invisibilité, ça doit tenir à ce corps vide comme un mannequin, une marionnette, une enveloppe aux contours nets, quelque chose d'extrême-oriental, tout ce qu'il touche, ce dont il s'approche, paraît si léger, un bon esprit vraiment. Il tient le crâne comme rien, pas pompeusement funèbre, une *vanité*, ni l'esprit rigolo carabin. Pas d'emphase, pas d'humour, neutre. Les deux erreurs qu'il n'a pas faites : un, le faire tourner comme une toupie sur les genoux; deux, le prendre et le regarder face à face comme un pauvre Yorick...

« Il adorait les sorties, la nuit, les fêtes, le monde, la drôlerie, mais dans un coin tout ça n'empêche pas la blanche face d'os trouée. Et ce week-end, elle était là, avec le visiteur. Le téléphone a sonné, c'était pour lui. *"Allô... oh! really?... oh! really?... Good!... Great!..."* Sa voix neutre, juste quatre ou cinq mots, toujours les mêmes. C'était Lee Radziwill, la sœur de Jacky O., qui appelait. Et lui, toujours en tenant le crâne sur les genoux comme un cendrier ou un bébé : "Votre portrait? Oui, je le fais mercredi... Non, c'est pas la peine... Soyez à l'angle de la 42ᵉ et de Broadway, devant la cabine Photomat', et apportez plein de rouleaux de pièces de 25 cents!" » Le rectangle bleu d'Hudson scintilla à nouveau. Un petit avion traînait derrière lui dans le ciel les six lettres géantes DAEWOO, le vent emmêla un instant le D, le A et le E, il n'y avait plus que WOO... »

Charles, qui feuilletait le *Times*, s'arrêta à la page sportive, la double feuille de papier grande ouverte devant lui, une photo : une cage avec des filets et un être masqué, caparaçonné tel un chevalier ou un picador, marqué, dans le dos, du numéro 99 en très gros chiffres blancs. Un sportif de légende, le plus grand joueur de hockey sur glace. Il lisait à mi-voix comme pour lui-même :

« Pendant deux heures et 45 minutes, le temps a semblé s'arrêter au Canada. Wayne Gretzky, l'unique héros vivant du pays, le prince du passe-temps national, pour la dernière fois, le formidable Gretzky patinait. C'était comme si Michael Jordan et Joe Di Maggio avaient décidé d'arrêter le même jour... Il était marié à une actrice américaine. Tout comme les Américains d'un certain âge se rappelleront toujours où ils étaient quand ils ont appris la nouvelle que John Kennedy avait été assassiné à Dallas, les Canadiens peuvent vous dire où ils étaient le 9 août 1988 quand Gretzky a été transféré par les Edmonton Oilers aux Los Angeles Kings. Gretzky fut le premier à introduire un style de jeu plein de grâce et d'intelligence alors que la manière canadienne était de s'agripper, empoigner et cogner s'il le fallait. C'est pourquoi le fragile jeune homme aux gracieux déplacements et au mystérieux sens de la glace était au début systématiquement écarté par l'establishment du hockey canadien... Sous les projecteurs du Stadium, il n'y avait rien de si libre et de si hypnotique... »

— Écoute ça : « ... Rien de si libre et de si hypnotique que Wayne Gretzky en pleine course. Durant la célébration d'adieu au Madison Square Garden, on a baissé les lumières et des images de Gretzky accomplissant des merveilles avec les Los Angeles Kings, les St Louis Blues et les Rangers de New York furent projetées sur la blancheur lisse de la glace, *the smooth white ice*. Ça créait un effet fantomatique bien approprié à ce fin joueur aux mouvements soyeux... »

— Oui, ça a vraiment le ton d'un conte.

— C'est ça... entre la chronique et le conte, les contes de Grimm, vos légendes nordiques... maintenant ça se passe aux USA... Dans le sport surtout, le spectacle aussi, sauf que... enfin... ça finit souvent mal : alcool, drogue, loi d'airain du dollar... Fin des légendes... Écoute encore ça, c'est très bien, le type écrit : « ... désormais, le jeu est désespérément superorganisé et sous l'emprise des *coachs*. Plus de place à présent pour les essais et les erreurs. Si aujourd'hui Wayne Gretzky arrivait et s'essayait à faire ainsi ricocher le palet entre ses jambes, il aurait droit à deux *coachs* pour venir lui dire que si jamais il s'amusait encore à ça, ce serait le banc de touche. Voilà. C'est pour ça qu'il n'y a plus de Wayne Gretzky. » OK? Oui, voilà! C'est comme ça : plus de Wayne Gretzky nulle part.

— À propos de managers, de fin de légende et de fragile élégance, je ne t'avais pas dit, j'ai revu Yves à Paris, revu, enfin, si on peut dire. Ça faisait des lustres... Enfin, un ou deux...

— Et...?

— Je suis allée au défilé.

— Et...?

— Rien... Bien... Devenu un classique... intemporel! Indémodable... Après, tout le monde l'entourait pour le féliciter et j'ai attendu à l'écart de l'autre côté du salon, et quand les gens, les uns après les autres, se sont éloignés, il est resté là quelques instants seul et il regardait dans ma direction, vers moi, mais dans le vide, il était sans expression. Je me suis approchée en souriant, je l'ai embrassé, il n'a pas dit un mot, il avait l'air absent. « Je suis In-grid », appuyant sur la première syllabe, à l'allemande, pour faire un peu rigolote, comme il s'amusait à faire lui-même, alors, quand il disait mon nom. « Mais oui, bien sûr, je sais... je t'ai vue là-bas... »

Quand même, il était ailleurs, était-ce les soucis? les tranquillisants? son air devenu encore plus réservé? La voix douce, le charmant cheveu sur la langue toujours là, rapidement elle a repensé à l'époque de *L'Aigle à deux têtes*, de *La Main bleue* et des lys blancs du *Scribe* et des jardins de Majorelle à Marrakech où elle n'avait pas voulu aller, «Viens! viens là-bas... tu verras, il y a plein de murets roses et de cactus brisés», il l'appelait «ma reine», il parlait peu alors, si timide, les joues vite empourprées, le pâle sourire, mais avec elle, tout de suite une complicité : par terre dans la villa de Deauville à s'amuser comme deux enfants... comme Rainer, pareil...

Que se passe-t-il depuis quelque temps? On semble s'être métamorphosé «Je suis In-grid!» oui, il sait : «Je sais!» Tout le monde s'agitait, parlait fort, tout autour, une cacophonie familière et sans égards.

Beaucoup de coiffures «*I shall survive*» qu'avaient lancées lady Di et Hillary au moment de leurs épreuves conjugales : envols de mèches libérées sur le devant, en casque raccourci derrière et, au beau milieu, une toute nouvelle coupe de cheveux dite «Comme faite chez soi», un peu ratée exprès, ça coûtait 1 800 francs. C'était celle d'une chroniqueuse qui lui tapait sur l'épaule : «C'est génial, Yves!»

La zone de mystère s'était évaporée et la grâce, le rayonnement avaient pâli, alors qu'avant les échos de son silence et de sa discrétion inquiète se diffusaient, contagieux, dans toute la pièce où il se trouvait, même au-delà. Debout, ballant, un sourire, l'air juvénile toujours là : «Merci! merci! merci!»

Son Éminence, comme toujours, protecteur, veillait sur tout, à distance, et le chauffeur, casquette à la main, attendait à la porte pour le reconduire. Ça parlait, ça parlait, ça parlait, tout autour, voix hautes bourrées d'informations. L'indifférente et anonyme finance rôdait pas loin de là. Qui tire les fils? Personne? Tout le monde? Personne. On échange à prix d'or les couturiers, transferts de fin de saison, comme les stars du football et tout le reste aussi, tout le monde a son prix : « Combien valez-vous? » Même si on ne le savait pas, on avait son prix. Désormais, Yves allait, sans plaisir, rarement, avenue Marceau, aux ateliers : « C'est mon chien Mouloud qui a envie de sortir, alors je le suis, il connaît le chemin! » L'image s'estompe un peu, les lignes « Trapèze », « Mondrian », « Ballets russes » sont au musée de la Mode. Est-il possible que dans quinze, vingt, cinquante années, ce Y, ce S, ce L soient encore là, toujours finement entrelacés, mais désormais énigmatiques comme des chiffres ou les fragments d'une écriture indécryptable. Pas impossible, mais il resterait longtemps, longtemps, longtemps après... l'âme légère du couturier, de ses vêtements, un air de légende un peu vague, réincarnés ailleurs, peut-être même tout ailleurs. Et, qui sait, aussi, pour faire découvrir ça, un autre Son Éminence.

Et ils ont continué ainsi à parler, ces deux-là, perdus dans Manhattan, ça aurait pu être deux autres. *Observer*, la navette spatiale voit la scène dans les détails : Charles tourne encore une fois la tête vers le petit rectangle bleu cobalt, on dirait un papier collé sur la ville, Ingrid sourit et porte le verre à ses lèvres, elle enlève une de ses boucles d'oreille... Quatre minutes plus tard, un Anglais détourne la tête de la Tamise, sept minutes après, un Parisien repose son verre sur la table... *Observer* voit le monde en quarante minutes, Brahma, il est vrai, c'est en une seconde, la technique fait ce qu'elle peut... Et puis ils se sont tus et tout est devenu calme autour d'eux, un de ces moments où les choses sont comme ralenties, suspendues, sans raison. On est 44ᵉ Rue Ouest, nᵒ 44, le 7 janvier 2000...

Zurich, 20 juillet 1917, Spiegelgasse, la ruelle-au-Miroir, nᵒ 27, un étroit escalier, 1ᵉʳ étage, pas de fenêtres, murs noirs, petite estrade, 50 mètres carrés à peine : un cabaret nommé Voltaire. Le monocle arrogant, un Juif roumain dandy en exil lit un poème qui n'est pas de lui, écrit vingt-cinq ans plus tôt dans la baie riante et silencieuse de Rapallo, il parle par la voix d'un autre, lui-même, médium, ne possède rien, c'est sa force, il cite : « Les temps sont proches où l'homme ne jettera plus par-dessus les hommes la flèche de son désir, où les cordes de son arc ne sauront plus vibrer : "C'est quoi Amour ? C'est quoi Création ? C'est quoi Sehnsucht-Désir ? C'est quoi Étoile ?" demande le dernier homme et il cligne de l'œil. La terre sera alors devenue petite et sur elle sautillera le dernier homme qui rapetisse tout. »

Voilà, ce temps-là était arrivé. Mais un autre exilé, un très vieux cinéaste, encore un vagabond, de Vienne celui-là, déplacé à Hollywood, Billy Wilder, une gaieté sur fond noir amer quatre-vingt-trois ans plus tard — et ce sont les tout derniers mots de son autobiographie —, répond en écho, sans le savoir, au jeune homme de la rue-au-Miroir, le poète cabarettiste et le célèbre filmmaker milliardaire, le mort et le vivant, semblent dialoguer involontairement par-delà le temps : « La situation est désespérée mais elle n'est pas sérieuse. »

Le petit rectangle bleu scintille à nouveau...

À présent, presque immobile, la main droite bien posée à plat sur la clavicule gauche, parce que l'épaule de la robe avait glissé, elle attaqua la suite du *Pierrot lunaire*. C'était sans retenue mais distant :

Dans un fan-tas-tique rayon de lumière

Elle avait fait un long chemin pour arriver jusqu'à ça...

... Et c'est comme si c'était hier... le piano dans les ruines, l'entrelacs de rosiers sauvages... Ça avait été pourtant une sacrée traversée! Mais il y avait aussi ce sentiment que presque rien n'avait eu lieu. *Cherchez le chat!* C'était dans la rubrique Jeux du journal : perdu dans le décor, cerné par les feuillages, bordé par un toit, un bout de ciel, les nuages, sans autres contours que ceux des choses autour, on ne le voit longtemps pas jusqu'à ce qu'il apparaisse. On dit : retracer une vie. Mais les arabesques et méandres dessinent à la fin, eux ausi, un motif plutôt indiscernable, du moins pour nous : juste une forme évidée, une pièce apparemment manquante. Peut-être ne fait-on que cela : broder sur la musique du temps, avec, parfois, des cassures, comme cette feuille de partition au service de Dieu dans l'enfance, déchirée en 1968, reprise récemment au service de... personne, comme ça, pour rien, le plaisir. Broderie d'un motif incertain : qu'ont à voir les images d'une petite fille défigurée, momifiée sous les linges, adolescente pathétique, presque aveugle, avec la jeune femme insolente, amusée, triomphante, humour blond tempéré d'une romantique *Sehnsucht*? Et était-ce la même personne qui faisait dégringoler ses casseroles dans les escaliers du grand hôtel, glissait de sa chaise et se cachait sous la table de Marie-Hélène de Rothschild en blanche robe de soirée, puis échappait à la bienveillante surveillance de Son Éminence la veille de la première, ou se planquait dans une armoire pour que les sbires de Fassbinder ne la ramènent pas en Allemagne, à qui le chablis faisait dire des horreurs, qui renversait les tables, et celle, sur scène, tout en maintien, rigueur, fantaisie ciselée, timing parfait, sens du momentum à la seconde près, au quart de temps, concentration relaxée?

Mais à y regarder de plus près, il n'était pas impossible que sa fantaisie incroyable, son allant, sa force, elle la tînt de ces situations ridicules où elle aimait bien se fourvoyer. Tout comme sa maladie lui avait donné, sans doute, cette mystérieuse distance, cette solitude, pour la scène. Et les ruines, les scories, les hasards, elle ne les avait pas écartés du monde des formes strictes, et surtout, surtout elle n'a pas converti ses expériences douloureuses en figure de femme-qui-a-surmonté-ses épreuves. Elle n'a pas capitalisé dessus, n'a pas tiré de chèque sur ses malheurs, ne la fait pas au caractère, au dramatique : elle est dans le mouvement, là, juste là, maintenant. Jamais elle ne songeait à ce long chemin parcouru. Elle a connu la guerre, l'infirmité, le terrorisme, tous ceux proches d'elle, morts de l'épidémie, spectres, fantômes, mais juste là maintenant, la chose la plus importante au monde, c'est un petit pas glissé, une note tenue en *Sprechgesang*, le maquillage, *die Maske*, bien pris dans la lumière, un léger maniérisme de la main : faire un petit pas de côté, à côté, ne pas rester l'otage du passé : corps qui suggère un autre monde, un autre temps, indice indécis d'une autre chose.

Allez, de la tenue ! mais la souplesse aussi, et la confiance dans le hasard ! Il n'y avait pas de chemin parcouru, ni de progrès, d'avancée, mais des successions d'instants avec leurs zones d'ombre, chemins qui ne mènent nulle part, sinon à cet instant tremblé. Ce qu'on appelle une vie ? des segments, bouts de route interrompus, escaliers s'élevant vers un mur, voies de traverse, souterrains, comme elle avait tout à l'heure traversé les coulisses avec lenteur, plusieurs zones, sans bien savoir par où elle passait, n'était-elle pas descendue sous la terre ?

Voilà, maintenant c'est la fin. Dans la Grande Halle à la fine armature, l'horloge plaquée sur la paroi de métal marque l'heure : 11 heures 22. Les lourdes portes en fer, le grand dôme, là-haut, coulissent lentement, s'ouvrent sur la nuit, quelques lumières au loin, métro aérien, tout a l'air dans l'air, les musiques creusent l'espace, très anciennes et semblant venir du futur. Elle accédait à son tour à un monde libre et hypnotique : elle avait, et transmettait, l'impression d'inventer et aussi de ne faire que découvrir des formes déjà là. Un son, un geste en amenait un autre comme si ça se faisait sans elle et que c'était désormais cela son corps : de la musique. Quelques secondes, ne reposant sur presque rien, articulée, semblait-il, avec précision par des fils lointains, elle fut, avec son ombre, un fugitif hiéroglyphe animé, à peine quelqu'un, et, dans un soudain renversement, il semblait que notre vie massive et chaotique n'existât alors que bien peu face à cette illusion, tout là-bas dans cette boîte : ça avait été très bref, mais c'était fait. L'Histoire, la sienne et la nôtre, s'efface, elle laisse place à cette trace éphémère sur scène qui prend vie au bout du pinceau de lumières, sous le charme des mots, le sortilège des musiques. C'est fini! Elle salue. D'abord elle s'incline lentement, recueillie. Elle se redresse, un sourire, puis, dans un large mouvement du bras, rend grâce, désigne les spectateurs qui maintenant applaudissent, certains debout, les quatre musiciens, pianiste, basse, saxo, violon, la feuille blanche illuminée sur le piano, sa main s'ouvre sur ce qui est autour d'elle, tout autour, aussi le vide, elle semblait dire : Et voilà!

Composé et achevé d'imprimer
par la Société Nouvelle Firmin-Didot
à Mesnil-sur-l'Estrée, le 7 novembre 2000.
Dépôt légal : novembre 2000.
1er dépôt légal : août 2000.
Numéro d'imprimeur : 53395.

ISBN 2-07-075948-2/Imprimé en France.

99163